道路交通违法行为处理与防范

主　编　吴文琳
副主编　吴丽霞

机械工业出版社

本书根据 2008 年以来实施的最新道路交通法律、法规编写，共分五章，涵盖了汽车驾驶人最为关心的道路交通违法行为及处罚、事故处理、保险理赔、机动车及机动车驾驶证的年检和审验等最实用的知识，并且介绍了驾驶人合法规避交通违法行为处罚和经济损失的有效办法，怎样打道路交通民事官司和常见交通违法行为及误区。

附录中收录有交通违法代码查询、交通事故责任确定规则等现行法律、法规，便于交通参与人在实务操作中查阅。

本书内容新颖丰富，通俗易懂，有较强的指导性和实用性，适合于广大道路交通参与人，尤其是汽车驾驶人阅读，也可供广大交警、法官、律师和保险公司从业人员学习和参考，并可作为汽车驾驶人培训的参考教材。

图书在版编目（CIP）数据

道路交通违法行为处理与防范/吴文琳主编. 一北京：机械工业出版社，2010.7
ISBN 978-7-111-31276-5

Ⅰ.①道…　Ⅱ.①吴…　Ⅲ.①道路交通安全法—研究—中国　Ⅳ.①D922.144

中国版本图书馆 CIP 数据核字（2010）第 132613 号

机械工业出版社（北京市百万庄大街 22 号　邮政编码 100037）
策划编辑：齐福江　责任编辑：杜凡如　责任校对：王　欣
封面设计：路恩中　责任印制：乔　宇
北京铭成印刷有限公司印刷
2010 年 8 月第 1 版第 1 次印刷
169mm×239mm · 13.5 印张 · 273 千字
0001—3000 册
标准书号：ISBN 978-7-111-31276-5
定价：28.00 元

前　言

随着社会经济的高速发展，社会交通需求日益旺盛，机动车驾驶人数量迅速增长。与此相比，广大交通参与者的交通法规观念、交通安全意识和交通文明素质略显滞后。特别是自2008年以来，我国出台了多部新的道路交通管理法规，对驾驶人、机动车管理及道路交通违法行为处理等多项内容进行重新规范。为了满足广大交通参与者合法参与道路交通管理活动，维护好自身的合法权益，我们特别编写了《道路交通违法行为处理与防范》一书。

本书主要根据2008年以来实施的最新道路交通法律、法规编写，全书共分为五章，涵盖了汽车驾驶人最为关心的道路交通违法行为及处罚、事故处理、保险理赔、机动车及机动车驾驶证的年检和审验等最实用的知识，并且介绍了驾驶人合法规避处罚和经济损失的有效办法，同时也介绍了怎样打道路交通官司和常见道路交通违法的误区，让广大汽车驾驶人在交通违法处罚、交通事故处理、汽车保险理赔及走出驾驶人的误区等方面有更为全面、直观的了解和借鉴。同时增强预见性驾驶意识，掌握应急的处理技巧，真正遇到交通违法问题时能合法地维权，免受不必要的处罚和经济损失。

附录中有交通违法代码查询、交通事故责任确定规则等现行法律、法规，便于交通参与人在实务操作中查阅。

本书内容新颖丰富，通俗易懂，有较强的指导性和实用性，适合于广大道路交通参与者，尤其是汽车驾驶人使用，也可供交警、法官、律师和保险公司从业人员学习和参考，还可作为驾驶培训学校的教学参考教材。

本书由吴文琳任主编，吴丽霞任副主编，参加编写的人员还有：林瑞玉、陈瑞青、刘燕青、许宜静、林国洪、林清国、林莆扬、陈玉山、吴荔城、王元、杨向阳。在编写过程中，参考了大量的文献资料，并得到广大同行业朋友的大力支持，在此表示衷心的感谢。

由于作者水平所限，书中难免有不足、欠妥和错误之处，敬请读者不吝批评指正。

编　者

目　　录

第一章　机动车驾驶证办理与车辆登记规定

第一节　机动车驾驶证

为确保道路交通安全，根据各种机动车的驾驶特点，公安机关交通管理部门依据驾驶人考试的车类，经审查及考试合格后，核准签发准驾车类，称之为准驾，且用英文字母表示。

机动车驾驶证记载和签注以下内容：

① 机动车驾驶人信息：姓名、性别、出生日期、国籍、住址、身份证号码（机动车驾驶证号码）、照片。

② 车辆管理所签注的内容：初次领证日期、准驾车型代号、有效期起始日期、有效期限、核发机关印章、档案编号。

③ 机动车驾驶证有效期分为 6 年、10 年和长期。

一、机动车驾驶证的申领与准驾

1. 机动车驾驶证的申领规定

2010 年 4 月 1 日我国实行新的《机动车驾驶证申领和使用规定》，把驾驶证按准驾车型细分成了 16 类，对初次学习驾驶的新手只允许驾驶小型载客或载货汽车。机动车驾驶证申领规定见表 1-1。

表 1-1　机动车驾驶证申领规定

代号	准驾车型	能否初领	允许申领地	申领年龄（周岁）	身高/cm	视力	上、下肢	其　他
A1	大客车	否	户籍地	26～50	155	5.0	上肢：双手拇指健全，每只手其他手指必须有三指健全，肢体和手指运动功能正常。但手指末节残缺或者右手拇指缺失的，可以申请小型汽车、	躯干颈部：无运动功能障碍。有听力障碍但佩戴助听设备能够达到条件的，可以申请小型汽车、小型自动挡汽车准驾车型的机动车驾驶证
A2	牵引车	否	户籍地	24～50	155	5.0
A3	公交车	能	户籍地	21～50	155	5.0
B1	中型客车	否	户籍地	21～50	150	5.0
B2	大型货车	能	户籍地	21～50	155	5.0
C1	小型汽车	能	可在暂住地	18～70	无限制	4.9
C2	小型自动挡汽车	能	可在暂住地	18～70	无限制	4.9
C3	低速载货汽车	能	可在暂住地	18～60	无限制	4.9
C4	三轮汽车	能	可在暂住地	18～60	无限制	4.9

（续）

代号	准驾车型	能否初领	允许申领地	申领年龄（周岁）	身高/cm	视力	上、下肢	其　他
C5	残疾人专用小型、微型自动挡载客汽车（只允许右下肢或双下肢残疾人驾驶）	能	可在暂住地	18～70	无限制	4.79	小型自动挡汽车准驾车型的机动车驾驶证。下肢：运动功能正常。如申请驾驶手动挡汽车，下肢不等长度不得大于5cm	躯干颈部：无运动功能障碍。有听力障碍但佩戴助听设备能够达到条件的，可以申请小型汽车、小型自动挡汽车准驾车型的机动车驾驶证
D	普通三轮摩托车	能	可在暂住地	18～60	无限制	4.9		
E	普通二轮摩托车	能	可在暂住地	18～60	无限制	4.9		
F	轻便摩托车	能	可在暂住地	18～70	无限制	4.9		
M	轮式自行机械车	能	户籍地	18～60	无限制	4.9		
N	无轨电车	能	户籍地	21～50	155	5.0		
P	有轨电车	能	户籍地	21～50	无限制	5.0		

注：视力是指两眼裸视或者矫正视力达到对数视力表的数据，并无红绿色盲。

2. 机动车驾驶证的准驾车型

机动车驾驶证准驾车型见表1-2。

表1-2　机动车准驾车型对照表

代号	准驾车型	准驾车辆	准驾车型代号	说　明
A1	大型客车	大型载客汽车	A3、B1、B2、C1、C2、C3、C4、M	所有客车和所有货车（挂车除外）
A2	牵引车	重型、中型全挂、半挂汽车列车	B1、B2、C1、C2、C3、C4、M	所有货车、挂车及黄牌19座及以下客车
A3	城市公交车	核载10人以上的城市公共汽车	C1、C2、C3、C4	公交车和9座及以下客车、蓝牌货车
B1	中型客车	中型载客汽车（含核载10人以上、19人以下的城市公共汽车）	C1、C2、C3、C4、M	黄牌19座及以下客车、所有蓝牌车
B2	大型货车	重型、中型载货汽车；大、重、中型专项作业车		所有货车（挂车除外）及9座及以下客车
C1	小型汽车	小型、微型载客汽车以及轻型、微型载货汽车；轻、小、微型专项作业车	C2、C3、C4	9座及以下客车及所有蓝牌货车
C2	小型自动挡汽车	小型、微型自动挡载客汽车以及轻型、微型自动挡载货汽车		

（续）

代号	准驾车型	准驾车辆	准驾车型代号	说　明
C3	低速载货汽车	低速载货汽车（原四轮农用运输车）	C4	
C4	三轮汽车	三轮汽车（原三轮农用运输车）		
C5	残疾人专用小型自动挡载客汽车	残疾人专用小型、微型自动挡载客汽车（只允许右下肢或双下肢残疾人驾驶）		
D	普通三轮摩托车	发动机排量大于等于50mL，或者最大设计车速大于等于50km/h的三轮摩托车	E、F	
E	普通二轮摩托车	发动机排量大于等于50mL，或者最大设计车速大于等于50km/h的二轮摩托车	F	
F	轻便摩托车	发动机排量小于等于50mL，最大设计车速小于等于50km/h的摩托车		
M	轮式自行机械车	轮式自行机械车		
N	无轨电车	无轨电车		
P	有轨电车	有轨电车		

二、机动车驾驶证的记分

1. 记分周期

道路交通安全违法行为累计记分周期（即记分周期）为12个月，满分为12分，从机动车驾驶证初次领取之日起计算。例如李某于1998年5月11日领取驾驶证，那每年的5月11日就是他的记分周期点，过了5月11日零点，上一年度未记满12分的驾驶证分值就会自动归零，也就是说哪怕5月11日时记分已达11分，到5月12日记分都会全部清零。

2. 记分的有关事项

① 对机动车驾驶人的道路交通安全违法行为，处罚与记分同时执行。机动车驾驶人有两个以上违法行为记分的，应当分别计算，累加分值。

② 机动车驾驶人对道路交通安全违法行为处罚不服，申请行政复议或者提起行政诉讼后，经依法裁决变更或者撤销原处罚决定的，相应记分分值予以变更或者撤销。

③ 公安机关交通管理部门应当向社会公布机动车驾驶人违法行为记分查询方式，提供查询便利。

3. 累计记分的处理

① 一个记分周期内累计记分未达到 12 分的处理。机动车驾驶人在一个记分周期内记分虽未达到 12 分，但尚有罚款未缴纳的，记分转入下一记分周期。

② 一个周期内首次达 12 分的处理。机动车驾驶人在一个记分周期内累计记分首次达到 12 分的，由公安机关交通管理部门扣留其机动车驾驶证，机动车驾驶人应当在 15 日内到机动车驾驶证核发地或者违法行为地公安机关交通管理部门接受为期 7 日的道路交通安全法律、法规和相关知识的教育。机动车驾驶人接受教育后，车辆管理所应当在 20 日内对其进行科目一考试。考试合格的，记分予以清除，发还机动车驾驶证；考试不合格的，继续参加学习和考试。

③ 一个记分周期内两次达 12 分的处理。机动车驾驶人在一个记分周期内两次以上达到 12 分的，除按照规定扣留机动车驾驶证、参加学习、接受考试外，还应当接受驾驶技能考试。接受驾驶技能考试的，按照本人机动车驾驶证载明的最高准驾车型考试。车辆管理所还应当在科目一考试合格后 10 日内对其进行科目三考试。考试合格的，记分予以清除，发还机动车驾驶证；考试不合格的，继续参加学习和考试。

机动车驾驶人记分达到 12 分，拒不参加公安机关交通管理部门通知的学习，也不接受考试的，由公安机关交通管理部门公告其机动车驾驶证停止使用。

目前公安机关交通管理部门已经逐渐通过互联网连接起各地的驾驶人管理信息，只要是国家正式注册合法的驾驶人，无论在国内哪个城市被交通警察当场处罚开具罚款单，都能够通过网络传至违法者驾驶证申领地的车辆管理所，所记分值都能准确登记到网上，并能在交通违法网上查询违法行为和记分。

三、机动车驾驶证的审验及换证

车辆管理所换发机动车驾驶证时，应当对机动车驾驶证进行审验。机动车驾驶人有下列情形之一的，不予换发机动车驾驶证：（一）道路交通安全违法行为未处理完毕的；（二）身体条件不符合驾驶许可条件的；（三）在一个记分周期内记分达到 12 分未接受道路交通安全法律、法规和相关知识教育、考试的。

1. 定期审验与驾驶证有效期升级

从机动车驾驶证初次领取之日起计算，满 6 年为第一个法定审验期，在第一个法定审验期内，无累计记分或者 6 年内每年记分均未达到 12 分的，经审验符合驾驶人条件的，驾驶证的有效期升级为 10 年。在机动车驾驶证的 10 年有效期内，每年记分均未达到 12 分的，经审验符合驾驶人条件的，机动车驾驶证的有效期升级为长期有效。

2. 定期审验与驾驶证有效期降级

① 年龄在 60 周岁以上的机动车驾驶人，应当每年进行一次身体检查，在记分周期结束后 15 日内，提交县级或者部队团级以上医疗机构出具的有关身体条件的证明。

② 持有大型客车、牵引车、城市公交车、中型客车、大型货车、无轨电车、有轨电车准驾车型的机动车驾驶人，应当每两年进行一次身体检查，在记分周期结束后 15 日内，提交县级或者部队团级以上医疗机构出具的有关身体条件的证明。

③ 持有准驾车型为残疾人专用小型自动挡载客汽车的机动车驾驶人，应当每三年进行一次身体检查，在记分周期结束后 15 日内，提交经省级卫生主管部门指定的专门医疗机构出具的有关身体条件的证明。

小提示：

机动车驾驶人因服兵役、出国（境）等原因，无法在规定时间内办理驾驶证期满换证、提交身体条件证明的，可以向机动车驾驶证核发地车辆管理所申请延期办理。申请时应当填写《机动车驾驶证申请表》，并提交机动车驾驶人的身份证明、机动车驾驶证和延期事由证明。

延期期限最长不超过 3 年。延期期间机动车驾驶人不得驾驶机动车。

四、机动车驾驶证的增驾

很多车型不允许初学驾驶者申请，而且申请增驾需要一定的驾龄（申领者本身的年龄也要符合该驾驶证的年龄要求），具体增驾年限见表 1-3。

表 1-3　机动车驾驶证增驾年限表

增驾车型	所持驾证	所需驾龄	无 12 分记录周期年限
A1	A2	2	1
	B1	5	3
	B2	5	3
A2	B1	3	2
	B2	3	2
	A1	1	1
B1	A3	1	1
	B2	1	1
	C1、C2、C3	3	2
B2	C1	3	2
	C2	3	2
	C3	3	2

1）在暂住地可以申请增加的准驾车型为小型汽车、小型自动挡汽车、低速载货汽车、三轮汽车、普通三轮摩托车、普通二轮摩托车、轻便摩托车。

2）有下列情形之一的不得申请增加大型客车、牵引车、中型客车准驾车型：

① 在造成人员死亡的交通事故中承担全部责任或者主要责任的。

② 醉酒后驾驶机动车的。

③ 在本记分周期和申请前最近连续三个记分周期内有饮酒后驾驶机动车行为的；或在上述时间内有驾驶机动车超过规定时速50％以上行为，机动车驾驶证未被吊销的。

3）持有军队、武装警察部队机动车驾驶证，或者持有境外机动车驾驶证，符合本规定的申请条件，可以申请对应准驾车型的机动车驾驶证。

五、机动车驾驶证信息的变更

目前公安机关推出了很多"便民、利民"的告知服务，可以通过电话、信函等方式通知驾驶人，其驾驶证状态、违法记分状态和最新的管理要求，如果驾驶人没有把变更后的地址及时向警方备案，就有可能收不到警方的重要通知。

1. 驾驶证地址或驾驶人通讯地址变更方法

驾驶证持有人携带驾驶证、身份证到车辆管理所填写更改信息表格即可完成。有的地方还可以通过当地车辆管理所的网站下载信息变更表，填写好后，以传真的方式传到车辆管理所，也可以完成信息变更手续。

2. 驾驶证号码变更方法

如果身份证号码和驾驶证号码不一致，首先应确定查找原因：若号码升位，无需更改，电脑中可以自动修改；若年龄数字有误，如果是当初申领执照时故意修改年龄的，要注销原驾驶证，重新申领新驾驶证，原来的驾龄无效；若身份证换领后登记失误造成，到登记失误的派出所开证明后可以更改。

3. 驾驶人姓名变更方法

由于客观原因，需要变更姓名时，应由户籍地派出所出具一份关于姓名变更的证明，然后持新的身份证去办理驾驶证姓名变更。

六、机动车驾驶证遗失补办与转籍

1. 机动车驾驶证遗失的补办

于2010年4月1日起实施的《机动车驾驶证申领和使用规定》第四十一条规定，机动车驾驶证遗失的，应当向机动车驾驶证核发地车辆管理所申请补发。申请时应当填写《机动车驾驶证申请表》，并提交以下证明、凭证：（一）机动车驾驶证持证人的身份证明；（二）机动车驾驶证遗失的书面声明。符合规定的，车辆管理所应当在3日内补发机动车驾驶证。

机动车驾驶人补领机动车驾驶证后，原机动车驾驶证作废，不得继续使用。

小提示：

《机动车驾驶证申领和使用规定》第五十一条规定，机动车驾驶人可以委托代理人办理机动车驾驶证的换证、补证业务。提交身体条件证明，延期办理和注销业务。代理人申请办理机动车驾驶证业务时，应当提交代理人的身份证明和机动车驾驶人与代理人共同签字的《机动车驾驶证申请表》或者身体条件证明。

车辆管理所应当记载代理人的姓名、单位名称、身份证明名称、身份证明号码、住所地址、邮政编码、联系电话。

特别提醒：

① 驾驶证遗失后不能驾驶车辆，但是如果驾驶车辆被交通警察处罚与无证驾驶不同，属于未携带驾驶证（一次处罚 50 元）。

② 如果驾驶证的副本丢了，则应及时带身份证和驾驶证正本到车辆管理所补办。

2. 驾驶证的转籍

（1）普通驾驶证转籍　目前，全国驾驶人信息内网已经互通，驾驶人可以到车辆管理所通过这个网络查询到其驾驶执照的合法性，只要驾驶证符合要求没有异常，凭现居住地的暂住证或是居住地身份证或用工合同等，填一张转籍表，无需再到驾驶执照原籍即可办理转籍手续。

（2）部队驾驶证转籍　持军队、武装警察部队机动车驾驶证的人应当到当地的车辆管理所填写《机动车驾驶申请表》，并提交：（一）申请人的身份证明，属于复员、转业、退伍的人，还应当提交军队、武装警察部队核发的复员、转业、退伍证明；（二）区、县级或者部队团级以上医疗机构出具的有关身体条件的证明。核发地方驾驶证后，应当同时收回其所持军队、武装警察部队机动车驾驶证。

小提示：

申请其他准驾车型机动车驾驶证的，可以直接核发机动车驾驶证。

申请大型客车 A1、牵引车 A2、中型客车 B1、大型货车 B2 的，预约考试"科目一"和"科目三"，即交规和路考。

（3）境外驾驶证转籍　持境外机动车驾驶证的人如果要在国内开车，要办理相关的申请手续。应当到当地车辆管理所填写《机动车驾驶证申请表》，并提交以下证明、凭证：（一）申请人的身份证明；（二）区、县级以上、医疗机构出具的有关身体条件的证明；（三）所持机动车驾驶证（国外驾驶证）。属于非中文表述的，还应当出具中文翻译文本。

小提示:

① 申请小车驾驶证的只要考"科目一(交规)",如果申请大型客车 A1、牵引车 A2、中型客车 B1、大型货车 B2 的,还应当参加"科目三(路考)"考试。

② 如果是持境外机动车驾驶证的外国驻华使馆、领馆人员及国际组织驻华代表机构人员,则按照外交对等原则核发机动车驾驶证。

③ 如果是本国公民持有国外驾驶证,需要转为国内驾驶证的,公安部门会审验当事人护照在国外持续时间是否满 1 年,然后参加"交规"考试后方可办理换领手续。

特别提醒:

① 按照规定办理驾驶证转籍、补办等手续时,必须消除驾驶证上的违法行为后才能办理。

② 持境外驾驶证不能直接在中国境内驾驶车辆。需要拿国外驾驶证及相关的材料到当地车辆管理所换成国内驾驶证。

第二节 机 动 车

一、车辆注册登记

1. 车辆注册登记查验项目

1) 对申请注册登记的机动车,应当核对机动车标准照片和使用性质,确定车身颜色、核定载人数和车辆类型,并查验以下项目:

① 基本信息:车辆识别代号(或整车出厂编号,下同)、发动机号码(包括发动机型号和出厂编号,下同)、车辆品牌和型号;

② 主要特征和技术参数:车辆号牌板(架)、车辆外观形状、轮胎完好情况。

2) 根据申请注册登记机动车的车辆类型和用途的不同,还应当查验以下项目:

① 对汽车(三轮汽车除外),查验机动车用三角警告牌。

② 对最大设计车速大于等于 100km/h 的载货汽车(包括半挂牵引车)、专用校车、公路客运载客汽车、旅游客运载客汽车以及微、小、中型载客汽车,查验汽车安全带。

③ 对中型(含)以上载货汽车、三轮汽车和低速货车、挂车、危险化学品运输车,查验外廓尺寸、轴数和轮胎规格;其他类型的机动车在有疑问时查验。

④ 对所有货车(包括三轮汽车、低速货车和载货类汽车底盘改装的专用汽车)和挂车,按照规定查验车身反光标识。

⑤ 对除半挂牵引车外的总质量大于 3500kg 的载货汽车和挂车,按照规定查验

侧面及后下部防护装置。

⑥ 对危险化学品运输车、中型(含)以上载客汽车，查验灭火器。

⑦ 对道路运输爆炸品和剧毒化学品车辆、车长大于9000mm的公路客运载客汽车和旅游客运载客汽车，查验行驶记录装置。

⑧ 对大型载客汽车(车长小于6000mm的除外)，查验安全出口和安全手锤。

⑨ 对危险化学品运输车、专用校车、燃气汽车(包括气体燃料汽车、两用燃料汽车和双燃料汽车,下同)，查验外部标识、文字。

⑩ 对警车、消防车、救护车和工程救险车，查验车辆外观制式、标志灯具和车用电子警报器。

3) 在申请注册登记前应当进行安全技术检验的机动车，审核安全技术检验合格证明。

2. 车辆注册登记

初次申领机动车号牌、行驶证的，机动车所有人应当向住所地的车辆管理所申请注册登记。

(1) 安全技术检验　机动车所有人应当到机动车安全技术检验机构对机动车进行安全技术检验，取得机动车安全技术检验合格证明后申请注册登记。但经海关进口的机动车和国务院机动车产品主管部门认定免予安全技术检验的机动车除外。

> **小提示：**
>
> 免予安全技术检验的机动车，仍应进行安全技术检验的有：①国产机动车出厂后两年内未申请注册登记的；②经海关进口的机动车进口后两年内未申请注册登记的；③申请注册登记前发生交通事故的。

(2) 申请注册登记　机动车所有人应当填写申请表，交验机动车，并提交以下证明、凭证：①机动车所有人的身份证明；②购车发票等机动车来历证明；③机动车整车出厂合格证明或者进口机动车进口凭证；④车辆购置税完税证明或者免税凭证；⑤机动车交通事故责任强制保险凭证；⑥法律、行政法规规定应当在机动车注册登记时提交的其他证明、凭证。

> **特别提醒：**
>
> 不属于经海关进口的机动车和国务院机动车产品主管部门规定免予安全技术检验的机动车，还应当提交机动车安全技术检验合格证明。
>
> 车辆管理所应当自受理申请之日起二日内，确认机动车，核对车辆识别代号拓印膜，审查提交的证明、凭证，核发机动车登记证书、号牌、行驶证和检验合格标志。

(3) 特种车注册登记　车辆管理所办理消防车、救护车、工程救险车注册登记时，应当对车辆的使用性质、标志图案、标志灯具和警报器进行审查。

车辆管理所办理全挂汽车列车和半挂汽车列车注册登记时，应当对牵引车和挂车分别核发机动车登记证书、号牌和行驶证。

> **特别提醒：**
>
> 不予办理注册登记的情形有：①机动车所有人提交的证明、凭证无效的；②机动车来历证明被涂改或者机动车来历证明记载的机动车所有人与身份证明不符的；③机动车所有人提交的证明、凭证与机动车不符的；④机动车未经国务院机动车产品主管部门许可生产或者未经国家进口机动车主管部门许可进口的；⑤机动车的有关技术数据与国务院机动车产品主管部门公告的数据不符的；⑥机动车的型号、发动机号码、车辆识别代号或者有关技术数据不符合国家安全技术标准的；⑦机动车达到国家规定的强制报废标准的；⑧机动车被人民法院、人民检察院、行政执法部门依法查封、扣押的；⑨机动车属于被盗抢的；⑩其他不符合法律、行政法规规定的情形。

3. 办理临时行驶车号牌

1）机动车需要临时上道路行驶的，机动车所有人应当向车辆管理所申领临时行驶车号牌的情形有：①未销售的；②购买、调拨、赠予等方式获得机动车后尚未注册登记的；③进行科研、定型试验的；④因轴荷、总质量、外廓尺寸超出国家标准不予办理注册登记的特型机动车。

2）需提交有关证明、凭证。机动车所有人申领临时行驶车号牌应当提交以下证明、凭证：

① 机动车所有人的身份证明。

② 机动车交通事故责任强制保险凭证。

③ 属于未销售的机动车和因轴荷、总质量、外廓尺寸超出国家标准不予办理注册登记的特型机动车，还应当提交机动车整车出厂合格证明或者进口机动车进口凭证。

④ 属于购买、调拨、赠予等方式获得机动车后尚未注册登记的机动车，还应当提交机动车来历证明，以及机动车整车出厂合格证明或者进口机动车进口凭证。

⑤ 属于进行科研、定型试验的机动车，还应当提交书面申请和机动车安全技术检验合格证明。

车辆管理所应当自受理之日起一日内，审查提交的证明、凭证，属于未销售的或购买、调拨、赠予等方式获得机动车后尚未注册登记的机动车，需要在本行政辖区内临时行驶的，核发有效期不超过 15 日的临时行驶车号牌；需要跨行政辖区临时行驶的，核发有效期不超过 30 日的临时行驶车号牌。属于进行科研、定型试验的和因轴荷、总质量、外廓尺寸超出国家标准不予办理注册登记的特型机动车，核发有效期不超过 90 日的临时行驶车号牌。因号牌制作的原因，无法在规定时限内核发号牌的，车辆管理所应当核发有效期不超过15日的临时行驶车号牌。

对未销售的和购买、调拨、赠予等方式获得机动车后尚未注册登记的机动车所有人需要多次申领临时行驶车号牌的，车辆管理所核发临时行驶车号牌不得超过三次。

二、车辆年检

1. 车辆年检时间

过去国内大多数城市车辆年检都是按照车辆车牌尾号最后一位数字来确定年检的时间，目前公安部统一将车辆年检时间改为按照车辆的登记上牌时间作为车辆年检的时间。车主应该在年检当月（行驶证上注有年检有效期）年检，特殊情况也可以提前30天年检车辆。新车达到免检标准的（汽车产品目录中的国家免检车），上牌时可以第一次免检，之后按照规定定期年检。

车主因故不能回车籍地车辆管理所进行车辆检验的，可就近办理检验手续。大致程序是：车主到车籍地车辆管理所申请《委托代检》许可，经批准持《委托代检通知书》到受托地车辆管理所认可的有检测资格的检测站进行安全技术性能检验。检测合格后，车主持《委托代检通知书》、检验合格证明、强制保险凭证，到车辆管理所领取车辆检验合格标志。

机动车使用年限、延用年限、检验周期见表1-4。

表1-4 机动车使用年限、延用年限、检验周期表

序号	车 辆 类 型		使用年限	最长延用年限	延用期间的检验周期
1	货车	大型货车	10 年	5 年	6 个月
		1990 年 7 月 6 日前注册登记，总质量6t(含6t)以下的大型货车	8 年	4 年	12 个月
		总质量大于1.8t的小型货车	10 年	5 年	6 个月
		总质量小于或等于1.8t的小型、微型货车	8 年	不得延用	
		1990 年 7 月 6 日前注册登记的小型货车	8 年	4 年	6 个月
2	客车	9 座(含9座)以下非营运载客汽车	15 年	无期限	6 个月
		9 座以上非营运载客汽车、旅游载客汽车	10 年	10 年	6 个月
		营运载客汽车	10 年	5 年	6 个月
		19 座以下出租车	8 年	不得延用	
3	吊车、消防车、钻探车等从事专门作业的车辆		10 年	5 年	12 个月
4	带拖挂的载货汽车、矿山专业专用车		8 年	4 年	6 个月
5	其他汽车	三轮汽车(原三轮农用运输车)	6 年	3 年	12 个月
		低速货车(原四轮农用运输车)(多缸)	9 年	3 年	12 个月
		低速货车(原四轮农用运输车)(单缸)	6 年	3 年	12 个月

（续）

序号	车 辆 类 型		使用年限	最长延用年限	延用期间的检验周期
6	摩托车	轻便二、三轮摩托车	10 年	3 年	12 个月
		二轮、边三轮摩托车	10 年	3 年	12 个月
		正三轮摩托车	9 年	3 年	12 个月

注：① 9座(含9座)以下非营运载客汽车6年以内2年1检，6年以上1年1检。

② 营运载客汽车5年以内1年1检，超过5年的1年2检。

③ 摩托车4年以内2年1检，超过4年的1年1检。

2. 年检有关事项

1）车辆年检需携带车辆行驶证；私家车需带车主身份证原件和复印件，公车需携带企业代码证，并在车辆年检表格上盖章；机动车交强险保单；处理完该车现有的所有交通违法行为。

2）按规定时间年检。任何车辆都不得误期年检，交通警察会随时查扣误期年检的车辆，并处警告或者200元以下的罚款。正常车辆的年检周期一般为1～2年，而延期使用的车辆周期很短，一般为半年。而且，误检车辆发生道路交通事故保险公司会拒赔。

小提示：

① 机动车所有人可以在机动车检验有效期满前3个月内向登记地车辆管理所申请检验合格标志。

申请前，机动车所有人应当将涉及该车的道路交通安全违法行为和交通事故处理完毕。申请时，机动车所有人应当填写申请表并提交行驶证、机动车交通事故责任强制保险凭证、机动车安全技术检验合格证明。

车辆管理所应当自受理之日起一日内，确认机动车，审查提交的证明、凭证，核发检验合格标志。

② 除大型载客汽车以外的机动车因故不能在登记地检验的，机动车所有人可以向登记地车辆管理所申请委托核发检验合格标志。申请前，机动车所有人应当将涉及机动车的道路交通安全违法行为和交通事故处理完毕。申请时，应当提交机动车登记证书或者行驶证。

车辆管理所应当自受理之日起一日内，出具核发检验合格标志的委托书。

机动车在检验地检验合格后，机动车所有人应当向被委托地车辆管理所申请检验合格标志，申请时，机动车所有人应当填写申请表并提交行驶证、机动车交通事故责任强制保险凭证、机动车安全技术检验合格证明，并提交核发检验合格标志的委托书。

被委托地车辆管理所应当自受理之日起1日内，确认机动车，审查提交的证明、凭证，核发检验合格标志。

3）在风窗玻璃处张贴检验合格标志和交强险标志。检验合格的车辆必须在前风窗玻璃的右上方张贴检验合格标志和保险标志，不能放在车上不张贴。交通警察可以对不张贴检验合格标志的车辆处以 50 元罚款，并记 1 分。如果标志丢失和损毁可以到发证机关补办并张贴。

4）车辆借给其他人驾驶的风险。车辆借给其他人驾驶的风险主要有：

① 驾驶人的交通违法行为曝光。

② 发生道路交通意外引发的赔偿纠纷，借车人发生道路交通事故，车主要承担连带责任。

③ 驾驶人被交通警察开罚款单，如果不及时缴纳，会影响到车辆的检验。

三、车辆变更

1）需要变更的情况。按照《机动车登记规定》第十条的规定，已注册登记的机动车所有人应当向登记地车辆管理所申请变更登记的有：①改变车身颜色的；②更换发动机的；③更换车身或者车架的；④因质量问题更换整车的；⑤营运机动车改为非营运机动车或者非营运机动车改为营运机动车等使用性质改变的；⑥机动车所有人的住所迁出或者迁入车辆管理所管辖区域的。

机动车所有人为两人以上，需要将登记的所有人姓名变更为其他所有人姓名的，可以向登记地车辆管理所申请变更登记。

属于改变车身颜色的、更换发动机的和更换车身或者车架的变更事项的，机动车所有人应当在变更后 10 日内向车辆管理所申请变更登记；属于机动车所有人的住所迁出或者迁入车辆管理所管辖区域的变更事项，机动车所有人申请转出前，应当将涉及该车的道路交通安全违法行为和交通事故处理完毕。

2）变更需提供的证明、凭证。申请变更登记的，机动车所有人应当填写申请表，交验机动车，需提交的证明、凭证有：①机动车所有人的身份证明；②机动车登记证书；③机动车行驶证；④属于更换发动机、车身或者车架的，还应当提交机动车安全技术检验合格证明；⑤属于因质量问题更换整车的，还应当提交机动车安全技术检验合格证明，但经海关进口的机动车和国务院机动车产品主管部门认定免予安全技术检验的机动车除外。

车辆管理所应当自受理之日起 1 日内，确认机动车，审查提交的证明、凭证，在机动车登记证书上签注变更事项，收回行驶证，重新核发行驶证。

车辆管理所办理《机动车登记规定》第十条第一款第（三）项、第（四）项和第（六）项规定的变更登记事项的，应当核对车辆识别代号拓印膜。

3）车辆管理所办理机动车变更登记时，需要改变机动车号牌号码的，收回号牌、行驶证，确定新的机动车号牌号码，重新核发号牌、行驶证和检验合格标志。

4）已注册登记的机动车被盗抢的，车辆管理所应当根据刑侦部门提供的情况，在计算机登记系统内记录，停止办理该车的各项登记和业务。被盗抢机动车发还后，车辆管理所应当恢复办理该车的各项登记和业务。

机动车在被盗抢期间，发动机号码、车辆识别代号或者车身颜色被改变的，车辆管理所应当凭有关技术鉴定证明办理变更备案。

小提示：

① 按照《机动车登记规定》第十六条规定：在不影响安全和识别号牌的情况下，机动车所有人可以自行变更登记的有：a. 小型、微型载客汽车加装前后防撞装置；b. 货运机动加装防风罩、散热器、工具箱、备胎架等；c. 增加机动车车内装饰等。

② 不予办理变更登记的有：改变机动车的品牌、型号和发动机型号的，但经国务院机动车产品主管部门许可选装的发动机除外；改变已登记的机动车外形和有关技术数据的，但法律、法规和国家强制性标准另有规定的除外；机动车所有人提交的证明、凭证无效的；机动车达到国家规定的强制报废标准的；机动车被人民法院、人民检察院、行政执法部门依法查封、扣押的；机动车属于被盗抢的。

特别提醒：

机动车所有人发现登记内容有错误的，应当及时要求车辆管理所更正。车辆管理所应当自受理之日起 5 日内予以确认。确属登记错误的，在机动车登记证书上更正相关内容，换发行驶证。

需要改变机动车号牌号码的，应当收回号牌、行驶证，确定新的机动车号牌号码，重新核发号牌、行驶证和检验合格标志。

四、车辆牌证的补办

1.《机动车登记证书》的补办

1）机动车登记证书灭失、丢失或者损毁的，机动车所有人应当向登记地车辆管理所申请补领、换领。申请时，机动车所有人应当填写申请表并提交身份证明，属于补领机动车登记证书的，还应当交验机动车。车辆管理所应当自受理之日起 1 日内，确认机动车，审查提交的证明、凭证，补发、换发机动车登记证书。

2）启用机动车登记证书前已注册登记的机动车未申领机动车登记证书的，机动车所有人可以向登记地车辆管理所申领机动车登记证书。但属于机动车所有人申请变更、转移或者抵押登记的，应当在申请前向车辆管理所申领机动车登记证书。申请时，机动车所有人应当填写申请表，交验机动车并提交身份证明。车辆管理所应当自受理之日起 5 日内，确认机动车，核对车辆识别代号拓印膜，审查提交的证明、凭证，核发机动车登记证书。

2. 机动车号牌、行驶证的补办

机动车号牌、行驶证灭失、丢失或者损毁的，机动车所有人应当向登记地车辆管理所申请补领、换领。申请时，机动车所有人应当填写申请表并提交身份证明。

车辆管理所应当审查提交的证明、凭证，收回未灭失、丢失或者损毁的号牌、行驶证，自受理之日起 1 日内补发、换发行驶证，自受理之日起 15 日内补发、换发号牌，原机动车号牌号码不变。

补发、换发号牌期间应当核发有效期不超过 15 日的临时行驶车号牌。

3. 机动车检验合格标志的补办

机动车检验合格标志灭失、丢失或者损毁的，机动车所有人应当持行驶证向机动车登记地或者检验合格标志核发地车辆管理所申请补领或者换领。车辆管理所应当自受理之日起 1 日内补发或者换发。

五、车辆注销

1. 车辆注销

1）已达到国家强制报废标准的机动车，机动车所有人向机动车回收企业交售机动车时，应当填写申请表，提交机动车登记证书、号牌和行驶证。机动车回收企业应当确认机动车并解体，向机动车所有人出具《报废机动车回收证明》。报废的大型客、货车及其他营运车辆应当在车辆管理所的监督下解体。

机动车回收企业应当在机动车解体后 7 日内将申请表、机动车登记证书、号牌、行驶证和《报废机动车回收证明》副本提交车辆管理所，申请注销登记。

车辆管理所应当自受理之日起 1 日内，审查提交的证明、凭证，收回机动车登记证书、号牌、行驶证，出具注销证明。

2）除上述规定的情形外，机动车有下列情形之一的，机动车所有人应当向登记地车辆管理所申请注销登记：①机动车灭失的；②机动车因故不在我国境内使用的；③因质量问题退车的。

3）已注册登记的机动车有下列情形之一的，登记地车辆管理所应当办理注销登记：①机动车登记被依法撤销的；②达到国家强制报废标准的机动车被依法收缴并强制报废的。

机动车所有人申请注销登记前，应当将涉及该车的道路交通安全违法行为和交通事故处理完毕。

2. 相关手续

1）机动车所有人申请注销登记的，应当填写申请表，并提交以下证明、凭证：

① 机动车登记证书。

② 机动车行驶证。

③ 属于机动车灭失的，还应当提交机动车所有人的身份证明和机动车灭失证明。

④ 属于机动车因故不在我国境内使用的，还应当提交机动车所有人的身份证明和出境证明，其中属于海关监管的机动车，还应当提交海关出具的《中华人民共和国海关监管车辆进（出）境领（销）牌照通知书》。

⑤ 属于因质量问题退车的，还应当提交机动车所有人的身份证明和机动车制造厂或者经销商出具的退车证明。

车辆管理所应当自受理之日起 1 日内，审查提交的证明、凭证，收回机动车登记证书、号牌、行驶证，出具注销证明。

小提示：

因车辆损坏无法驶回登记地的，机动车所有人可以向车辆所在地机动车回收企业交售报废机动车。交售机动车时应当填写申请表，提交机动车登记证书、号牌和行驶证。机动车回收企业应当确认机动车并解体，向机动车所有人出具《报废机动车回收证明》。报废的大型客、货车及其他营运车辆应当在报废地车辆管理所的监督下解体。

2）车辆管理所应当公告已注册登记机动车的登记证书、号牌、行驶证作废的情形有：①达到国家强制报废标准，机动车所有人逾期不办理注销登记的；②机动车登记被依法撤销后，未收缴机动车登记证书、号牌、行驶证的；③达到国家强制报废标准的机动车被依法收缴并强制报废的；④机动车所有人办理注销登记时未交回机动车登记证书、号牌、行驶证的。

特别提醒：

不予办理注销登记的情形有：①机动车所有人提交的证明、凭证无效的；②机动车被人民法院、人民检察院、行政执法部门依法查封、扣押的；③机动车属于被盗抢的；④机动车与该车档案记载内容不一致的；⑤机动车在抵押登记、质押备案期间的。

3）已注册登记的机动车被盗抢的，车辆管理所应当根据刑侦部门提供的情况，在计算机登记系统内记录，停止办理该车的各项登记和业务。被盗抢机动车发还后，车辆管理所应当恢复办理该车的各项登记和业务。

机动车在被盗抢期间，发动机号码、车辆识别代号或者车身颜色被改变的，车辆管理所应当凭有关技术鉴定证明办理变更备案。

特别提醒：

　　车辆被执法机关查扣，车主是无法办理注销手续的。如果车主一直不到查扣机关接受处理，查扣机关可按照规定拍卖或报废该车辆，但是仍然保留对违法违规者的处罚权利。行政机关处罚非法营运行为并不是处罚车辆，而是对车主和驾驶人的行政处罚，即使车辆被报废或拍卖，执法机关仍然可以对车主或驾驶人的其他财产申请强制执行。

六、车辆抵押登记与质押备案

1. 车辆抵押登记

　　机动车所有人将机动车作为抵押物抵押的，应当向登记地车辆管理所申请抵押登记；抵押权消灭的，应当向登记地车辆管理所申请解除抵押登记。

　　1）申请抵押登记的，机动车所有人应当填写申请表，由机动车所有人和抵押权人共同申请，并提交下列证明、凭证：

　　① 机动车所有人和抵押权人的身份证明。

　　② 机动车登记证书。

　　③ 机动车所有人和抵押权人依法订立的主合同和抵押合同。

　　车辆管理所应当自受理之日起1日内，审查提交的证明、凭证，在机动车登记证书上签注抵押登记的内容和日期。

　　2）申请解除抵押登记的，机动车所有人应当填写申请表，由机动车所有人和抵押权人共同申请，并提交下列证明、凭证：

　　① 机动车所有人和抵押权人的身份证明。

　　② 机动车登记证书。

　　3）人民法院调解、裁定、判决解除抵押的，机动车所有人或者抵押权人应当填写申请表，提交机动车登记证书、人民法院出具的已经生效的《调解书》、《裁定书》或者《判决书》，以及相应的《协助执行通知书》。

　　车辆管理所应当自受理之日起1日内，审查提交的证明、凭证，在机动车登记证书上签注解除抵押登记的内容和日期。

特别提醒：

　　1）不予办理抵押登记的情形有：①机动车所有人提交的证明、凭证无效的；②机动车达到国家规定的强制报废标准的；③机动车被人民法院、人民检察院、行政执法部门依法查封、扣押的；④机动车属于被盗抢的；⑤属于海关监管的机动车，海关未解除监管或者批准转让的。

2）对机动车所有人提交的证明、凭证无效，或者机动车被人民法院、人民检察院、行政执法部门依法查封、扣押的，不予办理解除抵押登记。

2. 车辆质押备案

申请办理机动车质押备案或者解除质押备案的，由机动车所有人和典当行共同申请，机动车所有人应当填写申请表，并提交以下证明、凭证：①机动车所有人和典当行的身份证明；②机动车登记证书。

车辆管理所应当自受理之日起 1 日内，审查提交的证明、凭证，在机动车登记证书上签注质押备案或者解除质押备案的内容和日期。

特别提醒：

1）不予办理质押备案的情形有：①机动车所有人提交的证明、凭证无效的；②机动车达到国家规定的强制报废标准的；③机动车被人民法院、人民检察院、行政执法部门依法查封、扣押的；④机动车属于被盗抢的。

2）对机动车所有人提交的证明、凭证无效，或者机动车被人民法院、人民检察院、行政执法部门依法查封、扣押的，不予办理解除质押备案。

七、车辆报废

已达到国家强制报废标准的机动车，机动车所有人向机动车回收企业交售机动车时，应当填写申请表，提交机动车登记证书、号牌和行驶证。机动车回收企业应当确认机动车并解体，向机动车所有人出具《报废机动车回收证明》。

机动车报废年限及延缓报废的情况可见表1-4。

特别提醒：

①营运车辆(包括出租车)转为非营运车辆或非营运车辆转为营运车辆，均按营运车(出租车)年限计算。②右置转向盘汽车最长使用年限为 10 年(不同类型的车辆参照表1-4执行)，不得延期。③出租车是营运车辆，即使转卖私车，但是它的报废年限仍然是按照营运车的标准(10 年)报废。

小提示：

办理机动车转移登记或者注销登记后，原机动车所有人申请办理新购机动车注册登记时，可以向车辆管理所申请使用原机动车号牌号码。

申请使用原机动车号牌号码的条件是：①在办理转移登记或者注销登记后 6 个月内提出申请；②机动车所有人拥有原机动车 3 年以上；③涉及原机动车的道路交

通安全违法行为和交通事故处理完毕。

八、车辆转移登记

已注册登记的机动车所有权发生转移的，现机动车所有人应当自机动车交付之日起30日内向登记地车辆管理所申请转移登记。

机动车所有人申请转移登记前，应当将涉及该车的道路交通安全违法行为和交通事故处理完毕。

1）申请转移登记的，现机动车所有人应当填写申请表，交验机动车，并提交以下的证明、凭证：①现机动车所有人的身份证明；②机动车所有权转移的证明、凭证；③机动车登记证书；④机动车行驶证；⑤属于海关监管的机动车，还应当提交《中华人民共和国海关监管车辆解除监管证明书》或者海关批准的转让证明；⑥属于超过检验有效期的机动车，还应当提交机动车安全技术检验合格证明和交通事故责任强制保险凭证。

2）现机动车所有人住所在车辆管理所管辖区域内的，车辆管理所应当自受理申请之日起1日内，确认机动车，核对车辆识别代号拓印膜，审查提交的证明、凭证，收回号牌、行驶证，确定新的机动车号牌号码，在机动车登记证书上签注转移事项，重新核发号牌、行驶证和检验合格标志。

3）机动车所有人的住所迁出车辆管理所管辖区域的，车辆管理所应当自受理之日起3日内，在机动车登记证书上签注变更事项，收回号牌、行驶证，核发有效期为30日的临时行驶车号牌，将机动车档案交机动车所有人。机动车所有人应当在临时行驶车号牌的有效期限内到住所地车辆管理所申请机动车转入。

4）申请机动车转入的，机动车所有人应当填写申请表，提交身份证明、机动车登记证书、机动车档案，并交验机动车。机动车在转入时已超过检验有效期的，应当在转入地进行安全技术检验并提交机动车安全技术检验合格证明和交通事故责任强制保险凭证。车辆管理所应当自受理之日起3日内，确认机动车，核对车辆识别代号拓印膜，审查相关证明、凭证和机动车档案，在机动车登记证书上签注转入信息，核发号牌、行驶证和检验合格标志。

> **特别提醒：**
>
> 不予办理转移登记的有：①机动车与该车档案记载内容不一致的；②属于海关监管的机动车，海关未解除监管或者批准转让的；③机动车在抵押登记、质押备案期间的；④机动车所有人提交的证明、凭证无效的；⑤机动车来历证明被涂改或者机动车来历证明记载的机动车所有人与身份证明不符的；⑥机动车达到国家规定的强制报废标准的；⑦机动车被人民法院、人民检察院、行政执法部门依法查封、扣押的；⑧机动车属于被盗抢的。

5）被人民法院、人民检察院和行政执法部门依法没收并拍卖，或者被仲裁机构依法仲裁裁决，或者被人民法院调解、裁定、判决机动车所有权转移时，原机动车所有人未向现机动车所有人提供机动车登记证书、号牌或者行驶证的，现机动车所有人在办理转移登记时，应当提交人民法院出具的未得到机动车登记证书、号牌或者行驶证的《协助执行通知书》，或者人民检察院、行政执法部门出具的未得到机动车登记证书、号牌或者行驶证的证明。车辆管理所应当公告原机动车登记证书、号牌或者行驶证作废，并在办理转移登记的同时，补发机动车登记证书。

九、购车相关税费

1. 车辆购置附加税

（1）车辆购置税的计算

1）车辆购置税一般是汽车车价的10%。由于目前国产汽车的车价中包含17%增值税，所以在缴纳车辆购置税时应按（车价÷1.17×10%）计算。但进口车辆购置税就按车价的10%征收。

特别提醒：

已经办理纳税申报的车辆底盘发生更换或免税条件消失的，纳税人应按规定重新办理纳税申报。

底盘发生更换的车辆，计税依据为最新核发的同类型车辆最低计税价格的70%。同类型车辆是指同国别、同排量、同车长、同吨位、配置近似等（下同）。

小提示：

由于目前汽车销售中的报价情况非常复杂，所以车辆购置税征收部门对所有可以上牌的车辆采用一个最低征收参数来加以控制。有些保价过低的车辆，其实际征收的车辆购置税可能超过该车车价的10%。计算公式如下：

① 购买的应税车辆应纳税额＝（含增值税的销售价格＋价外费用）÷1.17×10%

② 进口的应税车辆应纳税额＝（关税完税价格＋关税＋消费税）×10%

③ 其他方式取得的应税车辆应纳税额＝最低计税价格×10%

④ 根据《财政部 国家税务总局关于减征1.6升及以下排量乘用车车辆购置税的通知》（财税〔2009〕154号）规定，对2010年1月1日至12月31日购置1.6升及以下排量乘用车，暂减按7.5%的税率征收车辆购置税。

购买的应税车辆应纳税额＝（含增值税的销售价格＋价外费用）÷1.17×7.5%

特别提醒:

① 车辆价格,是指国家税务总局依据车辆生产企业提供的车辆价格信息,参照市场平均交易价格核定的车辆购置税计税价格,它不得低于该车型在国家税务总局登记的价格。对于国家税务总局没有核定最低计税价格的车辆,税务机关可比照已核定的同类型车辆最低计税价格征税。也就是说,无论车降价幅度有多大,缴纳的购置税还是有底线的。

② 免税条件消失的车辆,自初次办理纳税申报之日起,使用年限未满10年的,计税依据为最新核发的同类型车辆最低计税价格按每满1年扣减10%,未满1年的计税依据为最新核发的同类型车辆最低计税价格;使用年限10年(含)以上的,计税依据为0。

③ 车购税条例第六条"价外费用"是指销售方价外向购买方收取的基金、集资费、返还利润、补贴、违约金(延期付款利息)和手续费、包装费、储存费、优质费、运输装卸费、保管费、代收款项、代垫款项以及其他各种性质的价外收费。

特别提醒:

车辆购置税应在发票日期的60天内交纳。如逾期,每日加收车辆购置税计算时间收应缴税额万分之一的滞纳金。

2)关于减征1.6升及以下排量乘用车车辆购置税的通知中乘用车的含义。

本通知所称乘用车,是指在设计和技术特性上主要用于载运乘客及其随身行李和(或)临时物品、含驾驶员座位在内最多不超过9个座位的汽车。具体包括以下几种:

① 国产轿车:"中华人民共和国机动车整车出厂合格证"(以下简称合格证)中"车辆型号"项的车辆类型代号为"7","排量和功率(mL/kW)"项中排量不超过1600mL。

② 国产客车:合格证中"车辆型号"项的车辆类型代号为"6","排量和功率(mL/kW)"项中排量不超过1600mL,"额定载客(人)"项不超过9人。

③ 国产越野汽车:合格证中"车辆型号"项的车辆类型代号为"2","排量和功率(mL/kW)"项中排量不超过1600mL,"额定载客(人)"项不超过9人,"额定载质量(kg)"项小于额定载客人数和65kg的乘积。

④ 国产专用车:合格证中"车辆型号"项的车辆类型代号为"5","排量和功率(mL/kW)"项中排量不超过1600mL,"额定载客(人)"项不超过9人,"额定载质量(kg)"项小于额定载客人数和65kg的乘积。

⑤ 进口乘用车:参照国产同类车型技术参数认定。

乘用车购置日期按照《机动车销售统一发票》或《海关关税专用缴款书》等有效凭证的开具日期确定。

（2）车辆购置税的免税

1）对于在外留学人员（含中国香港和中国澳门地区）、来华定居专家以及一些特种车型给予一定的减免税优惠政策。

留学人员购买1辆国产小汽车免税。

来华专家进口自用的1辆小汽车免税。

留学人员购置的、来华专家进口自用的符合免税条件的车辆，主管税务机关可直接办理免税事宜。

2）防汛和森林消防部门购置的由指定厂家生产的指定型号的用于指挥、检查、调度、防汛（警）、联络的专用车辆免税。

3）纳税人购置的农用三轮车免税。主管税务机关可直接办理免税事宜。

（3）车辆购置税的退税

1）退税的范围。按照2006年1月1日起正式实施的《车辆购置税征收管理办法》中有关规定，可以退税的情形有：①因质量原因，车辆被退回生产企业或者经销商的；②应当办理车辆登记注册的车辆，公安机关车辆管理部门不予办理车辆登记注册的；③税务征收机关错征、多征税款的。

2）退税的手续。纳税人申请退税时，应如实填写《车辆购置税退税申请表》，分别提供相关资料：①未办理车辆登记注册的，提供生产企业或经销商开具的退车证明和退车发票、完税证明正本和副本；②已办理车辆登记注册的，提供生产企业或经销商开具的退车证明和退车发票、完税证明正本、公安机关车辆管理机构出具的注销车辆号牌证明。

3）退税金额的计算。

① 因质量原因，车辆被退回生产企业或者经销商的，纳税人申请退税时，主管税务机关依据自纳税人办理纳税申报之日起，按已缴税款每满1年扣减10%计算退税额；未满1年的，按已缴税款全额退税。其计算公式为：

$$应退税额 = 已纳车辆购置税税额 \times (1 - 年限 \times 10\%)$$

② 公安机关车辆管理机构不予办理车辆登记注册的车辆，纳税人申请退税时，主管税务机关应退还全部已缴税款。

③ 因税务征收机关错征多征的税款，由税务机关核实后，退还多缴的税款。

2. 车辆保险

（1）办理保险的相关手续　凡是行驶证、号牌齐全，并经车辆管理部门检验合格的车辆，都可以向保险公司投保。

机动车所有人需要办理车辆保险，可以直接到开展此项业务的保险公司办理，也可以委托汽车经营企业办理。在办理车辆保险时应携带以下资料：

①《机动车行驶证》（复印件），未领取牌证的新车提交机动车销售统一发票

（复印件）及《车辆出厂合格证》（复印件）。

② 被保险人身份证明复印件。

③ 投保人身份证明原件。

④ 约定驾驶人的应提供约定驾驶人的《机动车驾驶证》复印件。

⑤ 在投保时应事先阅读有关保险条款并如实填写投保单并签字确认。并在缴纳保险费后，领取投保单、保险单、保险卡、批单、保险费发票等有关单据。

⑥ 约定驾驶人的应提供驾驶人的《机动车驾驶证》。

保险有效期以 1 年为限，也可以少于 1 年，但不能超过 1 年。期满后可以续保，并重新办理手续。保险单一式两份，投保人应妥善保管本人的一份保险单和保险费交纳收据，如在保险期内出险，将以此作为索赔依据。

（2）外地牌照车辆保险的办理　对于已经上了外地牌照的车辆如何办理保险，目前国家并没有特殊的规定。现在可以在异地办理保险手续，也可以在当地办理。一般来讲，在异地办理保险手续，理赔相当麻烦，因而还是在本地办理为好。这类车辆办理保险的手续与本地车一样。

（3）保险公司的选择　选择保险公司时应考虑的因素有以下几种：

① 综合考虑其价格与服务，如果单一地考虑保险价格，而忽略保险公司的实力，那在理赔的过程中，会遇到各式各样的麻烦，如保险公司出险不及时、定损出现遗漏以及理赔周期过长等问题。

② 在保险价格方面，一般投保不同的险种，保险公司会根据车型、车主的驾龄、车辆的使用年限和车辆出险理赔情况等给予一定的优惠。当然，各家保险公司的优惠折扣幅度差异也较大，因此驾驶人最好详细咨询保险公司的各项政策、内容，并根据自身经济状况、车况和保险需求做出选择。

③ 在服务方面，大的保险公司其定损点多，签约维修单位也多，对于车主来说维修方便，理赔快捷。

（4）车辆保险险种的选择　车辆保险的险种涉及范围相当广，主要有机动车交通强制保险和商业保险两种。而商业保险主要有主险和附加险。主险有：第三者责任险（强调第三者）、车辆损失险。

目前，各保险公司的附加险有很大不同，而一般汽车保险的附加险主要有：①全车盗抢险（满 3 个月未着落或被盗抢期受损）；②玻璃单独破碎险；③自燃损失险（车辆故障造成的损失）；④车身划痕损失险；⑤新增加设备损失险（指新增设备）；⑥车上人员责任险（车辆上人、物受损）；⑦ 车上货物责任险；⑧无过失责任险（事故发生人无损害，被保险方无过失，但已经支付无法追回的费用）；⑨车载货物掉落责任险；⑩不计免赔特约险（按责任应承担的免赔的金额）；车辆停驶损失险（自然灾害和事故造成的车辆损失及停驶损失）。

小提示：

各保险公司还开发了许多新的附加险险种。

(5) 机动车保险方案的选择

1) 个人或家庭用车、车况一般、用车属于上下班代步、有固定停车地：车辆损失险＋第三者责任险＋不计免赔率险。其保障范围为重大道路交通事故，可最大化降低车主所承担的经济损失，且附加险种保费经济。

2) 新车、商务用途较频繁、停车地点不固定、经济状况优越：车辆损失险＋第三者责任险＋不计免赔率险＋整车盗抢险＋划痕险＋玻璃单独破碎险＋车上座位险。其保障范围为所有保险责任事故，为全面覆盖的最佳组合险种。当然，保费也是最多的。

3) 九成新车、驾驶水平中下等、停车地点不固定、经济状况不错的：车辆损失险＋第三者责任险＋不计免赔率险＋盗抢险＋划痕险＋玻璃单独破碎险。

4) 车辆使用年限较长或车况较差、使用频率高：车辆损失险＋第三者责任险＋不计免赔率险＋自燃险。

(6) 投保技巧　车辆保险总体上比较规范，因为全国各保险公司的条款大同小异，但投保仍有技巧。

1) 免责条款一定要看清。虽然现在各家保险公司商业车险分 A、B、C 三种不同条款，但在一些情况下保险公司会拒绝赔付。在购买车险前，这些免责条款都应该仔细阅读。

2) 新车旧车投保有区别。投保时要注意，既不能只考虑省钱而不足额投保，也不能多花不必要的钱超额投保。由于汽车保险费的费率是固定的，因而交费多少取决于新车购置价。明智的选择是足额投保，就是车辆价值多少就保多少，不能因为要节省保险费就不足额投保，另外旧车在保险时，车主不要认为投保的数额越高，保险公司赔付的就越多。实际上，保险公司只按汽车出险时的实际损失及车辆折旧程度确定赔付金额。

3) 委托经销商投保比较方便。一般在汽车经销那里都可以买到车险，如果车主为了图省事，可以在汽车经销商那里办保险。出险后，车主直接找汽车经销商，经销商会帮助车主办理相关手续。如果是二手车，车价也并不算高，则选择小公司做保险，费用方面可能便宜些。

4) 险种组合：按照自己的实际情况，在最低保险方案、基本保险方案、经济保险方案、最佳保险方案和完全保险方案中，选择自己的保险方案。

一般车价在 10 万元以下的经济型轿车可以选择投保 4 个基本的险种：第三者责任险、车损险、车上人员意外伤害险(简称座位险)和不计免赔险；10 ~ 20 万元的经济型轿车最好加保一个玻璃单独破碎险，因为进口车的玻璃比较贵；车价在 20 ~ 50 万元的中高档车建议加保盗抢险和车身划痕险；车价在 50 万元以上的高档车建议车主选择完全保险方案。

新车自燃的可能性已经微乎其微。不仅如此，不同车龄的车也可以区别选择保险方案。如车龄 1 ~ 3 年、车价 5 万 ~ 10 万元的车在投保时，一般来说应购买第三者责任险、车损险、座位险和不计免赔险这4个基本险种；车龄1~3年、车价10万元以上的车如果是进口车或者玻璃配置比较贵的车，还应该加上玻璃单独破碎险。但是，盗抢险可以根据车主自己的情况适当省去，除非是停车的小区治安很差；车龄3年以上、车价5万~10万元的车第三者责任险、座位险和不计免赔险仍然需要投保，车损险可以视个人需求而定，如果车已经使用多年或者车主已经考虑要淘汰旧车，那么车损险可以省去；如果是中高档车，仍然可以考虑全保。

根据自己的实际情况，选择合适的险种，不要选择不必要的险种。如新车可以不投自燃险，老旧汽车不投盗抢险等。

5）车辆的保险金额要根据新车购置价确定。车辆损失险保险金额，可以按投保时新车价值或实际价值确定，但要注意保险额不得超过车辆价值，因为超过的部分无效。驾车人、乘客意外伤害险，在投保时根据使用情况投保一个座位或几个座位，如果超过2座，则5个座全部投保比较合算。第三者责任险有5万元、10万元、20万元、50万元和100万元五个档次，保费分别为1040元、1300元、1500元、1730元、1820元。一般来说，保50万元比较合适，一般的事故都能应付。自燃险是对车辆因油路或电路的原因自发燃烧造成损失进行的担保。但轿车自燃事故极为少见，所以投保的必要性不大。对于旧车的盗抢险和车损险，投保时车辆的实际价值按新车购置价减去折旧来确定，一般每年折旧10%。

6）投保省钱秘籍。

① 保费折扣。目前保险公司的商业险都可以给予一定的折扣，最低七折。采取电话投保的甚至可以突破七折。保险公司的折扣与相关因素有关。如多险种投保、无赔款续保、上门投保、电话投保等。

② 续保轮换。如果汽车在第一年度出了较大事故，在续保时保险公司可能会提高保费，这时可以尝试换一家保险公司。

③ 货比三家。各个保险公司的基础费率基本一致，但对汽车的优惠各不相同，因此在选择好险种后，多向几家保险公司询价，获得最大的优惠。

④ 送的就是赚的。有些保险公司或保险代理点对购买保险的车主提供增值服务，如保养、代办年审、救援等服务；有的保险公司对电话投保的甚至赠送加油卡，这样附赠的礼品也能省不少的费用。

⑤ 保留上年度交强险保单。如果上一年度道路交强险未出险，续保时提供上一年度保单可给予10%优惠。这在车主要换保险公司时仍有效。

⑥ 不要重复投保。这主要是指驾驶员责任险，如果车主要是自己使用，而自己又有一份完备的人寿保险或意外保险，那么就可以省下驾驶员责任险的保费。

总之，在投保时应注意不要重复投保，不要超额投保或不足额投保；保险要按档次考虑，高档、高价值车要保全；不要忘了投保的期限，及时续保；投保时要认真审查保单，注意代理人真伪，核对保单；行车时随身携带保险卡；千万注意不要骗保。

3. 车船使用税

车船税是对规定的车辆征收的一种税。车辆税是根据车的种类计税标准和规定的税额计算征收的。车辆使用税都统一由各保险公司代收，车主在交纳保费时一同交纳车辆使用税。各省、市的税率标准不一样。

国税发[2008]48号文件规定，"在一个纳税年度内，已经缴纳车船税的车船变更所有权或管理权的，地方税务机关对原车船所有人或管理人不予办理退税手续，对现车船所有人或管理人也不再征收当年度的税款；未缴纳车船税的车船变更所有权或管理权的，由现车船所有人或管理人缴纳该纳税年度的车船税。"

因此是否缴税，一看税票，二看"交强险"的代扣凭证，如果车辆是同城的，也可以凭行驶证在地税局征管系统中查询到。如果未缴纳就得补缴、从滞纳税款之日起按日加收滞纳税款万分之五的滞纳金。

一般说来，交纳车船使用税有两种途径：①在交"交强险"时，由保险公司代收代缴；②如果已经缴纳了"交强险"而未代收代缴车船税的，可以到主管地税局缴纳。

车船税的纳税人是应税车辆、船舶的所有人和管理人。车船所有人或管理人未缴纳车船税的，使用人应当代为缴纳。

应当缴纳车船税的车辆包括：载客汽车、载货汽车、摩托车、三轮汽车、低速货车、专项作业车、轮式专用机械车等。

在机场、港口及其他企业内部场地所行驶或作业的车船，依法应当在车船管理部门登记的，其所有人或管理人也应缴纳车船税。

如果是外地车辆，客户不愿意在车辆使用地交车船税，或称已在车辆登记原地缴纳过车船税，但又要在车辆使用地投保交强险时，也必须事先提供已缴的车船税证明，不能提供证明的，车船税就必须与交强险一起交。

免税车船包括：拖拉机，军队、武警专用的车船，警用车船，已经缴纳船舶吨税的船舶，使领馆和国际组织驻华机构及其有关人员使用的外交车船。非机动车是指以人力或者畜力驱动的车辆，以及符合有关国家标准的残疾人机动轮椅车、电动自行车等车辆。军队、武警等警用车辆是指带"警"字车牌的，政府机关车辆也属于要交税的范围。

电动车、自行车、拖拉机、军车、警车都是免税车辆。对农村和城市公共道路交通车船省、自治区、直辖市人民政府可以根据当地情况，给予定期减税、免税、减免税证为一车一证，并可长期使用。

江苏省车辆税的税额表（自2007年起实行）见表1-5。

表 1-5　江苏省车辆税的税额表（从 2007 年起实行）

税　目		计税单位	每年税额
载客汽车	大型客车（≥20 人）	按每辆	600 元
	中型客车（≥9 人且＞20 人）		480 元
	小型客车（≤9 人）		360 元
	微型（车长≤3.5m，排气量≤1L）		180 元
载货汽车		按自重每吨(t)	60 元（包括牵引车、挂车）
专项作业车和轮式专用机械车		按自重每吨(t)	60 元
三轮汽车/低速货车		按自重每吨(t)	24 元
摩托车		按每辆	60 元（包括轻骑）

第二章 道路交通违法行为处罚与应对

第一节 电子警察

所谓"电子警察"是指公安机关交通管理部门运用照相、计算机、视频雷达等技术和设备，对路口和主要道路违反交通法规的行为实行监控的系统工程。

利用"电子警察"查处交通违法具有科学性、客观性、公正性。"电子警察"可昼夜 24 小时监控，具有很强的威慑力。它已成为全国各地查处道路交通违法行为最常用的手段，它有效地抑制了道路交通违法行为，在道路交通管理中发挥出越来越多的积极作用。

一、常见的电子警察设备及其工作原理

目前，在国内普遍使用的电子警察设备有：信号灯路口电子警察、视频拍摄、监控拍摄、测速设备、122 道路交通报警系统和城市道路综合监控系统等。

1. 常见的电子警察设备

（1）信号灯路口电子警察 信号灯路口电子警察是最早配备、应用最为广泛、针对性最强的电子警察。过去仅拍摄闯红灯的车辆，如今拓展了功能，也可以对部分违反标志、标线的车辆进行抓拍，甚至能追踪车辆在车道上的行驶轨迹，抓拍不按道行驶的违法车辆（例如：在直行绿灯时从直行车道左转弯）。

（2）视频拍摄 视频拍摄是交通警察使用的便携设备，如：警务通手机或移动电子警察车在道路交通违法行为高发地区进行非现场处罚。用于对违停、违标（违反标志标线）、逆向行驶、机动车不按道行驶等违法行为进行实时拍照、录像。移动电子警察车顶部有摄像头，车内有一台电脑取像设备，一般需要人工操作对准某处违章多发地段，有违法车辆进入摄像区域后，车内执法人员扣动按键，拍摄下违法车辆的车牌及当时的违法状态。该设备抓拍速度较慢，对突发流动违法车辆的取证能力有限。

（3）监控拍摄 目前在大中城市中使用的道路交通监控指挥系统，不仅能够随时通过监控摄像头了解各路段的车流和事故等，还可以对监控范围内的路段违法车辆进行拍摄。主要应用于对违法掉头、违标压线、逆向行驶、违法超车等行为的非现场处罚。此类拍摄取证方式，不受时间和警力限制，可以将监控摄像头固定在某一违法行为高发区域、路段进行 24 小时录制，事后再派专人在录像中截出违法车辆图片，进行曝光公告。

（4）测速设备 目前使用的测速设备主要有：动感线圈式、雷达测速和激光测速三种。

① 动感线圈式。类似于路口电子警察的工作原理，所不同的是，拍摄目的发生变化，拍摄闯信号时的地感线圈只感应红灯亮起时通过路口的车辆，而超速曝光主要通过埋设前后两组地感线圈，感应一辆车通过固定距离的时间，从而计算出该车的瞬时速度。在路口的摄像探头对每一个经过线圈上方的车辆进行监控，并在指挥室电脑上设置一个固定时速，凡是超过此时速标准的车辆从线圈上通过时，监控设备便自动报警，并在仪器内立即截图，记录通过的车辆。该设备分车道拍摄，感应敏感度不受其他车道内车辆的影响。

② 雷达测速。测速雷达有：警车测速仪、固定式测速照相、手持雷达枪和流动三脚架测速照相等。其工作原理是利用雷达波来侦测移动物体的速度。测速雷达所使用的不是声波，而是无线电波，若无线电波所碰到的物体是固定不动的，那么所反射回来的无线电波的频率是不会改变的。然而，若物体是朝着无线电波发射的方向前进时，此时所反射回来的无线电波会被压缩，因此该电波的频率会随之增加；反之，若物体是朝着远离无线电波方向行进时，则反射回来的无线电波，其频率则会随之减小，于是就产生不同的速度数据。总之，测速雷达通过设备发射、物体反射和设备接收来测出移动物体的速度，雷达测速设备会受违法车辆附近车辆的干扰。

③ 激光测速。激光测速仪采用激光测距的原理，通过对被测物体发射激光光束，并接收该激光光束的反射波，记录该时间差，来确定被测物体与测试点的距离。激光测速是对被测物体进行两次有特定时间间隔的激光测距，取得在该时段内被测物体的移动距离，从而得到该被测物体的移动速度。激光测速器不能在运动中使用，只能在静止状态下应用；所以一般交通警察都把仪器放在巡逻车上，停车静止使用。鉴于激光测速的原理，激光光速必须瞄准垂直于激光光束的平面反射点，又由于被测车辆距离太远，且处于移动状态，或者车体平面不大，激光点必须对准车牌，从而导致值勤警员的工作强度很大，极易疲劳。现在已经生产出带连续自动测速功能的激光测速仪。

2. 电子警察的工作原理

1）电子警察有采用压力感应线和电磁感应线两种。根据路面上的汽车传来的压力或感应信号，通过传感器将信号采集到中央处理器，送寄存器暂存（该数据在一个红灯周期内有效）。目前大都采用电磁感应式。

动感线圈式利用电磁感应原理，以地感线圈作触发源，在被检测车道停车线附近埋设地感线圈，如果有车辆经过所埋设的地感线圈相应区域，电子警察控制设备检测通过线圈的磁通量的变化，再根据该车道的其他参数（如在红灯信号期间、逆行），产生触发信号，触发数码相机拍照与闪光灯闪光。将所拍得的相片存储在数码相机的记忆卡中，并实时传送到前端控制机上（数码相机到前端控制机采用

RS485 接口传输,最长距离 1.2km)。再通过网络由传输软件实时将各个路口前端控制机数据传输到监控中心,并将路口相关参数自动添加到违章数据库中。

电磁感应原理和压力大小无关。埋设在道路表面的动感线圈被经过上方的金属物体切割磁力线产生电流,启动路口上方的相机并进行拍摄。启动相机的敏感度可以设定,磁通量的大小主要决定于通过物体的速度、体积以及金属密度。可以根据要求设定为摩托车以上敏感度,避免助力车、电动车等物体通过感应线被误拍。车辆的通过速度也可以设置,比如:很多路口对车速低于 20km/h 的车辆通过感应线圈也不启动相机。启动相机仍然采用的是 2 个脉冲(前后轮先后通过路口后开始拍照),并且只能对应红灯状态下才能拍照。但是现实操作过程中,经常有车辆仅前轮过线就被拍摄下来(注:此类照片内车辆虽然也属违法,但是处罚标准应该不同于闯信号灯)。

2)在同一时间间隔内(红灯周期内),如果同时生产两个脉冲信号,即视为"有效"。也就是说,如果当时红灯,汽车的前轮过线,而后轮尚未过线,则只产生了一个脉冲,在没有连续的两脉冲时,不拍照。实际上有很多曝光照片就拍到前轮过线,这也就是俗称的前触式感应线。

3)拍照和黄灯无关,不是根据黄灯延迟 2s 设置的,是根据红灯亮起作为启动标志,提前 2s 关闭系统也不是固定设置,很多驾驶人抢在信号灯最后 1s 通过,结果也被拍摄。所以千万不要随意抢灯。

小提示:

① 有的人开车前轮越过线了,怕被拍到,于是又倒一下车,回到线内,结果还是被照了,就是因为一前一后,产生了"一对"脉冲信号(这一对脉冲是在同一个红灯周期内产生的)。肯定不会有交通警察用倒回停车线的车辆照片作为依据进行处罚。

② 黄灯亮时,拍照系统延时 2s 后启动;红灯亮时,系统已经启动;绿灯将要亮时,提前 2s 关闭系统,主要是为了防止误拍。

当图像被下载传输到指挥中心以后,就需要对图像进行登记、编号、公告,再传输到中心计算机数据库,以备各种机关调用。

二、处理电子警察曝光时应注意的事项

车主处理电子警察曝光时应注意的事项如下:

1)同一时间同一地点有两个曝光。

2)超常规车速曝光。

3)套牌车曝光。首先要核对一下照片上被曝光的车是不是自己的车,看车型颜色。现在车辆被套牌的现象已不在少数。确定车型后,还要仔细辨认车号,由于拍摄角度,图像清晰度或者号牌上沾有泥土等原因,都可能会产生误识,例如

"D"、"Q" 识别成 "O" 等。这些驾驶人一定要自己注意。

4）违法行为是否明确。例如，道路交通法规定黄灯亮起时前轮已经过线的车辆可以继续通过。被罚闯信号灯的，要仔细核对信号灯的颜色，是否有黄灯过渡、停车线是否清楚、旁边车道是否也有可能会干扰认定的其他车辆；违反标志压线的，车身、车轮是否真的压在线上；违法停车的，看地面上是否有停车线、车内是否有人等。

5）警方证据是否充分。目前我国《行政处罚法》中对执法部门作出行政处罚有严格的规定，尤其是"举证责任倒置"的要求对被处罚人非常有利。电子警察抓拍违法行为属于非现场处罚，必须有曝光照片作为处罚依据，如果只有记录，没有照片或照片中的时间与记录地点有误及照片中的违法行为不明确等，当事人可以拒绝接受处罚。

6）异地寄来的违法曝光通知书，驾驶人更要谨慎。有人伪造道路交通违法通知书，骗驾驶人把钱存进指定银行账号。现在基本全国公安系统网络相连，驾驶人无需千里迢迢到外地，完全可以在车籍所在地处理异地违章曝光。

特别提醒：
千万不要随意通过汇款的方式处理曝光，以防犯罪分子诈骗。

7）信号灯故障被曝光。驾驶人发现信号灯故障疑似被曝光时，应及时与交通管理部门联系反映信号灯的问题，并在曝光后，与交通管理部门核对信号灯的报修与维修记录。

8）抢救危重病人被电子警察曝光。目前各地公安机关对见义勇为、救死扶伤过程中的轻微违法行为大多都能网开一面教育放行。但是警方要认真核对救人闯信号的必要性和现场证据，因此车友要保留被救人员的姓名、电话以及医院的病历和急诊证明，必要情况时还要及时向警方报警备案。

三、电子警察曝光的自由裁量度

1. 超速曝光中警方取证不足有可能撤除的现象

1）超速 10% 以下。全国大部分地区对超速 10% 以下的违法车辆是不予经济处罚的，可以批评或警告，因此测速设备一般都是调整到 10% 以上的标准。但是少数经济相对落后地区的交通警察也有可能对超速 10% 以下的车辆做出处罚。

2）在限速标志附近测速。驾驶人看到限速标志开始减速，都有一个过程，突然减速会引发后方车辆避让不及造成事故。因此要求警方测速地点必须设立在限速标志后方一定距离外。

3）标志设置不符合规范。按照国家道路交通标志设置规范，正常道路限速标志应该为以 20km/h 依次递减，即从 100km/h 的限速路段不能直接进入 60km/h 限速标志路段，中间必须要有 80km/h 的限速过渡。没有过渡标志路段测速行为不符合规定。

4）非分车道埋设感应线圈的测速设备拍下并排行驶两辆以上的车辆，无法确定哪辆车超速，也不得随意处罚。驾驶人看到照片内出现两辆以上的车辆在雷达波影响范围内，可以要求警方提供该测速设备的技术说明，除分车道埋设感应线圈的设备外，雷达测速装置容易误拍其他车辆，因此对无法确定违法车辆的电子警察照片，应该作为废片处理。

5）有证据证明拍摄车辆有套牌车嫌疑，未确定身份时，暂不处罚嫌疑车辆车主。例如：同一时间同一辆车在不同的两个地方都被曝光，或者该车辆有有效证据，证明其在被曝光时间内肯定不在违法现场的。

2. 测速电子警察曝光颇有争议的地方

（1）警方偷拍　交通警察使用隐蔽拍摄手法，例如，使用民用车辆、掩体、埋伏等多种手段偷拍违法车辆。

有些省市公安部门出台内部执法要求，禁止交通警察使用非制式警车、伪装手段取证处罚超速车辆。如果当地交通管理部门有禁止隐蔽执法的类似文件，仍然有驾驶人被交通警察偷拍处罚，驾驶人可以通过投诉的方式撤销处罚。

（2）限速过低故意诱使驾驶人超速　有些地区管理部门以事故多发地段、弯道、行人过街等多种理由为借口故意设置较低的限速，甚至单向 3 条以上车道也做出 40km/h、60km/h 的限速要求，一旦在此路超速，车辆大多会超速 70% 或 100% 以上，驾驶人将面临上千元的处罚。不少省市上级公安部门也出台限速 60km/h 以下不许测速的内部管理规定。

（3）可添加日期地点的数码成像照片　按照目前国家对数码音像作为证据的有关规定，数码音像资料在作为证据时应该是一次合成的，如果警方用于处罚驾驶人的超速照片中的日期地点并非当时成像（属后期添加），则该处罚无效。

（4）拍摄人员身份决定照片处罚的合法性　根据警方内部工作程序要求，做出行政处罚的依据应该是由具有执法资格的人取证，超速照片由合作公司等单位人员取证是难以保证真实性的。例如：媒体中曝光过不少地区的超速曝光操作都是由与警方合作承包曝光经营的公司派人取证拍摄，此处罚不合法。作出违法行为处罚依据的照片应该由执法人员负责取证，非执法人员取证的照片不能作为执法依据。

3. 电子警察曝光常见的证据不足有争议的现象

（1）信号灯故障　电子警察执勤路口的信号灯从绿灯变为红灯时，中间必须有黄灯过渡，如果黄灯出现故障，绿灯直接变成红灯，产生车辆被曝光，不应该处罚当事驾驶人。

（2）照片拍摄不清　受天气或设备影响，有些照片中车号或地面停车线模糊不清以及信号灯难以辨别颜色等情况不得处罚当事车辆。

（3）照片中的静态图像证据不足　凭借一张静态照片难以认定整车没有通过停车线的车辆是否闯信号。

（4）电子警察曝光和车主的驾驶证记分　目前国内大多数城市警方对电子警察曝光的车辆除了罚款外都会对车主或驾驶人扣分。事实上在不能确定当时驾驶人容貌的情况下，采用推测的方式扣分，不符合道路交通违法行为管理的程序，道路交通安全法中也没有此类规定。有些城市为了处罚更严谨，已经取消了非现场处罚中无法确定当事人的扣分处罚。

（5）曝光公告费　有些地区被曝光车辆的车主除了要向公安交通警察缴纳几百元的违法行为罚款之外，还要额外支付给交通管理部门"公告费"（登报纸通知等费用）。道路交通法中并没有此项要求，违法车主只需要承担法律规定的处罚即可，公告费应该由发布公告单位(交通管理部门)自己承担。

（6）异地曝光处理　目前我国公安系统已经联网，方便了公安部门打击外牌、外证跨地区道路交通违法行为。车主不仅可以在违法所在地的公安机关交通管理部门接受处罚，也可以回到车籍(牌)所在地的交通警察部门接受代处罚。

但是由于受到各地公安机关的硬件水平、管理能力等因素影响，非现场处罚类的曝光资料的上传和交换工作存在不少漏洞。经常出现已经网络上锁定了车辆或驾驶人信息，却不能给车籍所在地交通管理部门提供违法取证资料，导致外地车不能到车籍所在地公安机关代为处理，影响车辆的正常年检。

交通技术监控设备记录或者录入道路交通违法信息管理系统的违法行为信息，有下列情形之一并经核实的，应当予以消除：

1）警车、消防车、救护车、工程救险车执行紧急任务的。

2）机动车被盗抢期间发生的。

3）有证据证明救助危难或者紧急避险造成的。

4）现场已被交通警察处理的。

5）因交通信号指示不一致造成的。

6）不符合"交通技术监控设备收集的违法行为记录资料，应当清晰、准确地反映机动车类型、号牌、外观等特征以及违法时间、地点、事实"规定要求的。

7）记录的机动车号牌信息错误的。

8）因使用伪造、变造或者其他机动车号牌发生违法行为造成合法机动车被记录的。

9）其他应当消除的情形。

四、常见电子警察曝光违法行为的处罚

1. 常见电子警察曝光的违法行为及预防

驾驶人能够避免但是经常因为忽略而被电子警察拍摄的违法行为主要有以下几种。

（1）跟在大型车辆后面通过路口被曝光　有些人错误认为跟在高大车辆后通过路口，被电子警察曝光不会被处罚。没有任何一个地方的法规政策说跟在大车后

就可以闯信号灯，法规中明确规定：行经交叉路口仔细观察信号灯后方可通过。也就是说，如果前方大型车辆挡住后车驾驶人观察信号灯的视线，后车驾驶人应当等高大车辆通过后，确定信号灯的指示后方可通过，许多城市的交通管理部门为了提高路口的通行能力，都增加了路边的辅助信号灯。

（2）左转弯通过路口时压黄线被曝光　如图 2-1 所示，左转弯通过路口时压黄线。此类曝光最容易被开车人忽视，但由于转弯角度过小，通过路口后没有靠对面车道的黄线右侧行驶，也会触动左侧路口停车线的电子警察感应线，左侧车轮压线的就算"违反禁止性标线"，大半部分车身或者整个车都压上了左侧停车线，就可能造成逆向行驶（图 2-2）。

> **特别提醒：**
> 　车辆左转弯时应掌握好转弯角度，不能压黄线或占对方车道行驶。

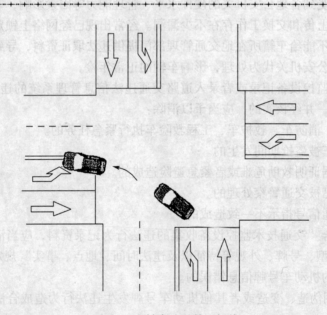

图 2-1　左转弯违反禁止标线

（3）直行过路口后压过黄线被曝光　驾驶人在绿灯正常通过本车道停车线后，如果完全按照直线行驶到对面路口对应的不一定是正常行驶的车道，很可能侵占迎面驶来的车道，所以必须注意在黄线右侧行驶，否则也会被对面路口的电子警察迎面拍摄到压黄线的违法行为，如图 2-3 所示。

> **特别提醒：**
> 　直行过路口后应按车道不压黄线行驶。

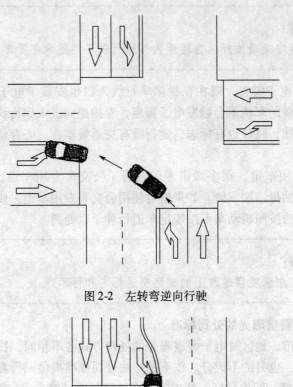

图 2-2　左转弯逆向行驶

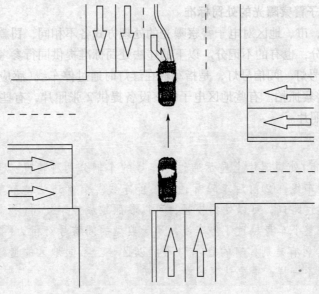

图 2-3　直行压线行驶

（4）白实线变更车道被曝光　此现象一般常见在遂道、立交桥上或路口的标线内。此类路段车道一般为白色实线，不允许车辆随意变更车道，很多城市有流动电子警察会不定期或不定点地在这些地点安排监控点抓拍车辆穿越白实线的违法行为。

> **特别提醒：**
>
> 应自觉遵守交通法规，在隧道内按道行驶不得随意变更车道。

（5）单行线电子警察　现在在很多单行线入口也安装了电子警察，设置了逆行拍摄，顺向行驶的车辆不会触发电子警察，专拍逆向进入单行线行驶的车辆。

明知是单行线，路口也有标志，觉得没有交通警察在，心存侥幸，认为进去不会被罚。

（6）占用专用车道　很多城市专门开通了公交车专用车道，或大小型车道，并设有监控探头拍摄违法车辆。如果擅自使用公交车专用车道，或者大型车长期占用小型车道，依法按照机动车不按规定车道行驶予以处罚。

> **特别提醒：**
>
> 驾车时应注意观察道路上的道路交通标志和标示线。

2. 常见电子警察曝光的处罚标准

国内各省、市、地区对电子警察曝光的处理方式各不相同，罚款金额差别也比较大，有的记分，也有的不记分。以下的违法处罚标准提供同行参考。

（1）闯信号灯　闯信号灯，是指车辆在红灯时通过停车线（感应线圈在停车线处），被电子警察抓拍。有些地区电子警察设备提供 2 张照片，有些地区电子警察只能拍摄一张照片。

> **小提示：**
>
> 部分省（市）处罚照片上显示通过停车线的车辆分两种情况：①前轮过线但是后轮未过停车线；②前后车轮都通过了停车线。前者违法情节较轻，过线后停车并没有通过路口，可以处罚较轻，可以参照越线停车处罚（罚款 50 元）；后者情节严重，整个车身越过了停车线，属于典型的闯信号灯行为（罚款 200 元）。有的省（市）处罚有差别，有的省（市）不加以区分。不同地区的道路交通安全条例和处罚代码不一样，需要认真核对。

1）曝光照片中看不清楚信号灯的都不能作为处罚当事驾驶人的依据。大雾天气本身就要求车辆行驶速度放慢，并仔细观察路口情况，如果雾很浓，信号灯的亮光完全被遮挡，误闯信号灯，违法行为不成立。

2）有的车道没有电子警察感应线，车道启动感应信号的时间也不相同，如果确定车辆所在车道有感应线，当时行驶方向是红灯，车辆又是通过停车感应线的最后一辆车，基本就能确定违法行为了。但是也不排除旁边有同样车道内的车辆同时通过停车线，或者旁边车道内车辆以极快的速度冲过停车线，拍摄瞬间超越了慢速行驶的车辆，此类情况必须由警方提供充分的证据证明区分两车的状态，否则都不得处罚。

（2）违标、不按规定车道行驶 有些车辆行驶过程中没有按照规定车道通行，或者轧过白色实线，都有可能触发电子警察感应器，被拍照曝光，越线车辆属于违反禁止标线的违法行为（罚款100元），一般处罚轻于闯信号灯。

（3）违法停车 交通警察对违反规定停放的车辆拍照后，将"违停通知书"放置在车辆的醒目位置，驾驶人或车主看到后，到指定机关或地点直接受处罚，此类处罚适用于当事人不在车内的违停行为，处罚100元。有些在黄色网状线上的违停曝光按照违反禁令标志处罚100元。

> **小提示：**
>
> "违停通知书"并不是行政处罚决定书，因此不会产生滞纳金，如果当地没有特殊规定的，都可以在车辆年检前几天一并处理。

（4）超速行驶 一般测速的交通警察大队会按照被测出超速的车辆所登记的地址，寄出车辆超速曝光照片，这是警方在实行违法告知义务，但由于各种各样的情况，很多驾驶人、车主无法收到这个通知书，不过，这样的超速曝光也会转到车籍所在地的曝光台。

第二节 常见道路交通违法行为及处罚标准

一、常见交通违法行为的条款及其含义

为了确保交通参与者，一般包括车辆驾驶人、行人、乘车人、赶骑牲畜的和占用道路者，避免违法行为的发生，现介绍常见的违法行为条款及其含义。

常见交通违法行为主要有：违反"各行其道"；违反"交通信号"；违反"交通礼让"和违反"保持安全注意"等四种。

1. 常见违反"各行其道"行为的条款及其含义

常见违反"各行其道"行为的条款及其含义见表2-1。

表2-1 常见违反"各行其道"行为的条款及其含义

违反条款（代码）	违法行为含义
103510	车辆违反右侧通行规定的
103610	机动车违反规定进入非机动车道通行的
	非机动车违反规定进入机动车道通行的
106710	拖拉机、轮式专用机械车、铰接式客车、全挂拖斗车以及其他设计最高车速低于70km/h的机动车，进入高速公路的
	非机动车进入高速公路的

（续）

违反条款 （代码）	违法行为含义
106210	行人通过路口或者横过道路，不走人行横道或者过街设施的
106710	行人进入高速公路的
207411	行人在车行道上使用滑板、旱冰鞋等滑行工具的
207412	行人在车行道坐卧、嬉闹的
204410	摩托车在道路同方向划有两条以上机动车道的道路上，未在最右侧车道行驶的
205113	机动车通过有交通信号灯控制的交叉路口，向左转弯时，未靠路口中心点左侧转弯的
206910	通过没有交通信号灯控制的交叉路口，向左转弯时，未靠路口中心点左侧转弯的。在有交通信号灯控制的交叉路口左转弯时，未沿非机动车禁驶区边缘或者路口中心右侧转弯的
103610	在没有划分机动车道、非机动车道和人行道的道路上，行人未在道路两侧通行的
207010	驾驶自行车、电动自行车、三轮车在路段上横过机动车道，未下车推行，有人行横道或者行人过街设施的，未从人行横道或者行人过街设施通过的

说明：违反条款代码中的前两位数字系指相关的法律、法规的代码。其中"10"表示《中华人民共和国道路交通安全法》，"20"表示《中华人民共和国道路交通安全法实施条例》。代码第三至第六位数字系指相关法律和法规的条、款、项。例如："106210"系指《中华人民共和国道路交通安全法》第六十二条第一款。

2. 常见违反"交通信号"行为的条款及其含义见表2-2。

表2-2　常见违反"交通信号"行为的条款及其含义

违反条款 （代码）	违法行为含义
103810	车辆在路口未按交通信号指示方向通行的
205111	车辆通过有交通信号灯控制的划有导向车道的交叉路口，未按所需行进方向驶入导向车道通过路口的
203912	红灯亮时，行人进入人行横道的
106210	通过有交通信号灯的人行横道，行人未按交通信号灯指示通行的
205320	机动车在遇有前方机动车停车排队等候时，在人行横道、网状线区域内停车等候的
205115	车辆通过有交通信号灯控制的交叉路口时，遇停止信号时，未停在停止线以外的
206311	白天在设有禁停标志、标线的路段，在机动车道与非机动车道、人行道之间设有隔离设施的路段以及人行横道、施工地段，临时停车的
204910	在有禁止掉头或者禁止左转弯标志、标线的地点以及在铁路道口、人行横道、桥梁、急弯、陡坡、隧道掉头的

3. 常见违反"交通礼让"行为的条款及其含义见表2-3。

表2-3　常见违反"交通礼让"行为的条款及其含义

违反条款（代码）	违法行为含义
104410	车辆通过没有交通信号灯、交通标志、交通标线的交叉路口时，未让行人和优先通行的车辆先行的
203830	红灯亮时，右转弯的车辆妨碍被放行的车辆、行人通行的
205117	在没有方向指示信号灯的交叉路口，转弯的机动车未让直行的车辆、行人先行的
	在没有方向指示信号灯的交叉路口，相对方向行驶的右转弯机动车未让左转弯车辆先行的
205211 206911	通过没有交通信号灯控制也没有交通警察指挥，但是有交通标志、标线控制的交叉路口，未让优先通行的一方先行的
205212 206912	通过没有交通信号灯、交通标志、标线控制也没有交通警察指挥的交叉路口，未让右方道路的来车先行的
205213 206910	没有交通信号灯控制也没有交通警察指挥的交叉路口，转弯的车辆未让直行的车辆先行的
205214	通过没有交通信号灯控制也没有交通警察指挥的交叉路口，相对方向行驶的右转弯的机动车未让左转弯的车辆先行的
206913	非机动车通过没有交通信号灯控制也没有交通警察指挥的交叉路口，相对方向行驶的右转弯的非机动车未让左转弯车辆先行的
104710	机动车遇行人正在通过人行横道，未停车让行的
104720	机动车行经没有交通信号的道路时，遇有行人横过道路未避让的
207020	因非机动车道被占用无法在本车道内行驶的非机动车，在受阻的路段借用相邻的机动车道行驶，机动车未让行的
	因非机动车道被占用无法在本车道内行驶的非机动车，在受阻的路段借用不相邻的机动车道行驶的
207214	驾驶自行车、三轮车、电动自行车、残疾人机动轮椅车转弯时，与正常行驶的非机动车发生道路交通事故的
204420	在道路同方向划有2条以上机动车道的，变更车道的机动车影响相关车道内机动车行驶的
205320	机动车在遇有前方机动车停车排队等候或者缓慢行驶时，未依次排队，从前方车辆两侧穿插或者超越行驶的
204812	在没有中心隔离设施或者没有中心线的有障碍的路段上，机动车遇相对方向来车时，在有障碍的路段，未让无障碍的一方先行的
204812	在没有中心隔离设施或者没有中心线的有障碍的路段上，机动车遇相对方向来车时，有障碍的一方已驶入障碍路段而无障碍的一方未驶入时，未让有障碍的一方先行的

（续）

违反条款（代码）	违法行为含义
204813	在没有中心隔离设施或者没有中心线的狭窄的坡路，机动车遇相对方向来车，未让上坡的一方先行的
	在没有中心隔离设施或者没有中心线的狭窄的坡路，机动车遇相对方向来车，下坡的一方已行至中途而上坡的一方未上坡时，未让下坡的一方先行的
204814	在没有中心隔离设施或者没有中心线的狭窄的坡路，机动车遇相对方向来车时，未让不靠山体的一方先行的
204920	在没有禁止掉头或者没有禁止左转弯标志、标线的地点掉头，妨碍正常行驶的车辆和行人通行的
104311	同车道行驶的机动车，前车正在左转弯、掉头、超车时超车的
104312	同车道行驶的机动车，与对面来车有会车可能时超车的
205114	通过有交通信号灯控制的交叉路口，遇放行信号时，未依次通过，超越前车发生道路交通事故的
205116	通过有交通信号灯控制的交叉路口，向右转弯遇有同车道前车正在等候放行信号时，未依次停车等候的
105410	未避让进行作业的道路养护车辆、工程作业车的

4. 常见违反"保持安全注意"行为的条款及其含义见表2-4。

表2-4 常见违反"保持安全注意"行为的条款及其含义

违反条款（代码）	违法行为含义
104314	行经铁路道口、交叉路口、窄桥、弯道、陡坡、隧道、人行横道时超车的
204710	超车时，后车未确认有充足的安全距离，未从前车的左侧超越的
	超车时，未与被超车辆拉开必要的安全距离，驶回原车道与被超车辆发生交通事故的
104310	同车道行驶的机动车，后车未与前车保持足以采取紧急制动措施的安全距离的
105210	夜间机动车在车行道上发生故障可以移动时，驾驶人未立即开启危险报警闪光灯，并且未将机动车移至不妨碍交通的地方停放的
105610	夜间机动车未按规定在车行道停放的
106810	机动车在高速公路上发生故障或者发生交通事故，未按规定开启危险报警闪光灯、未在故障车来车方向150m以外设置警告标志的
206010	夜间机动车在车行道发生故障或者发生交通事故，妨碍交通又难以移动的，未按规定开启危险报警闪光灯、在车后50～100m处设置警告标志、同时开启示廓灯和后位灯的

（续）

违反条款 （代码）	违法行为含义
206311	夜间在设有禁停标志、标线的路段，在机动车道与非机动车道、人行道之间设有隔离设施的路段以及人行横道、施工地段临时停车的
206312	夜间在交叉路口、铁路道口、急弯路、宽度不足 4m 的窄路、桥梁、陡坡、隧道以及距离上述地点 50m 以内的路段临时停车的
206313	夜间在公共汽车站、急救站、加油站、消防栓或者消防队（站）门前以及距离上述地点 30m 以内的路段，临时停车的，使用上述设施的车辆除外
205410	机动车装载长度、宽度、距地面高度违反规定，导致道路交通事故发生的
206211	车门、车厢没有关好时行车，导致乘车人发生交通事故的
206314	车辆未停稳前开车门和上下人员的 开关车门妨碍其他车辆、行人通行的
206316	城市公共汽车在站点以外的路段停车、上下乘客时，乘客与其他车辆发生事故的
106810	夜间机动车在行驶中发生故障、事故时，除抢救伤员、灭火等紧急情况外，驾驶人、乘车人未按规定离开车辆和车行道
103220	施工作业单位未在经批准的路段和时间内施工作业，并未在距离施工作业地点来车方向安全距离处设置明显的安全警示标志、采取防护措施的 施工作业单位施工作业完毕，未迅速清除道路上的障碍物，消除安全隐患，导致发生事故的
203510	道路养护施工单位在道路上进行养护、维修时，未按规定设置规范的安全警示标志和安全防护设施的
205320	道路施工需要车辆绕行，施工单位未在绕行处设置标志的
102820	未按规定设置广告牌、管线等，影响通行的
104210 204410 204510 204610	机动车违反行驶速度规定的
105210	白天机动车在车行道上发生故障可以移动时，驾驶人未立即开启危险报警闪光灯，并且未将机动车移至不妨碍交通的地方停放的
105610	白天机动车未按规定停放的
206010	白天机动车在车行道发生故障或者发生交通事故，妨碍交通又难以移动的，未按规定开启危险报警闪光灯、在车后 50～100m 处设置警告标志、同时开启示廓灯和后位灯的
206312	白天在交叉路口、铁路道口、急弯路、宽度不足 4m 的窄路、桥梁、陡坡、隧道以及距离上述地点 50m 以内的路段，临时停车的
203510	道路养护施工作业车辆、机械作业时未开启示警灯和危险报警闪光灯的

（续）

违反条款 （代码）	违法行为含义
206313	白天在公共汽车站、急救点、加油站、消防栓或者消防队（站）门前以及距离上述地点30m以内的路段，临时停车的，使用上述设施的车辆除外
207213	醉酒驾驶自行车、三轮车、电动自行车、残疾人机动轮椅车的
207311	醉酒驾驶畜力车的
019101	饮酒后醉酒后驾驶机动车的
02620107	疲劳驾驶机动车的

二、常见道路交通违法行为及处罚标准

1. 违法停车

违法停车行为，是指驾驶人离开车辆，在停车场或者准许车辆停放地点以外的道路上，较长时间停车的情形。目前，针对此行为，执勤交通警察粘贴违法停车处理告知单，并使用照相机、摄像机进行摄录取证。

（1）容易被开车人误解的禁停地点

1）比较宽的人行道。道路交通法规定人行道禁止停车。

2）单位、医院、居民小区门口。这些门口大多都是人行道。

3）非机动车道。有隔离设施或白实线区分的非机动车道不允许停车。

4）公交车站台前面后30m内。公交站台禁止停车（本地有特别规定的除外）。

5）没有禁停标志的路段。很多禁停标志并不是竖立在停车人眼前，大多都安装在道路的两头。没有标志并不意味着可以随意停车。

6）原来漆面有停车位，后来该停车位因故取消。交通警察会用黑漆涂掉停车位，或者凿掉原停车位白线，停车位线明显有涂改或取消痕迹的路段不能停车。驾驶人停车时要仔细观察。

（2）按规定合法停车的地点

1）漆面有停车位的地方，顺向停放（车位内逆向停车仍属违法）。部分城市允许车辆在公交车站临时停车上下人。

2）在停车场、小区（开放式小区除外）或单位院内停车。

3）无禁停标志的机动车与非机动车混合道路。

特别提醒：

① 禁停标志有方向性。立在道路左侧，则道路的左侧禁止停车，右侧可以停车；立在道路右侧，则道路的右侧禁止停车，左侧可以停车。有的在左、右两侧都有禁停标志，则左右两侧都不可停放。

② 交叉路口 50m 以内不能停车。

③ 地上有黄色网状线区不能停车。

（3）违停的处罚形式及标准

1）驾驶人在车内的，交通警察可以指出违法行为，并予以口头警告，令其立即驶离。

2）如果驾驶人不在现场或虽在现场，但拒绝立即驶离，妨碍其他车辆、行人通行的，处 20 元以上 200 元以下罚款。

车辆停放在禁停路段，交通警察拍照时驾驶人不在车内，交通警察在车窗显著位置贴上"违停通知书"，通知车主有违停行为，可以到辖区交通警察大队或者曝光台处理。交通警察在拍照时驾驶人赶到车辆附近的违停行为仍然成立；驾驶人离开车辆违停时间的长短与违法行为处罚轻重无关，即违停 2min 和违停 2h 的处罚相同；同一次违法行为交通警察不能做出 2 次相同的处罚，即车上已有违停单，其他交通警察包括其本人不得在同一地点再次对同一车辆的同一违法行为拍照处罚。

特别提醒：

① 如果车主发现处罚单并将罚单收起，但没有将车移开，交通警察仍可能进行第二次处罚。

② 如果停车后从来没有来到车前，对交通警察贴出的"违停通知书"并不知情，通知书被风刮走或被其他人拿走，第二位交通警察再来抄牌贴上违停通知书，第二次处罚是可免除的，因为停放车辆的时间虽长，但是违法行为只有一次，所以不应该被两次处罚。

③ 拖移车辆。车辆停放的位置严重影响道路交通或妨碍行人车辆通行被举报，驾驶人不在现场的，交通警察可用拖车拖移至停车场，不收取拖车费，但是要对车主罚款 50 元并要求支付停车场管理费。

④ 罚款 200 元，不记分。交通警察劝其驶离，拒不驶离；多次在此处违停被处罚仍继续违停；或者交通警察劝其驶离后，又返回原处违停的车主适用此条款。

⑤ 在黄色网状线处停车。按照违反禁止线处罚，罚款 100 元、记 2 分。

2. 闯信号灯

闯信号灯就是机动车违反信号灯规定通行。闯信号灯包括很多种情况，不同的情况处罚标准也不一样，主要有以下几个方面。

1）闯红灯。全国大部分城市的标准是罚款 200 元、记 3 分，非现场处罚不记分。也有处罚金额比较高的。

2）闯黄灯。处罚等同于闯红灯。《道路交通安全法实施条例》第三十八条第二款规定，黄灯亮起时车辆前轮已经越过停止线的车辆可以继续行驶，黄灯亮起时前轮还没有通过停止线的车辆不得进入路口。

3）没有停止线的红绿灯交叉路口，在红灯亮起时车辆停在路口的，《道路交通安全法实施条例》第五十一条第五款规定：遇停止信号时，依次停在停止线以外。没有停止线的，停在路口以外。

4）红灯亮起时车辆主动停车骑跨在停止线上没有通过路口的，可以参照越线停车做出处罚。不必按照闯信号灯罚款 200 元、记 3 分。

5）借用左转或右转车道直行，或者借用直行车道左转或右转，是违反了车道行驶方向的信号灯指示，都属于闯信号灯行为。罚款金额也是 200 元。

> **特别提醒**：
>
> ①有禁左标志的路段，尽量不要掉头，除非地面有允许掉头标志或者空中有掉头信号灯（绿灯）；②有人行横道线的地方掉头时，尽量开过线外再掉头。

3. 超速行驶

《道路交通安全法》第四十二条规定：机动车上道路行驶，不得超过限速标志标明的最高时速。在没有限速标志的路段，应当保持安全车速。夜间行驶或者在容易发生危险的路段行驶，以及遇有沙尘、冰雹、雨、雪、雾、结冰等气象条件时，应当降低行驶速度。

> **特别提醒**：
>
> 在路段复杂、气候恶劣的情况下，为了确保安全通行，必须强制车辆降低行驶速度。法规中还规定了在特殊情况下车辆行驶的最高时速，最高时速不准超过 20km/h，拖拉机不准超过 15km/h 的情形有：①通过胡同（里巷）、铁路道口、急弯、窄路、窄桥、隧道时；②掉头、转弯、下陡坡时；③遇风、雨、雪、雾、能见度在 30m 以内时；④在冰雪、泥泞的道路上行驶时；⑤喇叭、刮水器发生故障时；⑥牵引发生故障的机动车时；⑦进、出非机动车道时。

我国《道路交通安全法》第九十九条规定：机动车行驶超过规定时速 50% 的，由公安机关交通管理部门一次记 6 分，并处 200 元以上 2000 元以下罚款；未达50% 的，一次记分 3 分，并处 20～200 元罚款。

> **特别提醒**：
>
> 高速公路限速并非一成不变的，根据不同情况，特别是遇到天气变化，限速有可能调整，所以上高速要注意观察电子限速指示牌。

4. 酒后及醉酒开车

从 2007 年 3 月起，我国有了统一认定酒后驾驶的标准，即《车辆驾驶人员血液、呼气酒精含量阈值与检验》。在该规定中，"饮酒驾车"是指车辆驾驶人员血液中的酒精含量大于或者等于 20mg/100mL、小于 80mg/100mL 的驾驶行为；"醉酒驾车"是指驾驶人员血液中的酒精含量大于或者等于 80mg/100mL 的驾驶行为。医生据此分析，普通人喝一杯啤酒即达"酒后驾车"的标准。

目前，我国加大了对酒后开车违法行为的处罚力度。一旦酒后或醉酒开车，将会受到重罚。《道路交通安全法》第九十一条规定：对酒后驾驶机动车的，除暂扣 1 个月以上 3 个月以下机动车驾驶证，还要处 200 元以上 500 元以下罚款；对醉酒后驾驶机动车的，先由公安机关交通管理部门约束至酒醒，除处 15 日以下拘留和暂扣 3 个月以上 6 个月以下机动车驾驶证外，还要处 500 元以上 2000 元以下罚款。

对酒后驾驶营运机动车的，除暂扣 3 个月机动车驾驶证外，还要处 500 元罚款；对醉酒后驾驶营运机动车的，由公安机关交通管理部门约束至酒醒，处 15 日以下拘留和暂扣 6 个月机动车驾驶证，并处 2000 元罚款。一年内有醉酒后驾驶机动车行为的，并被处罚两次以上的，将被吊销机动车驾驶证，并且 5 年内不得驾驶营运机动车。

> **特别提醒**：
>
> 于 2010 年 4 月 1 日实施的《机动车驾驶证申领和使用规定》对酒后开车的违法行为，一次记 12 分，并应当在 15 日内到机动车驾驶证核发地或者违法行为地公安机关交通管理部门接受为期 7 日的道路交通安全法律、法规和相关知识的教育。机动车驾驶人接受教育后，车辆管理所应当在 20 日内对其进行科目一考试。

5. 未保持安全距离

车辆常见的追尾事故，就是因为在同一车道内，后车没有与前车保持足以采取紧急制动措施的安全距离。防止追尾事故的发生，最有效的方法就是驾驶人提高警惕性，在开车过程中注意保持安全距离。

在同车道行驶，不按规定与前车保持必要安全距离的，一次记 2 分，处以罚款 100 元。

6. 不系安全带，开车打手机

一些驾驶人及坐在前排的乘客没有系安全带的习惯，认为有安全气囊，安全带系不系关系不大，其实，安全带的保障功能大大超过了安全气囊。根据研究表明，和安全气囊相比，腰带、肩带等安全带是汽车上最有效的安全装置，它大致可以降低 40%~50% 的道路交通事故死亡率。

目前，我国对于不系安全带的处罚标准一般是 50 元，有的地方是 200 元，一次记分 2 分。对于前排乘客不系安全带的也要处罚。

有的人驾车打电话，给道路交通安全带来了许多负面影响。边开车边打电话，开车所必需的注意力就会不足，极易造成追尾交通事故。一次记 2 分，罚款 50 元。

特别提醒：

① 排队候行以及在路口等信号，都是处于驾驶状态，按照规定都不允许接打电话，交通警察可以对违法驾驶人做出处罚。

② 目前各地交通警察对驾驶车辆时使用车内的免提电话和耳机接电话基本是默许，没有处罚的规定。

7. 违章鸣笛

目前国内大部分的城市都选择在市区范围内全面禁鸣。但是，道路上各种各样的情况时常诱发违鸣。有的驾驶人一遇到路堵就会鸣笛不止，直至前方挡路的车辆让开为止。

道路交通法规定：机动车在禁止鸣笛区域鸣笛或在非禁止鸣笛的区域和路段使用喇叭时，音量超过 105dB，每次按鸣时间超过 0.5s，连续按鸣超过 3 次的，都属于违章鸣笛。上海市从 2007 年 6 月开始对违章鸣笛最高可以处罚 200 元，广州则罚款 150 元。

小提示：

在行车过程中，很多情况根本不需要鸣笛，有时可以以灯语代替。比如，变更车道，应该提前 10s 以上开启转向灯，让后车有所准备。后车如果同意，可以放慢车速，闪一下前照灯；如果车距太近，不同意前车变道，则可连闪几下前照灯。再比如：如果遇到突发情况，需要放慢车速或是临时停车，可开启危险报警闪光灯。在高速路上行驶，如果发现后车尾随得太近，可以轻踩制动踏板，提示后车保持车距。但千万不要猛踩制动踏板。

8. 违章超车

正确的超车应该先观察后视镜，在确保安全后打左转向灯，然后再前后左右看清，一边看一边变道，然后超越前车，再观察后视镜，确保安全后打右转向灯，再驶回原车道。

我国交通法规中规定违章超车的情况有：①从被超车的右侧超越；②在被超车

示意左转弯、掉头时超车；③与对面来车有可能会车的，强行超车；④超越正在超车的车；⑤被超车为执行紧急任务的警车、消防车、救护车、工程救险车；⑥在铁路道口、交叉路口、窄桥、弯道、陡坡、隧道、人行横道、市区道路交通流量大的路段、泥泞道路、冰雪道路等没有超车条件的情况下超车。

按照《道路交通安全法》第九十条规定：对于违章超车的违法行为，一次记3分，处警告或者20元以上200元以下罚款。

小提示：

目前两条以上车道的城市道路以及高速、快速公路上，已经不再对右侧超车的驾驶人进行处罚。车辆分道行驶，快速车可以从任何一条车道超越慢速车。

9. 故障车未按规定设立警示标志

行车过程中，发生事故或是发生故障抛锚，按照规定，必须在车后规定范围内设立警示标志或打开危险报警闪光灯和车廓灯，给过往车辆做出必要的提示，尤其是在高速公路上或夜间道路上更为必要。

道路交通法第五十二条规定：机动车在道路上发生故障，需要停车排除故障时，驾驶人应当立即开启危险报警闪光灯，将机动车移至不妨碍道路交通的地方停放；难以移动的，应当持续开启危险报警闪光灯，并在来车方向设置警告标志等措施扩大示警距离，必要时迅速报警。

在高速公路上须在故障车的前、后各100m设置危险警告标志。不按规定使用灯光和设置警告标志的，一次记3分，处罚款20～200元。

大部分省、市对此项违法行为都是按照罚款200元的标准进行处罚。

10. 争道抢行

争道抢行是一种非常不文明的驾驶行为，缺乏起码的社会公德。尤其是在行经人行道时，不减速不避让。争道抢行常见的行为有以下几种：

1）遇放行信号未让先被放行车辆。

2）遇放行信号时，转弯车未让直行车和被放行的行人。

3）遇停止信号时，右转弯和T形路口的直行车未让被放行的车辆、行人。

4）支路车未让干路车。

5）进入环形路口车未让环形路口内的车。

6）机动车驶入非机动车道或人行道、转弯、停车、起步时，妨碍或威胁了非机动车或行人的安全。

7）行驶在两条以上车道的路段上，机动车变更车道时，妨碍本车道车辆正常行驶。

8）通过人行横道时不减速、不避让，对行人的安全构成威胁而强行通过。

11. 前方受阻未依次行驶

在路口已经发生拥堵时，少数驾驶人没有耐心，前方路口车辆还没有放完，就往前挤。《道路交通安全法实施条例》中第五十三条规定："机动车遇有前方交叉路口道路交通阻塞时，应当依次停在路口以外等候，不得进入路口；机动车在遇有前方机动车停车排队等候或者缓慢行驶时，不得在人行横道、网状线区域内停车等候"。违反规定的可以处以50元以上200元以下罚款，可并处吊扣驾驶证1个月以上3个月以下。

机动车在高速公路或者城市快速路上遇交通堵塞，占用应急车道行驶的，一次记6分。遇前方机动车停车排队或者缓慢行驶时，借道超车或者占用对面车道，穿插等候车辆，一次记2分，处以200元罚款。

按照《道路交通安全法》的规定，当路口内车拥堵时，即使行驶方向是绿灯也不能进入路口。

12. 逆向行驶

机动车违反了右侧通行的原则，就属于逆向行驶，它是属于非常严重的违法行为。常见的逆向行驶行为有以下几种：

1）闯单行线，反方向行驶的车辆。

2）超车时在黄实线左侧超越前车的。

3）进入路口时大半车身压过中心黄实线左侧行驶。

4）在高速或立交桥匝道逆向行驶。

5）在人行道逆向行驶。

按照《道路交通安全法》第九十条相关规定，一次记3分，处以警告或者150元罚款。

13. 违章倒车

《道路交通安全法》第五十条规定：机动车倒车时，应当察明车后情况，确认安全倒车。不得在铁路道口、交叉路口、单行路、急弯、桥梁、陡坡或者隧道中倒车。

除上述规定外，车辆可以在保证安全的情况下倒车。但是有些交通警察对该条款理解有误，经常出现对倒车驾驶人的错误处罚。

小提示：

并不是所有的违法行为都要罚款和记分，有些轻微违法行为没有对应的处罚代码就不能牵强地设定一个处罚项目，可以给予口头教育放行。

特别提醒：

在高速公路上倒车、逆行、穿越中央分隔带掉头的，一次记12分。

14. 无证驾驶

属于无证驾驶的行为主要有：①根本没有驾驶证；②虽有驾驶证但驾驶车

辆与准驾车型不符；③驾驶证未定期审验已经失效；④驾驶证被依法暂扣期限间的。

《道路交通安全法》第九十九条规定：未取得机动车驾驶证、机动车驾驶证被吊销或者机动车驾驶证被暂扣期间驾驶机动车的由公安机关交通管理部门处 200 元以上 2000 元以下罚款；而对于驾驶的车辆与其准驾车型不符的，各地区处罚标准不一，有的参照无证驾驶处罚。

15. 驾驶具有安全隐患的车辆

道路交通法规规定，机动车上路行驶前，驾驶人应当对机动车的安全技术性能进行认真检查，不得驾驶安全设施不全或者机件不符合技术标准等具有安全隐患的机动车。例如，制动器、转向器、灯光装置及后视镜等机件发生故障或者安全带、灭火器及警告标志等安全设施不全时，都可能在行驶中引发道路交通事故或造成事故损失扩大。

交通警察常用的相关处罚项目有：驾驶转向灯、制动灯、前照灯不全的车辆上路；驾驶没有灭火器的营运车辆或驾驶没有三角警示标志车辆上路。

> **特别提醒：**
>
> ① 许多驾驶人尚不清楚，交通警察也可以对抛锚车、故障车的驾驶人做出处罚（放置警示标志的爆胎车除外），因为每位驾驶人都有认真检查保养车辆不在道路上抛锚的责任和义务。
>
> ② 前照灯必须远近光灯和左右两个灯（包括制动灯等）都正常，有一个灯不亮或者前照灯缺近光或远光都有可能被处罚。
>
> ③ 有些地区的交通警察处罚牌照灯不亮的车辆，这是没有法律依据的，按照目前车辆检测的有关规定，车辆上与安全设施有关的配件没有牌照灯。

国内大部分省、市对驾驶有安全隐患车辆的驾驶人给予罚款 200 元。

16. 超载和超限

常见的治理超载超限行为有以下几种：

1）车辆自身重量超过行驶证中标注的重量。货运车辆的钢板数量超过或低于产品目录中该车的实际钢板数。

2）小客车超载。一般确定是否超载是按照小孩是否占用座位来作为参照的。

> **特别提醒：**
>
> 有些交通违法行为导致的道路交通事故不能获得保险赔偿，主要有：①无驾驶证的；驾驶车辆与准驾车型不符的；②驾驶人饮酒、吸毒、被药物麻醉后驾车发生事故；③保险车辆肇事逃逸的。

驾驶公路客运车辆载人超过核定人数20%以上，一次记12分，并处500~2000元罚款；未达20%的，一次记6分，并处200~500元罚款。

驾驶公路客运车辆以外的载客汽车，载人超过核定人数20%以上，一次记3分并处20~200元罚款；未达20%的，一次记2分，并处20~200元罚款。

货车载物超过核定载质量30%以上或者违反规定载客的，一次记3分，并处500~2000元罚款；未达30%的，一次记2分，并处200~500元罚款。

17. 在非警用车辆上安装红蓝爆闪灯

根据国家标准《特种车辆标志灯具》（GB 13954—2004）的规定，特种车标志灯具是指安装在特种车辆上，为其提供警告、警戒、危险、紧急等标志信号的灯具。其中警用标志灯具的灯色是红色或红蓝同时使用，发光方式有闪烁式和脉冲式多种。

目前市场上销售的红蓝爆闪灯有许多种，公安机关交通管理部门查获的此类灯具是否属于警用标志灯具，可参阅公安部装财局制发的《警用装备目录》。对于目录里登记的，应当视为警用标志灯具，并根据《道路交通安全法》第97条的规定，强制拆除，予以收缴，并处200元以上2000元以下罚款。对于未列入目录的，可要求当事人立即纠正，拆除相关灯具后放行。

第三节　道路交通违法事实的认定及处罚

一、道路交通违法事实的认定方式

目前，交通民警在执法过程中。对于道路交通违法事实的认定方式有：①现场指认；②现场检查；③检测及鉴定；④拍照及录像；⑤询问当事人和证人。

1. 现场指认

对一些明显的具有形成快、消失快、事后不留痕迹等特点的违法，民警以自己亲眼所见为根据，当场予以确认。这也是法律赋予民警的权利。比如闯信号灯、违法超车、逆向行驶、不服从交通警察指挥等。

国家赋予道路交通民警处罚轻微道路交通违法行为可以通过判断便能确认处罚的权利，凭借自身目测即可判断处罚有闯信号灯等道路交通违法行为的驾驶人。但是交通警察不能采用推断的方式处罚驾驶人。

2. 现场检查

民警执勤时，可以通过查看、查验车辆确认违法事实，比如超载、未经批准擅自改装车辆、酒后驾驶，非法安装警用器具等。

3. 检测及鉴定

驾驶人有些违法事实必须通过科学方法和先进的技术手段来认定。最常见的就是醉酒驾车，交通警察必须对驾驶人血液中所含酒精的浓度进行检验，才能得以确认。另外，制动系统符合不符合要求，也必须通过车辆安全技术检测等。

4. 拍照及录像

拍照及录像主要是电子警察、道路交通指挥实时监控系统。这种方式能直观、有效地获取和证明当事人是否违法，对闯红灯、违法停车、违反禁令禁止标志等行为做记录。只要违法事实照片或录像的图像清晰，没有涂改或重新制作，就能作为认定违法事实的证据。

5. 询问当事人和证人

通过当事人陈述和目击证人的证词（应具有真实性）来确定违章事实。特别对于情况复杂、情节严重，又不属于形成快、消失快、事后不留痕迹的道路交通违章，应当采用这种方式，广泛收集证据。有利于消除执法民警的主观性、随意性和片面性。

二、道路交通违法行为处罚的形式

常见的道路交通违法处罚就是交通警察开的罚款单，有时还会扣留驾驶证、行驶证。对于有道路交通违法行为的驾驶人，除了罚款、暂扣证件以外还有警告、吊销驾驶证等处罚，如果违法情节严重的还可以处以行政拘留。

1. 行政处罚决定书

行政处罚决定书是驾驶人最为常见的行政文书，发达城市的交通警察已经使用"警务通"等电子设备直接打印出行政处罚决定书。文书中注明了驾驶人的姓名、车号、地点、违法原因、违法处罚代码、罚款金额、扣分数、交款银行、驾驶人签名、注意事项等。驾驶人拿到文书后要仔细阅读，发现有不妥处及时向民警提出（经常有交通警察写错驾驶人姓名、身份证号、处罚日期等，如果当场不改正，可能会在银行交款时遇到麻烦）。拿到行政处罚决定书后要及时到指定地点交罚款，超过15天后会加处罚金（俗称"滞纳金"）。

2. 违停告知单

交通警察通常会将违停告知单放置或张贴到没有驾驶人在场的违停车的显著位置，它并非行政处罚文书，仅仅是起到通知和告知的作用。因为告知单有可能遗失或未准确告知当事人，所以没有及时去交通警察大队处理也不会产生滞纳金或其他加重处罚。目前车辆信息都已经联网，此类违停行为可以在车辆年检时准确告知车主后再作处罚。驾驶人没有必要立即去接受处罚。

3. 超速通知单

交通警察告知违法行为的一种形式，大多采用信函通知的方式，法律效力与违停告知单相似。

特别提醒：

① 驾驶人自收到罚款单当日起 15 日内，到指定的银行缴纳罚款。超过 15 天的，每天按罚款本金的 3% 加收处罚款（假如罚款单是 100 元的，超过 15 天没交，到了第 16 天开始，就加收 3 元钱的罚款，每天 3 元，依此类推）。

② 如果驾驶人拒绝交纳处罚和加处罚款的，按照我国《行政处罚法》相关规定，有关部门还可以将查封、扣押的财物或将冻结的存款划拨抵缴罚款；或申请人民法院强制执行。

③ 如果把交通警察开具的违法处罚单弄丢了，应该带上驾驶证直接到当时道路交通违规地点所属的交通警察队办理，由于每张罚单都有一份存根，可以请交通警察复印存根后盖上公章（或者再开一张同样内容的罚单），然后到指定的银行交纳罚款。

三、道路交通违法行为的处罚、申辩与听证

1. 道路交通违法行为的处罚

根据《道路交通安全法》第 88 条的规定，对道路交通安全违法行为的处罚种类包括警告、罚款、暂扣或者吊销机动车驾驶证、拘留。

（1）对交通违法行为人实施警告处罚的情形　交通警察对于当场发现的违法行为，认为情节轻微、未影响道路通行和安全的，口头告知其违法行为的基本事实、依据，向违法行为人提出口头警告，纠正违法行为后放行。对违法行为人处以警告的，可以适用简易程序。

（2）应当被扣留机动车驾驶证的情形　有下列情形之一的，依法扣留机动车驾驶证：

① 饮酒后驾驶机动车的。

② 将机动车交由未取得机动车驾驶证或者机动车驾驶证被吊销、暂扣的人驾驶的。

③ 机动车行驶超过规定时速 50% 的。

④ 驾驶有拼装或者达到报废标准嫌疑的机动车上道路行驶的。

⑤ 在一个记分周期内累计记分达到 12 分的。

（3）当事人应吊销驾驶证的情形　具有以下的行为之一的，应吊销驾驶证：

① 一年内有醉酒后驾驶机动车的行为，被处罚两次以上的。

② 将机动车交由未取得机动车驾驶证或者机动车驾驶证被吊销、暂扣的人驾驶的。

③ 机动车行驶超过规定时速 50% 的。

④ 驾驶拼装的机动车或者已达到报废标准的机动车上道路行驶的。

⑤ 违反道路交通安全法律、法规的规定，发生重大交通事故，构成犯罪，依法追究刑事责任的或造成交通事故后逃逸的。

⑥ 被扣留驾驶证后道路交通违法行为人无正当理由逾期未接受处理的。

（4）当事人处以行政拘留处罚的违法行为

① 醉酒后驾驶机动车的。

② 未取得机动车驾驶证、机动车驾驶证被吊销或者机动车驾驶证被暂扣期间驾驶机动车的。

③ 造成交通事故后逃逸，尚不构成犯罪的。

④ 强迫机动车驾驶人违反道路交通安全法律、法规和机动车安全驾驶要求驾驶机动车，造成交通事故，尚不构成犯罪的。

⑤ 违反交通管制的规定强行通行，不听劝阻的。

⑥ 故意损毁、移动、涂改交通设施，造成危害后果，尚不构成犯罪的。

⑦ 非法拦截、扣留机动车辆，不听劝阻，造成交通严重阻塞或者较大财产损失的。

2. 当事人的陈述与申辩

对交通违法处罚的决定，当事人通过行使陈述和申辩权，可以与执法人员进行面对面的交流，针对所涉及的事实问题和法律问题直接交换意见，有助于澄清案情，消除分歧，从而有利于保护当事人的合法权益，也有利于保证处罚的公正性。

因此，公安机关交通管理部门及交通警察应当充分保护当事人的这种权利，对于当事人提出的事实、理由和证据应当认真复核，当事人提出的事实、理由和证据成立的，应当采纳，并且不得因当事人的陈述和申辩加重对当事人的处罚。

特别提醒：

① 公安机关交通管理部门在作出处罚决定前，不按照法律规定告知当事人享有陈述和申辩权或拒绝当事人行使陈述和申辩权的，违反了行政处罚的法定程序，是无效处罚，但是当事人明确表示放弃陈述和申辩权利的除外。

② 当事人提出陈述和申辩可以在公安机关交通管理部门作出处罚决定前的任何时间和阶段进行，公安机关交通管理部门不能因为当事人在被处罚前已经进行了陈述和申辩或表明放弃这项权利就限制当事人再次行使该权利。

3. 听证

对例如吊销驾驶证、强制报废车辆、对车辆进行罚没或是罚款数额比较大的行政处罚决定，当事人还可以要求听证。

公安机关交通管理部门在作出下列行政处罚决定之前，应当告知有交通违法行为的当事人有要求举行听证的权利：

① 责令停产停业。

② 吊销驾驶证。

③ 较大数额罚款。

④ 法律、法规和规章规定违法嫌疑人可以要求举行听证的其他情形。

"较大数额罚款"，是指对个人处以 2000 元以上罚款，对单位处以 1 万元以上罚款，对依据地方性法规或者地方政府规章作出的罚款处罚，适用听证的罚款数额按照地方规定执行。

（1）申请听证须知　公安机关交通管理部门在提出处罚意见后，会告知当事人拟作出的行政处罚和有要求举行听证的权利。当事人要求听证的，应当在公安机关交通管理部门告知后 3 日内提出申请。

申请听证必须在被告知之日起 3 日内提出，还要注意以下事项：

① 持听证通知书和当事人的身份证（或驾驶证、户口簿）复印件。

② 当事人亲自参加或委托一至二人代理，委托他人办理的，须交违法者亲笔所签委托书以及被委托人身份证（或户口簿）复印件；委托律师的，还须提交律师执业证复印件。

③ 进行申辩和质证。

特别提醒：

听证的申请时限为 3 日，当事人被告知明确表示放弃听证权利或撤回听证申请的，在 3 日时限内仍可改变决定，继续要求听证。因此，即使当事人明确表示放弃听证权利或撤回听证申请，公安机关交通管理部门仍要等待 3 日的听证时限过去后才能进行处罚。

（2）公安机关交通管理部门对听证的处理

① 公安机关交通管理部门收到听证申请后，应当在 2 日内决定是否受理。认为听证申请人的要求不符合听证条件，决定不予受理的，应当制作不予受理听证通知书，告知听证申请人。逾期不通知听证申请人的，视为受理。

② 听证由公安机关交通管理部门的法制部门组织实施。

③ 公安机关交通管理部门受理听证后，应当在举行听证的 7 日前将举行听证通知书送达听证申请人，并将举行听证的时间、地点通知其他听证参加人。

④ 听证应当在公安机关交通管理部门收到听证申请之日起 10 日内举行。除涉及国家秘密、商业秘密、个人隐私的行政案件外，听证公开举行。听证人员应当就行政案件的事实、证据、程序、适用法律等方面全面听取当事人陈述和申辩。

⑤ 听证申请人不能按期参加听证的，可以申请延期，是否准许，由听证主持人决定。

⑥ 听证设听证主持人一名，负责组织听证；记录员一名，负责制作听证笔录。必要时，可以设听证员一名至两名协助听证主持人进行听证。听证主持人由公安机关负责人指定。

（3）听证的终止　听证过程中，遇有下列情形之一，应当终止听证：

① 听证申请人撤回听证申请的。

② 听证申请人及其代理人无正当理由拒不出席或者未经听证主持人许可中途退出听证的。

③ 听证申请人死亡或者作为听证申请人的法人或者其他组织被撤销、解除的。

④ 听证过程中，听证申请人或者其代理人扰乱听证秩序，不听劝阻，致使听证不能正常进行的。

⑤ 其他需要终止听证的。

四、道路交通违法行为代码查询

1. 交通违法行为代码的结构及含义

交通违法代码又称"道路交通违法行为代码"，它是公安部对机动车、行人通行发生的交通违法行为制定的一种编码规定。

交通违法行为一般用代码来表示，不同的代码表示不同的分值和不同的罚款金额。

（1）交通违法行为代码的结构　交通违法行为代码一般由四位数字组成，有的是五位数。它是按《道路交通安全法》中的通行原则进行分类，排列顺序从左到右，第一位为行为分类代码，第二位为记分分类代码，第三至四位的两位数字是顺序码，具体结构如下：

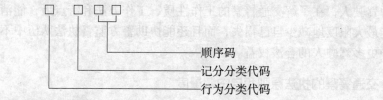

（2）道路交通违法行为代码的含义

① 行为分类代码。行为分类代码表示在道路交通法中所处的分类代码，见表2-5。

表2-5　行为分类代码

行　为　分　类	第一位代码	行　为　分　类	第一位代码
机动车通行	1	其他规定	5
非机动车通行	2	省、自治区、直辖市的实施细则规定	7
行人、乘车人通行	3	各市（地区、自治州、盟）的地方法规	8
高速公路通行	4		

② 记分分类代码。记分分类代码表示道路交通违法行为记分的分类代码，见表2-6。

表2-6　记分分类代码

记 分 分 类	第二位代码	记 分 分 类	第二位代码
不记分	0	记3分	3
记1分	1	记6分	6
记2分	2	记12分	7

③ 顺序码。表示在同一类行为分类中出现的行为顺序码。

例如：1303——"1"表示机动车行为，第二个数字"3"表示扣3分，后面的"03"表示在扣3分这一机动车违法行为中的第三个行为，机动车行驶超过规定时速50%以下。

又如：1603——"1"表示机动车行为，第二个数字"6"表示要扣6分，后面的"03"表示在扣6分这一类里的第三个行为，机动车行驶超过规定时速50%以上的。

2. 交通违法代码的查询

公安部交通违法代码查询见附录A。

3. 道路交通违法行为记分分值

道路交通违法行为记分分值见附录B。

第四节　和交通警察打交道的技巧

作为驾驶人，在了解交通警察的工作性质、工作方法和特点后，能消除很多误解，既能最大限度地减少自己损失，而且还能协助警方监督执法队伍中不合格的成员，维护更多驾驶人的合法权益。

一、交通警察的执法原则和自由裁量度

1. 执法原则

道路交通违法行为有别于其他的违法犯罪行为，交通警察依法处理的最低标准可以是教育放行。

2. 交通警察现场处罚的自由裁量度

交通违法行为处罚的裁量有："从轻"、"减轻"、"从重"等三种。

"从轻"，是指在规定的处罚方式和处罚幅度内，对违法行为人在几种可能的处罚方式内选择适用较轻的处罚方式，或者在同一处罚方式下允许的幅度内选择幅度的较低限进行处罚；"从重"与之相反；"减轻"，则是指在规定的处罚方式和处罚幅度最低限以下，对违法行为人适用处罚。

（1）应当从重处罚的违法行为　根据《公安机关办理行政案件程序规定》第137条的规定，违法行为人有下列情形之一的，应当从重处罚：

① 有较严重后果的。

② 教唆、胁迫、诱骗他人实施违法行为的。

③ 对报案人、控告人、举报人、证人等打击报复的。

④ 一年内因同类违法行为受到两次以上公安行政处罚的。

例如，《道路交通安全法》第91条第3款就规定，一年内因醉酒后驾驶机动车被处罚两次以上的，吊销机动车驾驶证，5年内不得驾驶营运机动车。第92条第2款也规定，货运机动车超过核定载质量的，处200元以上500元以下罚款；超过核定载质量30%或者违反规定载客的，处500元以上2000元以下罚款。这些规定都是从重处罚的具体应用。

（2）应当从轻或减轻处罚的违法行为　根据《行政处罚法》的有关规定和《公安机关办理行政案件程序规定》第134条、第135条、第136条的规定，违法行为人有下列情形之一的，应当从轻或减轻处罚：

① 主动消除或者减轻违法行为危害后果，并取得被侵害人谅解的。

② 受他人胁迫或者诱骗的。

③ 配合行政机关查处违法行为有立功表现的。

④ 主动投案，向公安机关如实陈述自己的违法行为的。

⑤ 已满14周岁不满18周岁的人有违法行为的。

⑥ 尚未完全丧失辨认或者控制自己行为能力的精神病人有违法行为的。

⑦ 其他依法应当从轻、减轻或者不予以行政处罚的。

2004年5月1日后实施的《道路交通安全法》中对交通警察的现场处罚有伸缩余地，例如50~200元罚款（条款），但是很多省、市为了约束民警的现场自由裁量度，规范执法行为，对每种违法行为都做了细化，并细化了违法行为处罚代码，一种违法行为只对应一种处罚金额和扣分标准，交通警察无权减轻或加重处罚某种违法行为。

但是，细化处罚代码的省、市也无法完全杜绝交通警察现场减轻处罚的现象，仍然有不少地区交通警察在处罚标准范围内还有自由裁量度。执法时的"变通方法"也很多，例如：变更违法行为，只要当事驾驶人不投诉，交通警察可以换用一个处罚较轻的代码处罚当事人。如：闯信号灯处罚款200元、一次记3分，违反禁令标志的处罚款20~200元、一次记3分，普通违停的处罚为罚款50元、不记分。有些交通警察会对一些批评放行太轻但认错态度诚恳、情节相对轻微或情况特殊的驾驶人使用另一种道路交通违法行为的处罚代码处罚。

特别提醒：

这种做法是错误的，虽然表面上交通警察照顾了被处罚驾驶人，但是交通警察要承担风险，一旦当事驾驶人反悔投诉，便是有效投诉，交通警察的本次行政处罚将被视为错误处罚，严重的会对交通警察进行处分。因此，交通警察应慎用此方法。

二、对交通警察处罚不服的处理

对交通警察的违法处罚不服或者有异议，千万不可冲动。很多驾驶人会暂时失去理智，拒不配合，并辱骂、推搡警察甚至暴力抗法。如果因一些小的违章处罚换来了刑事拘留甚至更为严重的后果，恐怕就得不偿失了。应该选择更为理智合法的方法，主要有以下几种。

1. 现场解释

按照有关规定，交通警察在处理道路交通违法行为时，允许当事人辩解，并且不允许交通警察因为当时驾驶人的辩解或态度好坏加重处罚。

有一些合乎情理的解释能够让交通警察现场减轻或免除对驾驶人的处罚。例如：抢救危重病人、标志标线的明显错误以及标志信号产生的误导等。有效的辩解要基于当事人对道路交通法规的了解程度，因此平时多积累这些常识非常必要。

2. 找上级领导

由于业务能力的差异，对于明显的处罚错误，找上级领导解决的效率最高，一般能当场解决，省去不少麻烦。但不要过分相信中队长和大队长对疑难问题的解决态度，有些出于维护自身执法形象、纠正罚单的难易程度等原因，个别领导可能会"偏袒"下属维持处罚。管理较为规范的城市交通管理部门都专门设立了投诉电话，也是驾驶人申请行政复议前，有效解决问题的途径。

3. 申请行政复议

我国的道路交通违法行为处罚是一种行政处罚。按照《中华人民共和国行政处罚法》及道路交通管理的相关法规规定：假如对交通警察交通违法处罚有异议，并且到辖区交通警察大队进行咨询后，交通警察大队的解释仍不能满意，可以到上一级的道路交通管理部门法制科申请行政复议。罚款单上的公告说明对期限也有注明，有效期限一般是60天。如果是公安机关自己给自己的执法作评判，公平性自然有所欠缺，个案较小的能迅速解决，但是如遇到法律规定有争议的，同时会触及整体执法的投诉，复议机关会有明显的倾向性，此时当事人就要依赖法院公正判决了。

（1）当事人可以提出行政复议或行政诉讼的行政行为　当事人可以就公安机

关交通管理部门的以下行为申请行政复议或提出行政诉讼：

① 对当事人裁决警告、罚款、暂扣机动车驾驶证、吊销机动车驾驶证和行政拘留等行政处罚的。

② 对当事人采取扣留机动车、非机动车、机动车驾驶证、行驶证等行政强制措施的。

③ 违法限制当事人人身自由的。

④ 不依法发还被扣留的机动车、行驶证、驾驶证等物品的。

⑤ 公安机关交通管理部门接到报警后不按规定出警的。

⑥ 超过法定期限不作出道路交通事故认定和复核决定的。

⑦ 不依法办理机动车登记和驾驶证申领和使用业务的。

⑧ 公安机关交通管理部门作出的其他具体行政行为或不履行法定职责的行为。

> **特别提醒：**
>
> 对违法驾驶人被给予记分不服申请行政复议的，复议机关不应当受理。该行为是行政处罚的附属处理行为，当事人对具体交通违法行为的行政处罚不服可以申请行政复议。

（2）行政复议的程序 行政复议程序，是指行政复议机关在解决行政争议过程中复议机关、当事人及其他参加人从事各项活动必须遵守的法定顺序和形式。复议程序大体分为以下几个阶段：

1）行政管理相对人提出复议申请，即公民、法人或者其他组织认为公安机关交通管理部门和其交通警察的具体行政行为侵犯了其合法权益，依法向有复议管辖权的机关作出对原具体行政行为进行审查并作出裁决的意思表示。行政复议正是由于行政管理相对人提出复议申请而引起的。

2）行政申请的受理，即法律规定的行政复议机关对行政管理相对人的复议申请进行审核，认为符合法律规定复议条件的予以接受。

3）复议的审查阶段，即行政复议机关对具体行政行为从法律依据和事实依据两个方面所进行的审查和调查活动阶段。这是正确解决行政争议的核心阶段。

4）复议决定阶段，即行政机关在对引起争议的具体行政行为进行合法性审查和事实根据调查的基础上作出维持、撤销或改变具体行政行为的裁决。这是解决行政争议的决定性阶段。

5）复议决定的执行阶段，即复议裁决的最终实现活动包括：①有执行义务的行政机关或行政管理相对人自觉履行裁决义务；②符合强制执行条件的，由人民法院或法规赋予执行权的组织强制义务人履行裁决义务两个方面。

（3）行政复议案件的终止 依据《行政复议法实施条例》第42条的规定，行政复议期间有下列情形之一的，行政复议终止：

① 申请人要求撤回行政复议申请，行政复议机构准予撤回的。

② 作为申请人的自然人死亡，没有近亲属或者其近亲属放弃行政复议权利的。

③ 作为申请人的法人或者其他组织终止，其权利义务的承受人放弃行政复议权利的。

④ 申请人与被申请人按照本条例第40条的规定，经行政复议机构准许达成和解的。

⑤ 申请人对行政拘留或者限制人身自由的行政强制措施不服申请行政复议后，因申请人同一违法行为涉嫌犯罪，该行政拘留或者限制人身自由的行政强制措施变更为刑事拘留的。

⑥ 依照《行政复议法实施条例》第41条第1款第1项，作为申请人的自然人死亡，其近亲属尚未确定是否参加行政复议的；第2项，作为申请人的自然人丧失参加行政复议的能力，尚未确定法定代理人参加行政复议的；第3项，作为申请人的法人或者其他组织终止，尚未确定权利义务承受人的，而中止行政复议，满60日行政复议中止的原因仍未消除的，行政复议终止。

> **特别提醒：**
>
> 一般来讲，根据《行政诉讼法》第50条规定，人民法院审理行政案件是不适用调解的。但是，中共中央办公厅、国务院办公厅《关于预防和化解行政争议健全行政争议解决机制的意见》中明确提出要建立健全行政复议、行政诉讼与调解有效结合的法律机制。因此，为了提高行政诉讼效率，有效化解矛盾，行政复议或行政诉讼也可以适用调解。

（4）申请道路交通违法行政处罚复议必须提交的材料

① 复议申请书。

②《公安道路交通违章行政处罚决定书》、《公安道路交通管理强制措施凭证》和复印件。

③ 违章当事人驾驶证、身份证或户口簿的复印件。

④ 违章者委托他人办理的，须交违章者亲笔所签委托书以及被委托人身份证（或户口簿）复印件；委托律师的，还须提交律师执业证复印件。

4. 行政诉讼

如果对行政复议决定仍然不服的，可以提起行政诉讼。

（1）行政诉讼要准备的材料

① 行政诉讼申请书。

②《公安道路交通管理行政处罚决定书》、《公安道路交通管理强制措施凭证》和复印件。

③ 违章者身份证（或驾驶证、户口簿）复印件。

④ 违章者委托他人办理的，须交违章者亲笔所签委托书以及被委托人身份证（或户口簿）复印件；委托律师的，还须提交律师执业证复印件。

（2）写申请道路交通违法行政复议书　首先，在行政复议书中要对事实情况进行详细的描述，包括具体时间、具体地点、当事人、当时事实情况及被哪个辖区交通警察大队的哪位交通警察给予了什么处罚。其次，可以陈述行政复议的理由及观点，这也是最为重要的，理由观点一定要合情、合理、合法，令人信服。阐述自己对相关法律法规"人性化"、"公平化"的立法本意的理解。最后，要写出本人的要求。复议书还要有申请人的签名、申请日期以及准确的通信地址、邮编和联系电话等。

小提示：

道路交通法规自身存在着某些法律漏洞，能起诉至法院的案例一般是争议矛盾比较大的处罚。从多数案例来看，法院能非常公平地对待执法机关和被执法人员的争议焦点，而一旦诉讼至法院，公安部门是不愿作为被告出现在法庭上的，无论最终胜败如何都会影响其社会形象，因此绝大多数诉讼都会庭外调解，驾驶人被撤销处罚的可能性更大。

三、没有必要申请复议和诉讼的处罚

道路交通违法处罚现场交通警察的指证就能作为处罚依据。目前国内的道路交通管理现状赋予了交通警察执法的特殊性，《行政处罚法》中规定执法人员必须两人以上才能做出行政处罚，但是交通警察允许一人参与执法。交通警察的目测判断不排除有失误的可能，但是目前世界各国都还没有办法绝对杜绝交通警察的执法失误，只能依靠对执法者的思想教育和严厉管理制度约束交通警察的现场指证执法方式。

闯信号灯、违法变道等属于交通警察通过目测判断的道路交通执法行为。有不少驾驶人投诉交通警察认为他闯了信号灯，但是他自己感觉没有闯信号灯，于是申请行政复议。此类投诉或复议成功案例很少，除非有很多连带证据，比如车内无利害关系人、附近目击者等作证。如果被处罚人没有以上证据，建议不要耽误过多时间和精力去投诉、复议。

四、正确对待交通警察的路检与处罚

公安机关交通管理部门及其交通警察在执法过程中，依法可以采取下列行政强制措施：①扣留车辆；②扣留机动车驾驶证；③拖移机动车；④检验体内酒精、国家管制的精神药品、麻醉药品含量；⑤收缴物品；⑥法律、法规规定的其他行政强制措施。

1. 正确对待交通警察的路检

① 执勤交通警察有权查验所有驾驶人的驾驶执照，无论驾驶人是否违法。交通警察处理道路交通违法车辆规范的工作程序是：拦停车辆——敬礼——要求驾

人出示驾驶证——查验驾驶证并要求驾驶人将车辆停放在不影响道路交通的地方——告知驾驶人违法原因(听驾驶人的解释)——开出行政处罚决定书。因此,交通警察拦停车辆后首先应该做到的是先确定驾驶人的身份,查验驾驶证,确定无误后才告知当事人的违法处罚情况。

② 不给交通警察出示驾驶证,交通警察有理由怀疑当事人涉嫌无证驾驶或身份可疑,可以扣留车辆甚至通知辖区派出所核对当事人身份。扣留车辆时应按照规定让拖车拖到指定停车场,并开具暂扣凭证。交通警察确定驾驶执照与真实性必须仔细核对防伪标记和照片,为保证严肃性和准确性,驾驶人必须将执照交到执勤民警手中。

2. 正确对待交通警察的处罚

罚单签字是一种告知程序。交通警察让当事驾驶人在处罚单上签字,是一种告知程序,即使当事人签了字也并不表明已经认可了自己的违法行为或同意接受处罚,仍然可以通过合理渠道投诉或复议。驾驶人对处罚有异议时也应该积极配合交通警察完成正常的执法程序,驾驶人有权在处罚单签字时注明对处罚不满或不同意处罚等字样。如果当事驾驶人拒签罚单,交通警察会在罚单上注明"拒签",处罚行为仍然生效,罚款也不能不交,否则依然会与其他罚单一样超过15天后产生加处罚金。

> **特别提醒**:
>
> 交通警察执法时,代表国家执法机关行使处罚权。如果驾驶人行为不当,造成妨碍公务的,可根据《治安管理处罚法》第50条的规定,在"处警告或者200元以下罚款;情节严重的,处5日以上10日以下拘留,可以并处500元以下罚款"的基础上,从重处罚。

妨碍公务罪,是指以暴力、威胁的方法,阻碍国家机关工作人员(包括人民警察)依法执行职务的行为,依据《刑法》第277条的规定,应处3年以下有期徒刑、拘役、管制或罚金;阻碍人民警察依法执行职务的行为,是指仅阻碍人民警察依法执行职务,情节尚不够刑事处罚,需受治安处罚的行为包括:①公然侮辱正在执行公务的人民警察的;②阻碍人民警察调查取证的;③拒绝或者阻碍人民警察执行追捕、搜查、救险等任务,并进入有关住所、场所的;④对执行救人、救险、追捕、警卫等紧急任务的警车故意设置障碍的;⑤有拒绝或者阻碍人民警察执行职务的其他行为的。

五、与投诉复议撤销难度有关的交通警察执法程序

很多情况下,交通警察的执法失误能够通过以上介绍的投诉方式解决。处罚撤销由易到难按照项目类别分为:交通警察的处罚未开出罚单时最容易撤销,其次开出罚单后处罚但还未录入电脑时也比较容易解决，录入电脑后 15 天处罚被撤销的难度较大；另外，一定时期的重点整治项目（上级下达的定期治理重点）、恶意严重违法行为（闯信号灯、酒后驾驶、无证驾车等）以及与交通警察在现场发生激烈争执的违法行为，都很难撤销。

道路交通违法处罚并没有规定对一名驾驶人一次只能开出一张罚单，罚单的数量取决于驾驶人当时有几种违法行为。按照法律规定，一种违法行为只能由一个执法机关做出一次违法处罚。被交通警察开出多张罚单的驾驶人，投诉前先要确定违法行为是一个还是多个。例如：驾驶人因为闯红灯被交通警察拦下，交通警察在对驾驶人处罚时发现：①该驾驶人酒后驾车；②该驾驶人没有系安全带；③车辆的牌照涂改得模糊不清。以上这 3 种违法行为再加上本来要处罚的闯信号灯，交通警察可以开出 4 张罚款单。

> **小提示**：
> ①同一种违法行为，同时触犯两项规定，只能按照一种条款处罚（就重不就轻）。②看似不同的两个行为，但实际上是一个行为的不同阶段，也不能做出两个行政处罚。③两个行政执法单位不得对一个驾驶人的同一个行为分别做出罚款处罚。该行为同时触犯了两个部门或行业的管理规定，应该交由一个部门做出处罚，一个行政单位做出处罚后，另一个执法单位不应该对同一行为再次做出处罚。

六、交通警察执法时的限制性规定及失误

1. 交通警察执法时的限制性规定

（1）交通警察对当事人的处罚不能采用推断的方式　例如：交通警察并没有亲眼看到车辆逆向行驶后停在路边，虽然从逆道停车行为中可以推断出驾驶人停车前的逆向行驶违法行为，但不能作逆向行驶的依据。

（2）辅警不能处罚管理驾驶人　辅警只能对非机动车进行管理，并协助交通警察疏导机动车，无权对驾驶人进行处罚。只有辅警在路面上值班时，如果辅警独自发现有违法车辆拦停后，再转交给没有目击违法行为的交通警察，交通警察仅仅依据辅警的口述是不能对驾驶人处罚的。

2. 交通警察执法过程中易出现的失误

（1）处罚单上出现书写错误或录入错误　交通警察写错车号、姓名、处罚代码、罚款金额等，都会给车主和驾驶人带来不应有的麻烦。

（2）自行更换处罚标准　目前，交通警察无权随意减轻或加重对驾驶人的处罚，但是有不少的交通警察受过去执法习惯的影响，有时会更换一个较轻的处罚项目。例如：将本来要罚 200 元的闯信号灯行为，改为罚款 50 元的违反鸣号管理规定或 100 元的违反标志标线的处罚。

（3）对态度非常恶劣的驾驶人开具情绪处罚单。

（4）道路交通事故中没有审核出当事人驾驶证的真实性　交通警察在执法过程中查获当事人伪造证件、牌照等违法行为，但是也有部分交通警察在夜间或恶劣天气中现场疏忽辨认证件的真伪，导致当事人的权益受到损害。曾经也出现过不少拾到别人丢失的驾驶证冒名顶替的案例发生，如果交通警察没有当场分辨出真伪，可能丢失驾驶证的失主就要无端承担冒用者的罚款和高额滞纳金（加处罚款）。

（5）处罚后没有消除违法行为便放行　遇到驾驶人有超载违法行为时，交通警察除处罚当事驾驶人以外，还必须对超载的货车进行泊载，不能一罚了之，继续放行。如果该车被处罚后，没有消除违法行为继续上路行驶，发生道路交通事故要追究当事交通警察的法律责任。又如摩托车驾驶人未戴头盔被交通警察处罚，应该让其戴上头盔后交通警察才放行。

（6）生搬硬套处罚条款　例如，将车厢座椅拆除并没有影响机动车的整体结构，不能认定为"擅自改变机动车外形和已登记的有关技术数据"的行为，但是交通警察有权扣留私自改装的车辆，并要求车主恢复原状。客车拆下座位装载货物，属于客货混装，该行为违反了《道路交通安全法》第49条的规定，应认定为"客车违反规定载货"。

有的交通警察在处罚时并没有仔细研究和查阅法规，仅凭表面现象对照手中的处罚代码本，从字面上简单理解手册上的处罚项目。将代码语言生搬硬套到车辆和驾驶人的行为上，处罚得非常牵强。

（7）同一行为被开出两张处罚单　按行政处罚法中的规定，执法者对违法者的一种违法行为只能作出一种行政处罚。

（8）超越权限处罚违停　例如，某人将车停放在某大厦门前的空地处，空地没有围栏或院墙，虽然与人行道相连，但是宽度明显与相连的人行道不同，交通警察给其停放的车上贴了违停单。

交通警察可能是误把单位门前用地当作人行道给停放车辆贴违停单。该车辆停放的地方并不属于人行道，应该属于该大厦红线范围，即使属于公共用地，交通警察也不能单方理解为人行道（凹进去的空地明显超出了人行道的宽度），处罚驾驶人。停放位置应该由大厦管理方负责管理，无论该空地是否有停车位交通警察都无权作出违停处罚。

（9）将方向指示标志当作禁止标志进行处罚　例如，某出租车，在十字路口最右侧一般直行车道准备由西向南右拐，当时直行信号灯是红灯，结果被曝光，此路段空中无右转信号灯，地上也无右转道，认为在不影响行人和非机动车的情况下右转弯是合法的，判定闯信号灯不合理，此处属于信号灯及标志设置有问题。

小提示：

在无左转或右转信号灯的情况下，直行红灯右转被曝光或直行绿灯时左转被交通警察现场处罚的情况非常多。《道路交通安全法》第三十八条规定："红灯亮时，右转弯的车辆在不妨碍被放行的车辆、行人通行的情况下，可以通行"。既然此路口没有右转箭头灯，那右转为什么要受直行箭头灯的限制呢？交通管理部门解释《道路交通安全法》第四十条第二款规定"红色叉形灯或箭头灯亮时，禁止本车道车辆通行"。笔者认为该条款主要是解释车道灯的，目前城市中没有做到每车道一个信号灯的前提下，就不能按照车道灯来理解路口红绿灯，交通管理部门的解释不完全合理也不具备说服力。未禁止左转和右转的路口不漆划左右车箭头是交通管理部门标线设置的问题，地面空中的标志属于方向指示箭头，不属于禁止标志，交通警察不应该对正常左右转的车辆进行处罚。

第三章 道路交通事故处理与应对

第一节 常见道路交通事故的类型与处理程序

一、常见道路交通事故类型

了解常见的交通事故的现象和类型，对驾驶人朋友来说，可以起到知而防之的作用。道路交通事故的现象基本可分为碰撞（正面碰撞、正面与侧面、追尾相碰撞，左转或右转弯相撞）、碾压、刮擦（会车刮擦或超车刮擦）、翻车、（侧翻和滚翻）、坠车、爆炸和失火等7种。

常见道路交通事故类型有：城市交通事故；山区公路交通事故和干线公路交通事故。

1. 城市交通事故

（1）直行事故 市区非主要路口及边远郊区，由于没有安装红绿灯，直行车辆发生事故的概率较大，约占事故总数30%。

（2）追尾事故 多发生在遇红灯急停车时由于前后车距过近而追尾，雨雾天气则追尾更为常见，约占事故总数10%。

（3）超车事故 快速车在超慢速车时与对面车相撞，或与突然横穿的行人、骑车人相撞而导致；夜间超车时遇对向车眩目灯光，亦常造成事故。约占事故总数15%。

（4）左转弯事故 交叉路口左转弯时，交织点多，车与车、车与人冲突可能性增大，常引发事故，约占事故总数25%。

（5）右转弯事故 在巷道的进出口、单位大门的进出口和一些十字路口，是右转弯事故的多发之处，约占事故总数20%。

2. 山区公路交通事故

（1）窄道事故 由于公路等级低，加之塌方、损坏失修，多显路径狭窄。行驶车辆不减速，会车不礼让、抢先行，往往导致事故。

（2）弯道事故 行驶弯道，倘车速过快、超载或操作失误，易造成事故。

（3）坡道事故 行驶坡道，常见车辆前溜或后溜，则往往是超载车辆或"病"车，一旦操作失误，则事故难免。

3. 干线公路交通事故

我国干线公路密布山区和乡镇，且少画中心线和快慢分道线，由此引发常见事故。

（1）会车事故 由于一般车辆均居路中行驶，一旦车速快而会车不注意礼让，临近才避躲，则往往来不及而相撞。

（2）超车事故 居路中行驶，有一方超车，倘措施不及或操作失误则相撞难免。

（3）停车事故 干线路窄而随意停车多，尤其在夜间，一旦停车不开尾灯，或车周边未安置警示物，过往车辆则易于停车相碰撞而导致事故。

4. 高速公路交通事故

（1）超速行驶事故 没有按照允许速度而超速行驶，一旦出现紧急情况容易发生事故。

（2）违法停车事故 在高速公路上违法停车，极容易给对方车辆造成危险。

（3）没有保持安全行车间距事故 没有保持安全行车间距，极容易造成追尾相撞或刮擦事故，有时会造成连撞几车事故。

（4）疲劳驾车事故 车辆在高速公路上行驶，容易产生"高速催眠"现象。在驾驶过程中应注意适当控制连续驾驶时间，一般每隔 2 小时应在服务区休息一次。注意一次连续驾驶时间不要超过 4 小时。

（5）变道、转向及强行并线交通事故 不按规定变道是高速公路安全行车的大敌。

> **特别提醒**：
> 出入口是事故多发的地方。

二、道路交通事故处理程序

道路交通事故的处理程序有：自行协商、简易程序和一般程序等三种。

1. 道路交通事故自行协商处理

根据《道路交通安全法》第七十条规定："在道路上发生交通事故，未造成人身伤亡，当事人对事实及成因无争议的，可以即行撤离现场，恢复道路交通，自行协商处理损害赔偿事宜；不即行撤离现场的，应当迅速报告执勤的交通警察或者公安机关道路交通管理部门，在道路上发生道路交通事故，仅造成轻微财产损失，并且基本事实清楚的，当事人应当撤离现场再进行协商处理"。

道路交通事故自协商处理流程，如图 3-1 所示。

当事人不能"私了"，应当保护现场并立即报警的情形有：①机动车无号牌、无检验合格标志、无保险标志的；②驾驶人无有效机动车驾驶证的；③驾驶人饮酒、服用国家管制的精神药品或者麻醉药品的；④造成人员伤亡的；⑤未造成人身伤亡，当事人对道路交通事故事实及成因有争议的；⑥当事人不能自行移动车辆

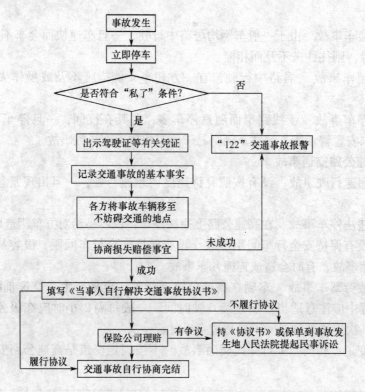

图 3-1　道路交通事故自协商处理流程

的；⑦造成道路、供电、通讯等设施损毁的。

2. 道路交通事故简易程序处理

交通事故简易程序是指对未造成人身伤亡，当事人对事实及成因无争议的，或者仅造成轻微财产损失，并且基本事实清楚的轻微和一般事故，由交通警察在事故现场将事故处理完结的事故处理程序。

道路交通事故简易处理流程如图 3-2 所示。

3. 道路交通事故一般程序处理

交通事故一般程序包括以下主要环节。

（1）受理　指公安道路交通管理机关接受案件并予以处理。

（2）调查　包括现场调查，询问当事人、询问证明人，收集物证，对痕迹、物证等进行技术鉴定等取证工作。

（3）检验与鉴定　包括对当事人生理和精神状况、人体损伤、尸体、车辆及其行驶速度、痕迹、物品以及现场的道路状况等进行检验、鉴定。

（4）当事人责任确定　通过调查（侦查）、取证工作，在事实清楚、证据确定充分的基础上，对当事人应负的责任进行确定，对其应负的法律责任也作出认定。

（5）裁决处罚　对有道路交通肇事行为，尚不构成刑事处罚的，对其道路交

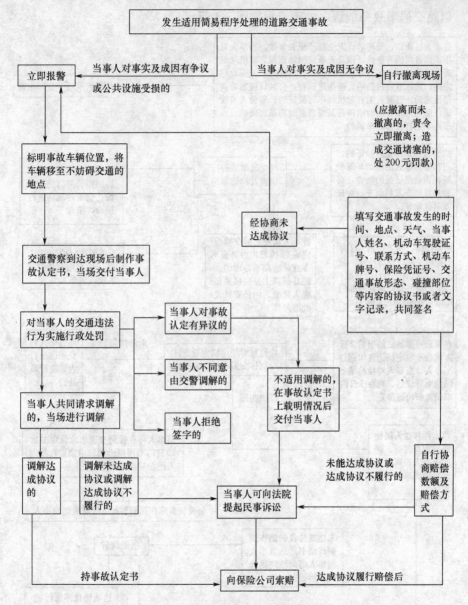

图 3-2 道路交通事故简易处理流程

通肇事行为作出道路交通管理处罚裁决。

（6）**损害赔偿调解** 由道路交通事故调解人员，对当事人之间的事故损害经济赔偿进行调解。

（7）**移送案卷** 对于需要追究肇事者刑事责任的道路交通事故案件，由公安机关交通管理部门制作《道路交通事故结案书》，将案卷和证据移送预审部门。道路交通事故案件在公安机关交通管理部门的处理程序到此终结。

道路交通事故一般程序处理流程如图 3-3 所示。

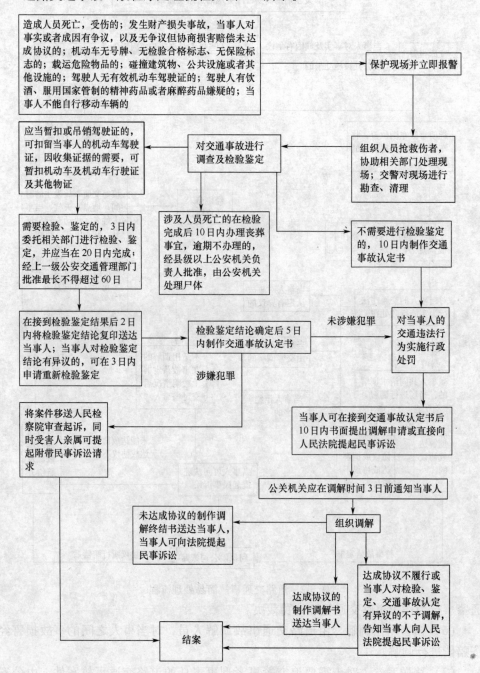

造成人员死亡，受伤的；发生财产损失事故，当事人对事实或者成因有争议，以及无争议但协商损害赔偿未达成协议的；机动车无号牌、无检验合格标志、无保险标志的；载运危险物品的；碰撞建筑物、公共设施或者其他设施的；驾驶人无有效机动车驾驶证的；驾驶人有饮酒、服用国家管制的精神药品或者麻醉药品嫌疑的；当事人不能自行移动车辆的

保护现场并立即报警

应当暂扣或吊销驾驶证的，可扣留当事人的机动车驾驶证，因收集证据的需要，可暂扣机动车及机动车行驶证及其他物证

对交通事故进行调查及检验鉴定

组织人员抢救伤者，协助相关部门处理现场；交警对现场进行勘查、清理

需要检验、鉴定的，3 日内委托相关部门进行检验、鉴定，并应当在 20 日内完成；经上一级公安交通管理部门批准最长不得超过 60 日

涉及人员死亡的在检验完成后 10 日内办理丧葬事宜，逾期不办理的，经县级以上公安机关负责人批准，由公安机关处理尸体

不需要进行检验鉴定的，10 日内制作交通事故认定书

在接到检验鉴定结果后 2 日内将检验鉴定结论复印送达当事人；当事人对检验鉴定结论有异议的，可在 3 日内申请重新检验鉴定

检验鉴定结论确定后 5 日内制作交通事故认定书

未涉嫌犯罪

对当事人的交通违法行为实施行政处罚

涉嫌犯罪

将案件移送人民检察院审查起诉，同时受害人亲属可提起附带民事诉讼请求

当事人可在接到交通事故认定书后 10 日内书面提出调解申请或直接向人民法院提起民事诉讼

公关机关应在调解时间 3 日前通知当事人

未达成协议的制作调解终结书送达当事人，当事人可向法院提起民事诉讼

组织调解

达成协议的制作调解书送达当事人

达成协议不履行或当事人对检验、鉴定、交通事故认定有异议的不予调解，告知当事人向人民法院提起民事诉讼

结案

图 3-3　道路交通事故一般程序处理流程图

第二节 道路交通事故处理步骤

一旦出现道路交通事故，千万不要慌张。如果有人员伤亡，要先拦车，将伤员送往就近医院治疗或叫救护车(120)，如果车辆着火，要及时地用随车灭火器灭火或叫消防车(119)，把损失降到最低点。保持好现场也是相当重要的。同时打开车辆危险报警闪光灯，还要在车辆后方放置停车警示牌，提示后车绕行，以免破坏现场或造成道路交通拥堵。

一、事故现场取证

要养成发生事故后立即取证的习惯，尤其是信号灯路口。

1. 痕迹轻微，事故责任明确，或者损失很小

1）双方自行协商私了解决。目前，全国各地警方都鼓励轻微道路交通事故私了解决以减轻警方的出警频率。如果警方赶到现场发现是很轻微的事故，则会不论损失大小，处罚有违法行为的当事人，如果因事故造成了道路交通阻塞，还会另行处罚。假如此类事故的当事人私了解决，打电话到交通警察事故部门备案，表明无需出警，交通警察在给有轻微违法行为但能主动私了的当事人开事故理赔证明时一般不会处罚。

> **特别提醒：**
> ① 保留现场证据。移动车辆前双方必须先书面明确事故和赔偿责任，记录道路交通事故的时间、地点、对方当事人的姓名和联系方式、机动车牌号、驾驶证号、保险凭证号、碰撞部位并共同签名。
> ② 完全没有责任的一方要有取证意识，以免现场被破坏后另一方反悔。有些事故现场一旦撤离了，证据(例如，照片、录像或双方签字的调解书或者是录音)没了，情况就说明不清楚了，所以开车人一定要记得取证。

2）机动车与非机动车或行人发生道路交通事故后，当场无法明确对方的伤情或损失的情况下，不要私了，如果事后对方伤情或损失加重，向警方报案，对机动车驾驶人有利的现场证据已经被破坏，责任将由机动车一方承担。

3）私了事故也需要给保险公司报案，事后到交通警察队开证明后可找保险公司理赔。

4）机动车之间私了道路交通事故，双方最好分担责任，不要由一方承担全部损失。因为现行的交强险中，对于有责和无责的赔偿限额不同，有责的情况下更为划算。

2. 有人员受伤，不能私了，必须立即报警

若事故中有人员受伤，不能私了，应该由机动车一方主动报警，同时要记住前后左右目击车主的车辆号牌，有条件的请目击者帮助报警或留下他们的姓名、联系方式和住址或单位，以备警方定责时作为人证。根据伤情决定应该立即送往医院、120急救，还是原地等待交通警察。如果需要立即送往医院的，切记不可使用事故车辆运送伤者，应该搭乘其他车辆。事故车不得移动，以免破坏现场，影响交通警察判断事故责任，对驾驶人不利（抢救费由没有受伤的当事人紧急垫付，谁付款谁保留医疗发票，不可由对方保管）。

3. 无人员受伤，但车辆财产损失较大，取证之后报警

现场取证的方法，与有人员受伤的取证方法相同。

4. 肇事逃逸的处理

发生此种情况，立即求助附近驾驶人协助追赶，并记住逃逸车和协助追赶车辆的车牌号码、车型和主要特征。同时请路人帮助拨打110并记住车号，此举除了能节约追击逃逸者的时间以外，还便于警方留下目击者的电话，即使没有围堵住逃逸车，也为警方日后查处该逃逸车提供第三方证据。

涉嫌肇事逃逸的车主或驾驶人被警方追查到后，可能会因为缺少目击者的有效证词导致证据不全，或者碰撞部位及伤痕等多种因素，难以按照肇事逃逸对其进行惩处。肇事逃逸与破坏现场或是离开现场三者有很大的区别。

5. 现场保护和搜集证据

首先竖立事故警示标志，提醒过往车辆、行人避让事故现场。用纸笔或手机记录目击者及附近车辆的车牌号、车型以及联系方式。用随身携带的相机、手机进行现场拍照。人员受伤需要救治的，可用石子或砂土、树枝将现场碰撞位置标出，遇到雨雪天气，还应找塑料布等将地上血迹及制动印和其他散落物遮盖起来。

二、向警方和保险公司报案

1. 向警方报案

按照《道路交通事故处理程序规定》第八条规定：道路交通事故有下列情形之一的，当事人应当保护现场并立即报警：

① 造成人员死亡、受伤的。

② 发生财产损失事故，当事人对事实或者成因有争议的，以及虽然对事实或者成因无争议，但协商损害赔偿未达成协议的。

③ 机动车无号牌、无检验合格标志、无保险标志的。

④ 载运爆炸物品、易燃易爆化学物品以及毒害性、放射性、腐蚀性、传染病病原体等危险物品车辆的。

⑤ 碰撞建筑物、公共设施或者其他设施的。

⑥ 驾驶人无有效机动车驾驶证的。

⑦ 驾驶人有饮酒、服用国家管制的精神药品或者麻醉药品嫌疑的。

⑧ 当事人不能自行移动车辆的。

有人员伤亡时，要同时拨打122或120电话，轻伤无需拨急救电话。如果仅仅是财产损失，只需同时给交通警察和保险公司报案即可。

报警时要报告所发生事故的具体时间、地点、人员伤亡情况。

2. 向保险公司报案

随着交强险条例的正式实施，发生事故后无论是哪一方的责任，当事人都必须各自向自己车辆所投保的保险公司报案。

1）给保险公司报案。告诉保险公司自己的保单号码，说明事故地点、出险原因并简单说明事故的经过。告诉保险公司事故车辆大致受损情况，是否需要施救拖车。

2）征求保险公司意见，是现场定损还是事后定损，再决定是否离开现场。需要现场查的，保险公司应该及时赶到事故现场进行定损，不能及时赶到现场的，须向保户(报案人)说明注意事项，因当事人离开现场造成的定损取证纠纷由保险公司承担责任。对一般车损事故，当事人双方容易产生的矛盾是对损失赔偿金额难以达成一致，因此服务好的保险公司能及时派出定损员到现场，核定车损，避免发生纠纷。

> **特别提醒**：
>
> ① 原则上无正当理由，保险报案时间应在48小时内。重大事故必须及时报案，保险公司要派人去现场，如果因报案滞后导致证据搜集困难，损失难以认定，由造成证据灭失的责任人承担损失。
>
> ② 新车出险后要及时查看移动证(或临时牌)是否过期，如果过期，应当立即去4S店延长临时牌的有效期，之后再向保险公司报案，否则保险公司会因此而拒赔。
>
> ③ 保险理赔员到现场给事故车定损。过去是主要责任方的保险公司给双方车辆定损，现在《交强险》规定双方保险公司都有给对方车辆理赔的义务。如果理赔员无法到达现场需向保户告知必要的程序，如果为此产生理赔纠纷保险公司承担举证责任。

定损员把车辆定损单给双方当事人确认签字，如果因事故现场无法拆检难以确定的损失项目，可以等事故车拆检时补充追加损失。

三、处理好现场事宜

1. 交通警察到达事故现场后的工作

① 划定警戒区域，在安全距离位置放置发光或者反光锥筒和警告标志，确定专人负责现场交通指挥和疏导，维护良好道路通行秩序。因道路交通事故导致交通中断或者现场处置、勘查需要采取封闭道路等交通管制措施的，还应当在事故现场来车方向提前组织分流，放置绕行提示标志，避免发生交通堵塞。

② 组织抢救受伤人员。

③ 指挥勘查、救护等车辆停放在便于抢救和勘查的位置，开启报警灯，夜间还应当开启危险报警闪光灯和示廓灯。

④ 查找道路交通事故当事人和证人，控制肇事嫌疑人。

> **特别提醒：**
>
> 道路交通事故造成人员死亡的，应当经急救、医疗人员确认，并由医疗机构出具死亡证明。尸体应当存放在殡葬服务单位或者有停尸条件的医疗机构。

2. 自行协商处理

① 机动车与机动车、机动车与非机动车发生财产损失事故，当事人对事实及成因无争议的，可以自行协商处理损害赔偿事宜。车辆可以移动的，当事人应当在确保安全的原则下对现场拍照或者标划事故车辆现场位置后，立即撤离现场，将车辆移至不妨碍交通的地点，再进行协商。

② 非机动车与非机动车或者行人发生财产损失事故，基本事实及成因清楚的，当事人应当先撤离现场，再协商处理损害赔偿事宜。

③ 对应当自行撤离现场而未撤离的，交通警察应当责令当事人撤离现场；造成交通堵塞的，对驾驶人处以 200 元罚款；驾驶人有其他道路交通安全违法行为的，依法一并处罚。

④ 当事人自行协商达成协议的，填写道路交通事故损害赔偿协议书，并共同签名。损害赔偿协议书内容包括事故发生的时间、地点、天气、当事人姓名、机动车驾驶证号、联系方式、机动车种类和号牌、保险凭证号、事故形态、碰撞部位、赔偿责任等内容。

3. 简易程序处理

交通警察适用简易程序处理道路交通事故时，应当在固定现场证据后，责令当事人撤离现场，恢复交通。拒不撤离现场的，予以强制撤离；对当事人不能自行移动车辆的，交通警察应当将车辆移至不妨碍交通的地点。驾驶人无有效机动车驾驶证和驾驶人有饮酒、服用国家管制的精神药品或者麻醉药品嫌疑的，按照《道路交通安全法实施条例》第一百零四条规定处理。

撤离现场后，交通警察应当根据现场固定的证据和当事人、证人叙述等，认定并记录道路交通事故发生的时间、地点、天气、当事人姓名、机动车驾驶证号、联系方式、机动车种类和号牌、保险凭证号、交通事故形态、碰撞部位等，并根据当事人的行为对发生道路交通事故所起的作用以及过错的严重程度，确定当事人的责任，制作道路交通事故认定书，由当事人签名。

当事人共同请求调解的，交通警察应当当场进行调解，并在道路交通事故认定书上记录调解结果，由当事人签名，交付当事人。

小提示：

不适用调解的情形有：①当事人对道路交通事故认定有异议的；②当事人拒绝在道路交通事故认定书上签名的；③当事人不同意调解的。

交通警察可以在道路交通事故认定书上载明有关情况后，将道路交通事故认定书交付当事人。

4. 交通警察不得随意暂扣当事驾驶人的驾驶证

一般情况，无论事故是否结案，交通警察都应该归还当事驾驶人的驾驶证，可以保留当事人的驾驶证复印件。不过，根据《道路交通安全法》的相关规定，交通警察可以扣留当事人的机动车驾驶证，并开具《行政强制措施凭证》的情况有：①饮酒、醉酒后驾驶机动车的；②机动车驾驶人将机动车交由未取得驾驶证或者驾驶证被吊销、暂扣的人驾驶的；③机动车行驶超过规定时速50%的；④驾驶拼装的机动车或者已达到报废标准的机动车的；⑤在一个记分周期内累计记分达到12分的；⑥使用他人驾驶证的；⑦发生重大道路交通事故，构成犯罪的。

小提示：

有以下几种情况之一，公安机关交通管理部门才可以拖移车辆。

① 有人员受伤，伤情较重，或交通警察现场无法明确判断出伤者伤情；需要对车辆进行鉴定的。

② 发生道路交通事故后当事驾驶人送伤者去医院，车辆无人看管或阻碍道路交通，无法移动事故车的。

③ 事故车发生碰撞的部位损坏造成无法行驶，可以由当事驾驶人自己联系施救公司拖救车辆。如果施救公司车无法及时赶到现场，事故车对道路交通造成影响的。

④ 当事驾驶人涉嫌酒后、无照驾车或当场无法提供强制保险证明或车辆检验合格证明的。

5. 公安机关交通管理部门采用扣留车辆的情况

交通警察在执勤执法时，发现下列情形可以扣留车辆：

① 上道路行驶的机动车未悬挂机动车号牌，未放置检验合格标志、保险标志，或者未随车携带机动车行驶证、驾驶证的。

② 有伪造、变造或者使用伪造、变造的机动车登记证书、号牌、行驶证、检验合格标志、保险标志、驾驶证或者使用其他车辆的机动车登记证书、号牌、行驶证、检验合格标志、保险标志嫌疑的。

③ 未按照国家规定投保机动车交通事故责任强制保险的。

④ 公路客运车辆或者货运机动车超载的。

⑤ 机动车有被盗抢嫌疑的。

⑥ 机动车有拼装或者达到报废标准嫌疑的。

⑦ 未申请《剧毒化学品公路运输通行证》通过公路运输剧毒化学品的。

⑧ 非机动车驾驶人拒绝接受罚款处罚的。

⑨ 对发生道路交通事故，因收集证据需要的，可以依法扣留事故车辆。

小提示：

1）对因饮酒后驾驶机动车被查获的，交通警察不能扣留其机动车。现场如果有其他人员可以代驾，可以由代替人员将车开走；如无其他驾驶人代替驾驶，可将车辆移至停车场或不妨碍交通的地点，但不能开具强制措施凭证扣留机动车。

2）驾驶人有下列情形之一，且现场无其他驾驶人及时替代驾驶的，应当将机动车移至指定的地点停放；违法状态消除或者有其他驾驶人替代驾驶时，再到指定的地点领取机动车：

① 不能出示本人有效驾驶证的。

② 驾驶的机动车与驾驶证载明的准驾驶车型不符的。

③ 饮酒、服用国家管制的精神药品或者麻醉药品、患有妨碍安全驾驶的疾病，或者过度疲劳仍继续驾驶的。

④ 学习驾驶时没有教练人员随车指导单独驾驶的。

四、道路交通事故责任认定与赔偿调解

1）根据交通警察的要求到交通警察大队事故部门处理事故。处理事故时需要携带的证件：驾驶证复印件、行驶证复印件、保险单、事故经过、证人证据（文字）、医院病历证明、医疗票据及所有费用支出票据。

2）交通警察根据相关证据对事故责任划分。当事双方自行协商或提交人民法院诉讼。如当事双方中，有一方提出申请由交通警察调解，而另一方也不反对的，交通警察才会对事故进行调解，交通警察一般不主动对当事人的事故作调解。损失数额不大，可以直接在交通警察处签订赔偿调解协议。调解协议经双方签字后具有法律效力。

3）核定赔款项目及标准。依据我国现行的道路交通事故损害赔偿的法律规定，道路交通事故的损害赔偿可以分为三类：

① 由于道路交通事故造成的人身损害的相关损失的赔偿。道路交通事故人身损害赔偿的相关项目包括：医疗费、误工费、住院伙食补助费、护理费、营养费、残疾赔偿金、残疾辅助器具费、丧葬费、死亡赔偿金、被扶养人生活费、道路交通费、住宿费等。

② 财产直接损失赔偿。财产直接损失是指道路交通事故直接造成财物损毁的实际价值，包括车辆、财物、道路设施和牧畜等损失。修复费用、折价赔偿费用按照实际价值或者评估机构的评估结论计算。如果受害者具备采取措施避免损害扩大的能力而未采取措施，致使造成损害扩大的，则扩大部分不属于道路交通事故损害

赔偿的范围。

③ 精神损害赔偿，是指受害人或者死者近亲属受精神损害、赔偿权利人向人民法院请求赔偿的精神损害抚慰金，按照《最高人民法院关于确定民事侵权精神损害赔偿责任若干问题的解释》(法释[2001]7号)的规定，精神损害抚慰金包括以下方式：致人残疾的，为残疾赔偿金；致人死亡的，为死亡赔偿金以及其他损害情形的精神抚慰金。

道路交通费中出租车的每月承包金和货运车辆的营运损失一般警方不作调解，应该向法院提起民事诉讼。

4) 根据《道路交通事故处理程序规定》第六十五条规定，调解道路交通事故损害赔偿争议，按照下列程序实施：①告知道路交通事故各方当事人的权利、义务；②听取当事人各方的请求；③根据道路交通事故认定书认定的事实以及《中华人民共和国道路交通安全法》第七十六条的规定，确定当事人承担的损害赔偿责任；④计算损害赔偿的数额，确定各方当事人各自承担的比例，人身损害赔偿的标准按照《最高人民法院关于审理人身损害赔偿案件适用法律若干问题的解释》规定执行，财产损失的修复费用、折价赔偿费用按照实际价值或者评估机构的评估结论计算；⑤确定赔偿履行方式及期限。

小提示：

根据《道路交通事故处理程序规定》(公安部令104号)第十八条规定，不适用调解的，交通警察可以在道路交通事故认定书上载明有关情况后，将交通事故认定交付当事人，当事人可以向人民法院提起民事诉讼。

五、根据调解结果支付或索取费用

凭交通警察出具的赔偿调解书和经双方签字的收条，便可到保险公司申请理赔。

特别提醒：

经交通警察调解的已经给对方赔偿的数额，并不一定会被保险公司完全认可，不符合保险合同约定的或保险免责范围内的赔偿必须由车主自己承担。

另外，给对方赔款时一定要索要符合保险公司要求的票据和证明。

六、向保险公司索赔

用户可携带修车发票、用料清单、维修清单、定损单、身份证原件、警方调解书、事故证明到保险公司报销发票。

信誉服务较好的保险公司在手续齐全的情况下，一周内便可拿到赔偿(注意：要防范一些保险公司故意拖欠保险赔偿,因此要经常敦促其支付赔偿,必要时可投诉索赔)。

涉及二次医疗费的人伤道路交通事故赔偿，可以由保险公司、保户、对方当事人三方商谈一次性补助协议，或者等二次治疗费产生后再通过法院诉讼的方式要求保险公司赔偿。

七、涉外交通事故处理

1）外国人在中华人民共和国境内发生道路交通事故的，除按照本规定执行外，还应当按照办理涉外案件的有关法律、法规、规章的规定执行。

公安机关交通管理部门处理外国人发生的道路交通事故，应当告知当事人我国法律、法规规定的当事人在处理道路交通事故中的权利和义务。

2）外国人发生道路交通事故，在未处理完毕前，公安机关可以依法不准其出境。

3）外国人发生道路交通事故并承担全部责任或者主要责任的，公安机关交通管理部门应当告知道路交通事故损害赔偿权利人可以向人民法院提出采取诉讼前财产保全措施的请求。

4）享有外交特权与豁免的外国人发生道路交通事故时，交通警察认为应当给予暂扣或者吊销机动车驾驶证处罚的，可以扣留其机动车驾驶证。需要检验、鉴定车辆的，公安机关交通管理部门应当征得其同意，并在检验、鉴定后立即发还；其不同意检验、鉴定的，记录在案，不强行检验、鉴定。需要对享有外交特权和豁免的外国人进行调查的，可以约谈，谈话时仅限于与道路交通事故有关的内容；本人不接受调查的，记录在案。

5）公安机关交通管理部门应当根据收集的证据，制作道路交通事故认定书送达当事人，当事人拒绝接收的，送达至其所在机构。

6）享有外交特权与豁免的外国人拒绝接受调查或者检验、鉴定的，其损害赔偿事宜通过外交途径解决。

第三节　道路交通事故责任的认定

一、道路交通事故责任认定的原则及标准

根据当事人的行为对发生道路交通事故所起的作用以及过错的严重程度，将道路交通事故当事人责任分为：全部责任、主要责任、同等责任、次要责任和无责任等五种。

1. 道路交通事故责任认定的原则

确定道路交通事故当事人责任的原则是道路交通事故当事人的行为对发生道路

交通事故所起的作用以及过错的严重程度。在我国，目前认定道路交通事故责任的基本原则主要有以下三点：

1）当事人有道路交通违法行为。如当事人不存在道路交通违法行为，就不属于道路交通事故。

2）当事人的道路交通违法行为与损害结果之间存在的因果关系。这一点也是最为重要的。道路交通违法行为与道路交通事故之间有因果关系的，要负相应道路交通事故责任。当事人没有道路交通违法行为或者虽有，但道路交通违法行为与道路交通事故无因果关系的，不负道路交通事故责任。

3）根据当事人的道路交通违法行为在道路交通事故中的作用大小，认定当事人应负道路交通事故责任的大小。一方当事人的违法行为造成道路交通事故的，有违法行为的一方负事故的全部责任。两方当事人都存在道路交通违法行为，并且共同造成道路交通事故的，其违法行为在道路交通事故中作用大的一方负主要责任，另一方负次要责任；违法行为在道路交通事故中作用基本相当的，两方负同等责任。三方以上当事人的道路交通违法行为共同造成道路交通事故的，根据各自的违法行为在道路交通事故中的作用大小划分责任。事故当事人各方均无导致道路交通事故的过错时，属于道路交通意外事故的，各方均无责任；一方当事人故意造成道路交通事故的，他方无责任。

2. 道路交通事故责任认定的标准

确定道路交通事故当事人责任的标准：

（1）确定当事人的行为与道路交通事故之间因果关系的标准

① 因果关系的客观性。当事人的过错与道路交通事故损害后果之间的因果关系应当是客观存在的，不以人的主观意志为转移。

② 因果关系的时序性。作为原因的现象应当先于作为结果的现象而出现。

③ 因果关系的必然性。一般来说，道路交通事故中的因果关系应当是两者之间的内在的、必然的联系。也就是说，原因对于结果来说是唯一的。

④ 因果关系的直接性。作为原因的现象是损害后果的直接原因，而不是经过很多因果关系链后的某个原因。

（2）比较当事人行为过错的标准 公安机关交通管理部门对道路交通违法行为在事故发生中所起作用的大小判定，主要是根据路权原则和安全原则来判定的，而路权原则是认定道路交通事故责任大小的根本原则。其先后程序是：①违反"各行其道"规定的；②违反"禁行"类道路交通信号的；③违反"让行"类交通信号及规定的；④违法停、放车辆，违反堆物、施工作业及其他规定的；⑤违反灯光使用规定的；⑥违法载物的；⑦其他违法行为；⑧违反道路交通安全原则的。

二、道路交通事故责任的认定方法

道路交通事故责任的认定方法如下：

1）因一方当事人所导致的道路交通事故。

① 因一方当事人的过错导致道路交通事故的，由此方当事人承担全部责任。道路交通事故的成因是由于一方当事人的过错所造成的，而其他当事人对此没有责任的，则过错导致道路交通事故发生的当事人应当对道路交通事故所产生的后果承担全部责任。

② 当事人逃逸，造成现场变动、证据灭失，公安机关道路交通管理部门无法查证道路交通事故事实的，逃逸的当事人承担全部责任。

③ 当事人故意破坏、伪造现场、毁灭证据的，应承担全部责任。

④ 一方当事人故意造成道路交通事故的，他方无责任。

2）因两方或两方以上当事人的过错发生道路交通事故的，根据其行为对事故发生的作用以及过错的严重程度，分别承担主要责任、同等责任和次要责任。在这里，要根据具体情况来区分，在事故发生过程中起到主要的危害作用、过错较大的当事人应当承担主要责任，其他当事人中有过错的应当承担次要责任。当事人在事故发生过程中的作用和严重程度无法加以明确区分的，当事人应当承担同等责任。

3）各方均无导致道路交通事故的过错，属于道路交通意外事故的，各方均无责任。意外道路交通事故是指并非出于当事人的过错的意想不到的偶然事故，只有在意外事件是导致损害发生的唯一原因时，才可以作为免责的条件，各方当事人不承担道路交通事故责任。在这里需要注意的是，意外事件必须具有两个条件：①意外事件对于具有道路交通知识且谨慎操作的人员来说，根据当时的各种客观条件，确实无法预见；②意外事件系当事人具体行为时，随机偶然发生的。

4）在实际操作过程中，有很多现场情况并不能进行责任认定，按照相关规定，当事人存在下列行为的，公安交通管理部门会采用责任推定法，也就是说，不论其是否该负某种责任，都推定他应负某种责任。

① 当事人逃逸或者故意破坏、伪造现场，毁灭证据，使道路交通事故责任无法认定的，当事人应负事故的全部责任。

② 当事人一方有条件报案而未报案或未及时报案，使道路交通事故责任无法认定的，应负全部责任。

③ 当事人各方有条件报案而均未报案或均未及时报案，使道路交通事故无法认定的，若各方处同等程度，则负同等责任；各方处不同等程度，则推定机动车一方负主要责任，非机动车、行人一方负次要责任。

④ 道路交通事故当事人未标明位置而移动事故现场的车辆或者物品，致使道路交通事故的责任无法认定的，应当负事故的全部责任。

道路交通事故当事人各方均有上述行为，致使道路交通事故责任无法认定的，如果双方均为驾驶机动车的，各负同等责任；一方驾驶机动车，另一方驾驶非机动车或者步行的，驾驶机动车一方负主要责任，驾驶非机动车或者步行的一方负次要责任。

公安机关只有在根据现场情况无法认定责任的前提下，才能运用推定责任。如经调查，能客观认定责任的，则仍需按规定认定责任。

5）在公安机关道路交通管理部门依法确定道路交通事故当事人的责任时，并不是所有的道路交通事故都是可以调查清楚的，如果遇到公安机关道路交通管理部门不能查清道路交通事故的事实，则可以依法作出道路交通事故当事人责任不能认定的道路交通事故认定书。这时当事人可以向人民法院提出诉讼，确定责任和赔偿。因此在发生事故后，应该先搜集证据，再决定是否报案。

> **特别提醒：**
>
> 在实际操作中，由于具体情况各有差异，不同交通警察对事故责任认定的结论相差半级一般属于正常范围。例如：全部责任—主要责任—同等责任—次要责任—无责，每个相邻责任间为半级，相隔责任为一级。如果不同的事故交通警察认定的级别相差一级，需谨慎对待。

例如：一位警察认定主要或次要责任，而另一警察认定同等责任，是比较常见的现象。如果出现主要责任定次要责任、同等责任定全部责任这样差别大的情况，警察肯定有严重的判定错误。当然，大部分交通警察采用事故责任合议的方式，可减少事故责任认定的差异率。

为了便于管理，减少事故认定的差异引发的警民矛盾，国内很多省、市人民政府都出台了当地的道路交通事故认定规则，或者通过案件集体定责的方式让类似案例统一责任分担标准。2008年7月1日起实施的《福建省道路交通事故责任确定规则（暂行）》见附录 B，供参考。

三、道路交通事故责任认定时限

1. 车辆检验时间和事故责任认定时间

如果是车辆与车辆之间的普通碰擦道路交通事故，驾驶人没有必须扣证、扣车的情节，如未买保险、需要验车等，交通警察是不应该随意扣留驾驶证的。在事故现场交通警察扣留驾驶证后，回到警队作完材料，即可当场发还驾驶证原件。一般道路交通事故的责任认定书10日之内就必须交还当事人；案情复杂较重大的事故，事故交通警察必须向上级汇报延长时间。不是特殊情况不允许交通警察随意扣留车辆或驾驶证，即使责任认定没有下，也不会影响驾驶人的正常营运。有人员受伤的道路交通事故必须要等到伤者清醒、康复或治疗终结才能结案。

如果当事人因伤一直处于昏迷状态无法接受警方询问，影响事故认定的，可以暂缓下发道路交通事故认定书，待其清醒后再做询问。如果是机动车负全部责任，就无需等到当事人清醒。

《道路交通安全法实施条例》及2009年1月1日实施的《道路交通事故处理程序规定》中，对事故的认定时间都有明确的规定，即公安机关道路交通管理部门对经过勘验、检查现场的道路交通事故应当在查获道路交通肇事逃逸人和车辆后 10 日内制作道路交通事故认定书。道路交通肇事逃逸的，在查获道路交通肇事逃逸人和车辆后 10 日内制作道路交通事故认定书，对需要进行检验、鉴定的，应当在检验、鉴定或者重新检验、鉴定结果确定后 5 日内制作道路交通事故认定书。

《道路交通事故处理程序规定》中第四十七条还规定了，未查获道路交通肇事逃逸人和车辆，道路交通事故损害赔偿当事人要求出具道路交通事故认定书的，公安机关道路交通管理部门可以在接到道路交通事故损害赔偿当事人的书面申请后 10 日内制作道路交通事故认定书。

事故车辆需要鉴定的，公安机关可以扣留车辆 20 日，如果需要延长的必须向上一级机关提出申请。但不是任何事故都要鉴定车辆，车主可以检查公安机关是否真的鉴定车辆，可以要求交通警察出具鉴定报告，法规中不允许交通警察以鉴定车辆为由任意扣留当事人车辆。

2. 交通事故处理时限

1）对管辖权发生争议的，报请共同的上级公安机关交通管理部门指定管辖，上级公安机关交通管理部门应当在 24 小时内作出决定，并通知争议各方。

2）当事人未在交通事故现场报警，事后请求公安机关交通管理部门处理的，当事人应当在提出请求后 10 日内向公安机关交通管理部门提供交通事故证据。

3）公安机关交通管理部门对当事人生理、精神状况、人体损伤、尸体、车辆及其行驶速度、痕迹、物品以及现场的道路状况等需要进行检验、鉴定的，应当在勘查现场之日起 5 日内指派或者委托专业技术人员、具备资格的鉴定机构进行检验、鉴定。

4）检验、鉴定应当在 20 日内完成；需要延期的，经设区的市公安机关交通管理部门批准可以延长 10 日。检验、鉴定周期超过时限的，须报经省级人民政府公安机关交通管理部门批准。

5）解剖尸体需征得其亲属的同意。检验完成后，应当通知死者亲属在 10 日内办理丧葬事宜。

6）公安机关交通管理部门扣留的事故车辆除检验、鉴定外，不得使用。检验、鉴定完成后 5 日内通知当事人领取事故车辆和机动车行驶证。对弃车逃逸的无主车辆或者经通知当事人 10 日后仍不领取的，依据《中华人民共和国道路交通安全法》第一百一十二条的规定处理。

7）公安机关交通管理部门应当在接到检验、鉴定结果后 2 日内将检验、鉴定结论复印件交当事人。当事人对公安机关交通管理部门的检验、鉴定结论有异议的，可以在接到检验、鉴定结论复印件后 3 日内提出重新检验、鉴定的申请。经县级公安机关交通管理部门负责人批准后，应当另行指派或者委托专业技术人员、有资格的鉴定机构进行重新检验、鉴定。

8）当事人对自行委托的检验、鉴定、评估结论有异议的，可以在接到检验、鉴定、评估结论后 3 日内另行委托检验、鉴定、评估，并告知公安机关交通管理部门，公安机关交通管理部门予以备案。

9）公安机关交通管理部门对经过勘验、检查现场的交通事故应当自勘查现场之日起 10 日内制作交通事故认定书。交通肇事逃逸的，在查获交通肇事逃逸人和车辆后 10 日内制作交通事故认定书。对需要进行检验、鉴定的，应当在检验、鉴定或者重新检验、鉴定结果确定后 5 日内制作交通事故认定书。

10）未查获交通肇事逃逸人和车辆，交通事故损害赔偿当事人要求出具交通事故认定书的，公安机关交通管理部门可以在接到交通事故损害赔偿当事人的书面申请后 10 日内制作交通事故认定书。

11）交通事故损害赔偿权利人、义务人一致请求公安机关交通管理部门调解损害赔偿的，可以在收到交通事故认定书之日起 10 日内向公安机关交通管理部门提出书面调解申请，公安机关交通管理部门应予调解。

12）公安机关交通管理部门调解交通事故损害赔偿的期限为 10 日。造成人员死亡的，从规定的办理丧葬事宜时间结束之日起计算；造成人员受伤的，从治疗终结之日起计算；因伤致残的，从定残之日起计算；造成财产损失的，从确定损失之日起计算。

13）公安机关交通管理部门应当与当事人约定调解的时间、地点，并于调解时间 3 日前通知当事人。口头通知的应当记入调解记录。调解参加人因故不能按期参加调解的，应当在预定调解时间 1 日前通知承办的交通警察，请求变更调解时间。

14）按照《公安机关办理行政案件程序规定》，交通警察或者公安机关检验、鉴定人员需要回避的，由本级公安机关交通管理部门负责人决定。公安机关交通管理部门负责人需要回避的，由公安机关负责人或者上一级公安机关交通管理部门负责人决定。

对当事人提出的回避申请，公安机关交通管理部门应当在 2 日内作出决定，并通知申请人。

四、道路交通事故责任认定的性质

在我国，交通警察出具的道路交通事故责任认定书只是民事诉讼证据的一种。在当事双方共同申请的交通警察调解中认定书是当然的依据；在法院的民事赔偿诉讼中，认定书只是比较重要的证据，已经不再是法院审理案件的当然依据。法院根据当事人各方举证证明的事实，完全可能依据不同的责任分担比例作出判决。

《中华人民共和国道路交通安全法》第七十三条：公安机关道路交通管理部门应当根据道路交通事故现场勘验、检查、调查情况和有关的检验、鉴定结论，及时制作道路交通事故认定书，作为处理道路交通事故的证据。道路交通事故认定书应当载明道路交通事故的基本事实、成因和当事人的责任，并送达当事人。

《全国人大法工委关于道路交通事故责任认定行为是否属于具体行政行为，可否纳入行政诉讼受案范围的意见》中明确规定：道路交通事故责任认定行为不是具体行政行为，不能提起行政诉讼。

《道路交通事故处理程序规定》第六十六条：公安机关督察部门现场监督，依法查处违法违纪问题。上级公安机关道路交通管理部门对下级公安机关道路交通管理部门处理道路交通事故工作进行监督，发现错误应当及时纠正。

五、对道路交通事故责任认定异议的处理

1. 责任认定的复核

根据相关法律规定，交通警察的事故认定不属于行政处罚，不能申请行政复议或提起行政诉讼。不过从 2007 年 9 月 1 日起，公安部下发的《服务群众十六项措施》中，要求各地交通警察部门在送达《道路交通事故认定书》时，要告知当事人，可以在 3 日内向上一级公安交通管理部门提出书面复核申请。上一级公安交通管理部门自受理后 30 日内，要进行审查并作出复核结论。复核结论作出后 5 日内，要召集事故各方当事人，当场宣布。

复核前或复核期间，当事人也可选择人民法院进行民事诉讼的方式解决，在民事诉讼过程中向法庭提出自己对事故认定书有异议，阐明自己的理由并举证，人民法院有权决定是否采纳。在提起民事诉讼并经法院受理的期间，公安交通管理部门复核工作中止。

> **特别提醒**：
> 复核申请不予受理的情形有：①任何一方当事人向人民法院提起诉讼并经法院受理的；②人民法院对交通肇事犯罪嫌疑人批准逮捕的；③适用简易程序处理的道路交通事故；④车辆在道路以外通行时发生的事故。

2. 申请复核时应提交的材料

当事人申请复核时应提供的材料有以下几种：

（1）书面的复核申请书　申请书中应具备以下内容：

① 申请人的身份情况，包括申请人的姓名、年龄、性别、家庭住址、联系方式等。

② 申请复核的理由，即申请人对事故事实认定、当事人责任的划分或对认定书的表述方式存在什么异议，申请人自己对事故认定的看法等。

③ 主要证据，即要载明当事人对事故认定存在异议，而依托的证人证言、视听资料、相关物证等证据。

④ 明确的申请复核请求，即在申请书中明确提出要对所列交通事故申请复核。

（2）申请复核的主要证据　证据材料要与复核申请书一起提交。

（3）申请人的身份证明　申请人的身份证、户口本、护照等身份证明复印件，

如申请人为代理人，还应提供委托书和受委托人的身份证明。

第四节 常见道路交通事故责任的划分

一、追尾交通事故

追尾交通事故如图 3-4 所示。

一般后车为全部责任。但是如果对前车检测时发现其制动灯不亮，或非正常制动（恶意制动或操作不当制动），交通警察可能会让前车承担次要责任或同等责任。

多车追尾交通事故，按照分开定责和一起事故车定责的原则进行责任认定。

（1）分开定责 以三车追尾为例，前车无责，中间车相对于前车全部责任，车头和前车车尾的损失由中间车赔偿；中间车与后车按照另一事故定责赔偿，中间无责，后车全部责任，中间车车尾和后车车头损失由后车支付赔偿。

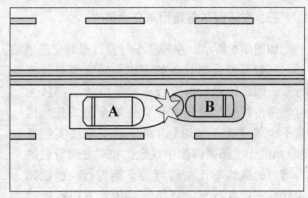

图 3-4 追尾交通事故

（2）按照一起事故车定责 仍以三车追尾为例，中间车已制动停止，没有与前车发生碰撞，但是后车撞击力过大，导致把没有与前车碰撞的中间车挤撞到前车，发生损失，如果有确凿证明（此类事故取证难度较大，要依靠现场目击证人和制动碰撞痕迹确定），后车对本起多车追尾事故承担全部责任，中间车和前车无责。后车承担所有的赔偿责任。

二、变更车道交通事故

按照《交通安全法实施条例》的规定，在道路同方向划有 2 条以上机动车道的，变更车道的机动车不得影响相关车道内行驶的机动车的正常行驶。无论实线还是虚线，变道车与本车道内车辆发生事故时，变道车都要承担主要责任以上的责任（主要责任或全部责任）。如图 3-5 所示，如果事故现场 A 车车身偏斜，侵占了对方车道，B 车身正常，则 A 车为全部责任；如果有证据证明（目击者旁证）A 车已提前变更车道，B 车有条件避让但是因为观察不力或没有采取必要的避让措施，也可以定 B 车为次要责任。

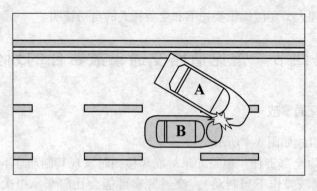

图 3-5　变更车道交通事故

三、左转弯车与直行车交通事故

如图 3-6 所示，左转弯车与直行车的交通事故。

一般驾驶人都具备的常识是转弯车要让直行车，因此转弯车与直行车发生事故后都认为应该是由转弯车承担主要责任或全部责任。但是不少驾驶人不知道《道路交通安全法实施条例》第五十二条第四款中规定：相对方向行驶的右转弯的机动车让左转弯的车辆先行。也就是说转弯车让直行车，只是针对相对方向行驶的车辆；而交叉方向行驶的车辆应该参照转弯车让直行车或左方车让右方车先行的规定认定事故责任。

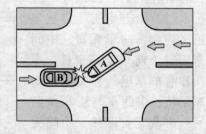

图 3-6　左转弯车与直行车的交通事故

注意：交叉方向行驶的车辆应该按照让右方车优先通行的原则。

四、右转弯车与左转弯车交通事故

如图 3-7 所示，右转弯车与左转弯车发生事故。按照《道路交通安全法实施条例》第五十一条第七款规定，在没有方向指示信号灯的交叉路口，转弯的机动车让直行的车辆、行人先行。相对方向行驶的右转弯机动车让左转弯车辆先行。因此 A 车要承担本事故的全部或主要责任。

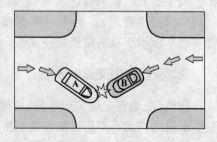

图 3-7　右转弯车与左转弯车交通事故

五、单行道内交通事故

单行车道逆向行驶的车辆发生交通事故如图 3-8 所示，A 车要承担事故的全部责任或主要责任。

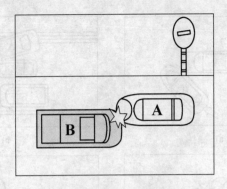

图 3-8 单行线内交通事故

六、逆向行驶交通事故

如图 3-9 所示，逆向行驶发生的交通事故，A 车要负全部责任或主要责任。

七、超车交通事故

1）超越正在转弯车辆的交通事故，如图 3-10a 所示。

图 3-10a 中 A 车与正准备转弯的 B 车发生事故，A 车承担全部责任。

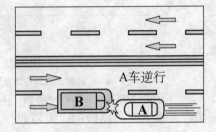

图 3-9 逆向行驶车辆交通事故

小提示：

B 车在最左侧车道或该处同向只有一条车道，排除 B 车违法变道的情况，才定 A 车为全部责任。

目前城市道路中大多为多车道，车辆各行其道，其行驶速度在本车道内快于旁边同向车道的车辆，不算超车。

2）超越前方正在超车车辆的交通事故如图 3-10b 所示，超越前方正在超车车辆发生交通事故的 A 车承担全部责任。

3）超越前方正在掉头车辆的交通事故如图 3-10c 所示，超越前方正在掉头车辆发生的交通事故，A 车承担全部责任。

4）超越前车并与对方车辆有会车可能时发生的交通事故如图 3-10d 所示，A 车承担全部责任。

八、遇障碍避让引发的交通事故

《道路交通安全实施条例》第四十八条第二款规定，在没有中心隔离设施无法分道行驶的道路上会车时，有障碍的一方车辆要让无障碍一侧车辆先行；但是有障碍

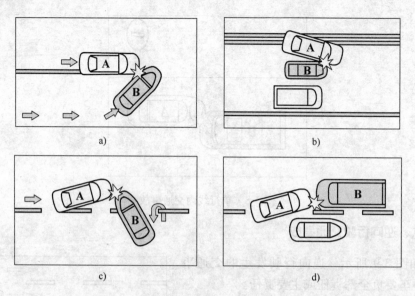

图 3-10　超车的交通事故

a）超越正在转弯的车辆　b）超越前方正在超车的车辆

c）超越前方正在掉头的车辆　d）超越前方车并与对方车辆有可能会车的事故

一方已经驶入障碍路段的，无障碍一方未驶入时，无障碍一方应让有障碍一方先行。图 3-11 中 A 车承担主要责任。

九、掉头交通事故

1）禁止掉头地点，掉头车辆与后车发生事故。后车与掉头车辆在同一条车道，假设掉头车减速时，后车未及时避让，追尾违法掉头

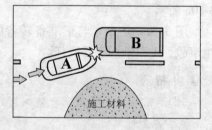

图 3-11　遇障碍避让的交通事故

车辆，后车承担主要责任或全部责任，因后车没有保持必要的安全距离。

图 3-12 中，掉头车掉头转弯时，与后方左侧车道内车辆发生擦碰。《道路交通安全法实施条例》第四十九条中规定机动车在有禁止掉头或者禁止左转弯标志、标线的地点以及在铁路道路口、人行横道、桥梁、急弯、陡坡、隧道或者容易发生危险的路段，不得掉头。机动车在没有禁止掉头或者没有禁止左转弯标志、标线的地点可以掉头，但不得妨碍正常行驶的其他车辆和行人的通行。因此，违法掉头的 A 车承担全部责任。

2）在没有禁止掉头标志标线的地方掉头时，如图 3-13 所示，掉头车辆 A 未让掉头后将进入的车道内正常行驶的车辆 B 先行的，掉头车 A 应当承担本起事故的全部责任。

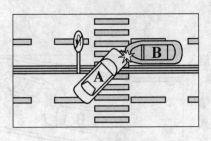

图 3-12　违法掉头交通事故

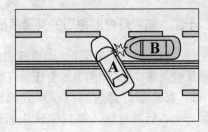

图 3-13　掉头交通事故

十、倒车交通事故

倒车交通事故如图 3-14 所示。

根据《道路交通安全法实施条例》中第五十条的规定：机动车倒车时，应当察明车后情况，确认安全后倒车。不得在铁路道路口，交叉路口、单行路、桥梁、急弯、陡坡或隧道中倒车。

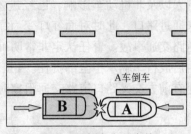

图 3-14　倒车交通事故

车辆倒车时，撞到后方正常行驶或停止的车辆，倒车的 A 车承担全部责任。

特别提醒：

①停车时，前车后溜，撞到后车。后溜车应当承担全部责任。②车辆追尾和倒车撞到后车的碰撞痕迹是不一样的，有经验的交通警察或者车辆检测机构可以通过受损位置判断出是追尾还是倒车的碰撞；另外事故当事人也可通过现场取证的方式保留周围旁证。③目前交强险赔付范围中，双方车损各自不超过 2000 元，双方都能全额得到保险公司的赔偿，都不会有损失。倒溜车辆的驾驶人不会被交通警察处罚，目前的道路交通违法处罚规定代码中没有对倒溜车辆的罚款，只需警告即可。但是追尾车辆有可能会被交通警察以"未保持安全车距"为由罚款，后车驾驶人此时也会为避免罚款据理力争，双方矛盾从而激化，得不偿失。

十一、上下坡车辆的交通事故

上下坡车辆的道路交通事故如图 3-15 所示。

《道路交通安全实施条例》第四十八条第三款规定没有标线的坡道，下坡车应让上坡车先行；上坡车未上坡时，下坡车已经行至中途，应让下坡车先行。图 3-15 中 A 车为下坡车，要承担主要责任或全部责任。

十二、信号灯控制路口的交通事故

1）闯信号灯造成道路交通事故由闯信号灯车辆承担全部责任（此类事故责任最好确定）。

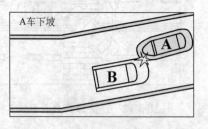

图 3-15 上下坡会车的交通事故

2）都是绿灯通过路口，双方都没有闯信号灯行为，后放行进入路口车辆应该让先进入路口被放行车辆先行，如图 3-16 所示。经常可以见到比较大的路口绿灯放行车辆受到前车、行人以及非机动车影响，已经进入路口但是尚未通过路口，此时对面红灯变为绿灯，等候车辆立即冲入路口，与该车抢道，发生道路交通事故。责任认定非常明确，即使后放行车辆并没有闯信号灯，但是也应该由后放行车辆承担全部责任。《道路交通安全法实施条例》第五十三条规定机动车遇有前方交叉路口道路交通阻塞时，应当依次停在路口以外等候，不得进入路口。

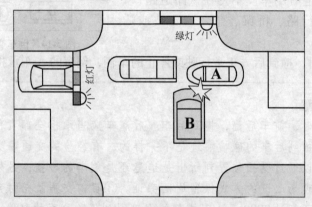

图 3-16 绿灯通行交通事故

小提示：

判断双方车辆进入路口的时机并不困难，一方面可以通过现场目击者提供证据，另外还有信号灯放行先后顺序以及路口电子警察监控等，都能确定双方是否都是绿灯时进入路口的。一旦确定双方都是绿灯进入路口，就能按照此规则认定后进入路口车辆承担全部责任。

3）绿灯亮时，转弯车未让被放行的直行车先行的交通事故，如图 3-17 所示。

根据《道路交通安全法实施条例》第五十一条第七款规定：在没有方向指示信号灯的交叉路口，转弯的机动车让直行的车辆、行人先行。相对方向行驶的右转弯机动车让左转弯车辆先行。图 3-17 中 A 车应当负全部责任或主要责任。

4）红灯亮时，右转弯车未让被放行的车先行的交通事故，如图 3-18 所示。

根据《道路交通安全法实施条例》第三十一条第三款规定：红灯亮时，右转弯的车辆在不妨碍被放行的车辆、行人通行的情况下，可以通行。图 3-18 中 A 车应承担全部责任或主要责任。

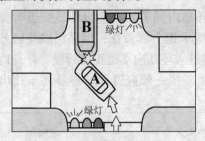

图 3-17　绿灯亮时，转弯车未让直行车先行交通事故

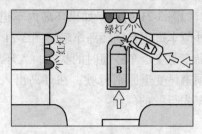

图 3-18　红灯亮时，转弯车未让放行车先行交通事故

十三、无信号灯交叉路口的交通事故

《道路交通安全法实施条例》第五十二条第二款规定，通过没有信号灯控制或者交通警察指挥的交叉路口时，且路口没有道路交通标志、标线控制的，在进入路口前停车瞭望，让右方道路的来车先行。图 3-19 中 B 车在 A 车的右方，B 车的右方无车，因此 A 车应让 B 车优先通过，本起事故由前方 A 车承担主要或全部责任。

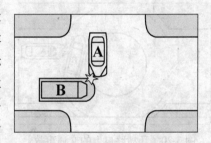

图 3-19　未让右方车先行交通事故

根据《道路交通安全法实施条例》第五十二条第二、三款规定，在无信号灯交叉路口，车辆应先停车观察后方可通过路口。在路口中间发生交叉碰撞道路交通事故的车辆，肯定没有做到先停车观察再通过路口，因此 B 车也应该承担次要责任。

> **特别提醒：**
> 两车碰撞不能通过碰撞部位来确定交通事故的责任，碰撞部位一般不对本起事故的责任认定起参考作用。但是如果有证据证明 B 车后进入路口有超速、操作不当等其他违法责任，事故责任认定就要发生改变。

十四、环岛内交通事故

环岛路口的交通事故如图 3-20 所示。

根据《道路交通安全法实施条例》第五十一条第二款规定，进环岛车让出环岛车先行，进入环形路口的车辆让已经在环岛内行驶的车辆先行。图 3-20 中 B 车为环岛内行驶车辆或出环岛车辆，A 为后进入环岛车辆，发生事故由 A 车承担全部责任。

如图 3-21 所示，如果环岛内车道较多，环岛内侧道路车辆出环岛变道时要避让外侧车道正常绕环岛车辆。图 3-21 中 A 车应承担全部责任；但是仍然要区分入环岛车与变道车碰撞时的状态，入环岛车已经进入环岛内车道正常行驶，环岛内车辆须遵循变道原则行驶；在环岛出入口，发生碰撞一般应遵循"进环岛车让出环岛车先行"的原则。

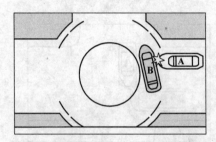

图 3-20　环岛路口上的交通事故

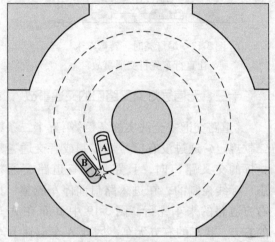

图 3-21　环岛内的交通事故

十五、公交专用车道内的交通事故

目前国内各大城市为体现公交优先原则，都专门开辟了公交专用车道，其他社会车辆不得在规定的时间内占用，否则将进行处罚。

公交专用车道的道路交通事故如图 3-22 所示。

由于 A 车变道引发的道路交通事故，与公交车专用车道无关。如果上图中 A 车已经在公交车专用车道内行驶，公交车追尾了 A 车，那

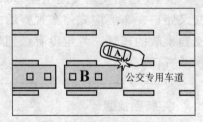

图 3-22　违反规定在公交专用车道内行驶的交通事故

么事故责任应该是 B 车（公交车）承担全部责任，之后交通警察再对违法占用公交车专用道的 A 车做出处罚。

十六、机动车与行人或非机动车的交通事故

1）行人在人行横道线处被碰撞，原则上事故由借用路权的机动车驾驶人承担全部责任。如果有行人信号灯的路口，行人闯红灯与绿灯正常行驶的机动车发生事

故，应该由闯信号灯的行人承担主要或全部责任。

2）交叉路口右转机动车与非机动车发生事故。在交叉路口，右转弯的机动车与同向直行的非机动车或行人发生事故。《道路交通安全法实施》第三十八条规定：绿灯亮时，准许车辆通行，但转弯的车辆不得妨碍被放行的直行车辆、行人通行；红灯亮时，右转弯的车辆在不妨碍被放行的车辆、行人通行的情况下，可以通行。因此，右转的机动车 A 要承担主要责任或全部责任。

另外，机动车在穿越非机动车道时与非机动车发生事故，因为非机动车有路权，机动车属于临时借道，应该让行非机动车，发生道路交通事故后机动车要承担主要责任或全部责任。

十七、车上货物引发的交通事故

1）如图 3-23 所示，装载货物超长或超宽，碰到其他车辆，A 车承担全部责任。

2）如图 3-24 所示，装载货物在遗洒、飘散过程中导致道路交通事故的，A 车承担全部责任。

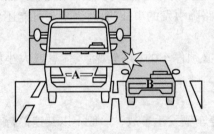

图 3-23　装载货物超宽的交通事故

图 3-24　货车飘散物的交通事故

根据《中华人民共和国道路交通安全法》第四十八条规定，机动车载物应当符合核定的载质量，严禁超载；载物的长、宽、高不得违反装载要求，不得遗洒、飘散载运物。

根据《道路交通安全法实施条例》第五十四条规定，机动车载物不得超过机动车行驶证上核定的载质量，装载长度、宽度不得超出车厢。

小提示：
货车遗散物造成的交通事故能确定遗撒物车辆的，由该车承担全部或主要责任；不能确定具体哪一个车辆的，可以由推定出的可疑车辆（渣土车）共同承担赔偿责任，或者由所在单位或工地承担（不能确定某辆渣土车但能确定其所在单位）。

另外，事故路段有管养义务的，没有尽到及时清扫路面障碍物导致事故的，还可以追究管养单位的责任。

十八、违法停车的交通事故

1. 高速公路上违法停车的交通事故

如图 3-25 所示，高速公路是绝对禁止随意停车的，在高速公路上违停是非常严重的道路交通违法行为。

根据《道路交通安全法实施条例》中第八十二条第四款规定，机动车在高速公路上行驶，非紧急情况时不得在应急车道行驶或者停车。

车辆在高速公路上违法停车，发生追尾道路交通事故，如果停放车辆同时具备下列所有条件将有可能不承担或少承担责任：

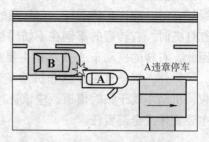

图 3-25 高速公路上违法停车交通事故

① 整个车身都停放在紧急停靠带内，没有侵占正常行驶车道。

② 车后 150m 放置法定三角警告标志。有些车辆停车时放置不规范路障(如：轮胎、石块等)发生事故，都属于未放置标志，应该承担相应的责任(如同等责任或主要责任，在弯道处、夜晚或恶劣天气下，由于路障引发的事故，有时当事人可能还会承担全部责任)。

③ 车辆停放是因为发生紧急或突发故障必须停车的(停车观景、休息或大小便不能作为停车理由)。

2. 普通道路违停车辆的事故

在普通道路上，如果有其他机动车与违停车辆发生事故，一般不以其违停行为作定责依据；确系与违停有一定关系的，也最多让违停车辆承担次要责任。

十九、开关车门引发的交通事故

图 3-26 所示为开关车门发生的交通事故。驾驶人有责任和义务提醒车上乘员开门上下车时一定要先看清周围情况，以免撞到非机动车和行人，或发生其他道路交通事故。

按照《道路交通安全法》第五十六条规定：机动车应当在规定地点停放。禁止在人行道上停放机动车；但是，依照本法第三十三条规定施划的停车位除外。在道路上临时停车的，不得妨碍其他车辆和行人通行。

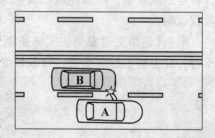

图 3-26 开关车门造成的道路交通事故

如果驾驶人在乘员下车时已经提前提醒乘员开门时注意，可以减轻驾驶人的分摊比例，增加乘员的费用。

二十、违反导向标志或导向车道指示方向行驶的交通事故

1）如图 3-27 所示，违反导向标志指示行驶的，A 车应承担全部责任。

2）如图 3-28 所示，未按导向车道指示方向行驶的，A 车承担全部责任。

根据《道路交通安全法》第四十四条规定：机动车通过交叉路口，应当按照交通信号灯、道路交通标志、道路交通标线或交通警察的指挥通过。

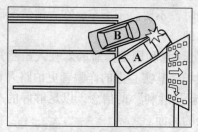

图 3-27 违反导向标志指示
行驶的交通事故

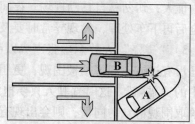

图 3-28 违反导向车道指示
方向行驶的交通事故

二十一、"碰瓷"的防范与处罚

"碰瓷"属北方方言，泛指一些投机取巧，敲诈勒索的行为。有的行人或驾驶人故意和机动车辆相撞，骗取赔偿。

1. 车辆"碰瓷"的特点

1）"碰瓷"人以交通事故为挣钱目的。他会主动提出私了，或者有一个"托"出面协调，利用车主怕麻烦的心理。

2）此类事故多发生在慢速车来车往的通行道路。

3）"碰瓷"人害怕当事人报警。

4）从表面看不出受伤的痕迹，或者受伤部位造假。

2. 防范"碰瓷"的措施

（1）行人或自行车"碰瓷" 首先驾驶人要确认交通事故与自己有没有关系，注意保留好现场证据，要想方设法留住目击证人。在信号灯路口看有没有监控可以证明自己没有闯信号灯，并立即报警。如对方称自己受伤，可先去医院检查，同时驾驶人尽快通知自己车辆的保险公司，保留好相关票据和证明，这样可最大程度避免或减少自己的损失。

（2）汽车"碰瓷" 驾驶人要凭自己的经验，从现象上来看是谁的责任，不过一般用车"碰瓷"的都是高手，肯定是碰得非常有技巧，较难辨别。

特别提醒：
要用手机或相机拍下现场的情况，作为证据。

1）首先及时报警，让警察出面协助解决。敲诈者利用的就是驾驶人怕麻烦的心理，认为驾驶人大多会主动息事宁人，不会报警。当他们看到驾驶人已经报警时，部分作案人在心虚胆怯之下，往往终止了违法犯罪行为，因为这些人一般在当地都有"案底"，怕面对警察后"穿帮"，只有"识趣"地放弃"索赔"了。

2）当车行驶至转弯或道路交通混乱路段时要精力集中、细致观察，不要有交通违法行为。当确认事故与自己无关时，要注意保留好现场证据，特别是想法留住目击证人，切勿私自移动现场。夜间发生事故时，不要急于下车，在弄清情况确认安全后再下车处理，发现异常时要及时报警求助。

3）"碰瓷"人故意虚张声势以引起路人的注意和同情。有的驾驶人虽然知道自己没有过错，却害怕被围观，更胆怯警察到场。其实心虚的诈骗者更怕路人看穿其中的"猫腻"。这时驾驶人只要抱定"坚持就是胜利"的信念，以足够好的态度去争取围观群众的同情，则会出现有利于自己的局面。

4）坚决表明先去医院为伤者检查，否则赔款免谈的态度；同时尽快通知车辆所投保的保险公司，回忆保险有关条款，保管好相关票据和事发地事故处理部门的证明材料，以便将自己可能承担的损失转由保险公司承担，以避免或减少自己经济损失。

特别提醒：
车辆与行人发生碰撞或外地车辆在本地发生道路交通事故时，不能"私了"。

3. "碰瓷"行为的相关处罚

"碰瓷"是诈骗犯罪的一种表现形式。《治安管理处罚法》和《刑法》都有相关规定。《治安管理处罚法》第四十九条：盗窃、诈骗、哄抢、抢夺、敲诈勒索或者故意损毁公私财物的，处5日以上10日以下拘留，可以并处500元以下罚款；情节较重的，处10日以上15日以下拘留，可以并处1000元以下罚款。《刑法》第二百六十六条：诈骗公私财物，数额较大的，处3年以下有期徒刑、拘役或者管制，并处或者单处罚金；数额巨大或者有其他严重情节的处3年以上10年以下有期徒刑，并处罚金或者没收财产。本法另有规定的，依照规定执行。

二十二、事故责任无法认定的交通事故

在公安机关交通管理部门无法认定事故责任时，法官可以运用"优者危险负担"原则，分配道路交通事故赔偿责任。适用"优者危险负担"，应当在确定双方当事人各自的过错比例之后，再考虑各自的危险负担能力，分配交通事故的损害后果。

1）关于"优者危险负担"原则。所谓"优者危险负担"原则，是指在受害人有过失的情况下，考虑到双方对道路交通注意义务的轻重，按机动车危险性的大小以及危险回避能力的优劣，分配道路交通事故的损害后果。

机动车之间判断危险的原则是：以质量、硬度、速度等因素来认定机动车的危

险性大小。在认定事故事实发生争议时，从有利于弱势车辆的角度作适度推定是符合公平原则的。

2）确定原、被告的过错程度的方法。适用"优者危险负担"原则的关键，是确定双方的过错程度。在混合过错中，判定双方过错程度通常的标准有：①根据注意义务的内容和注意标准来决定过错轻重；②根据行为危险性大小和危险回避能力的优劣决定过错轻重。

一般认为，造成险情方的违法行为是事故发生的主要原因、直接原因，其交通行为状态对险情避让方的避让难易程度有着直接影响。

注意义务之设定：①考虑社会共同生活基本程序的保护，确立人们对他人行为注意程度的合理预期；②考虑合理限定原则，使注意义务限定在一定的范围内，既可以加强行为人的责任心，增强其对他人负责、对社会负责的精神，又不能使注意义务无限扩大，使人因注意程度太高而"无法注意"，从而影响人们的正常业务和行为。

判断注意义务之合理，必须确立注意之基准：①"注意之合理"的判断应考虑注意义务的承担者，即谁应该具有注意义务；②"注意之合理"的判断应该考虑诸多因素，如法律政策、损害的可预见性、可能结果的严重性、社会的合理期待、社会价值等。

第五节　道路交通事故相关的处罚

一、道路交通事故相关处罚的分类

在道路交通事故中，违法行为涉及的处罚项目相对比较集中，大致分为：直接导致事故的违法行为、间接导致交通事故的违法行为和事故前后的违法行为等三种。

1）直接导致事故的违法行为有一般违法掉头、违法变道、未保持安全车距、闯信号灯、逆向行驶、违法超车、未放置警告标志、骑摩托车未戴头盔、不按规定倒车、其他违反道路交通安全的行为等。

这类处罚是道路交通警察常处理的，但也是最容易出错的违法处罚。

我国法律对道路交通违法行为重到罚款几千元、行政拘留，甚至追究刑事责任，轻到警告批评教育放行都可适用。道路交通警察因为业务水平的高低和理解的差别，处理的结果也会不一样。有不少交通警察做出的事故处罚是错误的。还有些道路交通事故当事人即使有违法行为也未到被处罚的程度，但是仍然被交通警察开出罚单。如果当事人了解其中常识完全可以通过投诉的方式避免被处罚。

道路交通事故千差万别，引发的原因也是各不相同，而且并不是所有违法行为都有相对应的处罚标准，也就意味着不应该通过罚款或记分的方式——进行处罚，例如：认定事故责任时，常用的观察不力、避让措施不当、转弯车未让直行车、进环岛车未让出环岛车、机动车转弯时未避让非机动车、机动车行经人行道未减速让行等都不应该被处罚。

2）间接导致道路交通事故的违法行为。例如：无照驾驶、驾驶未经检验的车辆行驶、驾驶安全设施不全的车辆行驶、闯禁区（或单行线）、酒后驾驶、违停等。

间接导致道路交通事故的违法行为在事故责任划分中也会起到作用，但是定责时要综合考虑违法行为与道路交通事故产生或加重的因果联系，一般可能因此增加半级责任。如本该无责的，增加为次要责任；次要责任的，变为同等责任。

3）事故前后的违法行为。例如，肇事逃逸、未携带驾驶证（行驶证）、未买强制保险、未悬挂保险和检验合格标志、涂改污损号牌、轻微事故未主动撤离现场造成道路交通堵塞的等。

此类违法行为一般与事故无因果联系，对事故的责任划分不起作用，但是交通警察在处理道路交通事故中，发现违法行为，也应该对违法驾驶人做出相应处罚。尤其是对没有购买强制保险的车辆必须扣留其车辆，直到其按照规定购买交强险。

二、道路交通肇事逃逸的认定与处罚

1. 道路交通肇事逃逸认定容易混淆的问题

一般道路交通参与者容易把肇事逃逸与破坏现场、离开现场以及协商未果强行离开混淆。

（1）破坏现场　破坏现场是指事故当事驾驶人，故意将机动车移动，破坏现场证据。此类行为大多驾驶人具有一定的事故处理经验，通过移动现场来影响交通警察对交通事故责任的判断。

小提示：

故意移动了现场，当事人大多没有逃逸，而是留下来一起处理事故；或者是报案后不顾劝阻移动车辆。因移动现场无法确定事故责任的，破坏现场的当事人要承担事故的全部责任。

（2）离开现场　离开现场有部分特征类似于破坏现场，但是当事人并没有破坏现场扰乱交通警察判断的主观故意。可能是由于当时未发现事故发生或者因发生事故后抢救伤员，用事故车救援，破坏了现场证据的。

小提示：

非主观故意离开事故现场，给事故现场责任认定带来麻烦，或造成证据损失。此类行为如果现场证据充分能划分责任，则按照责任处理事故，因证据损失无法认定事故责任的，警方将做出无法认定事故责任的"认定书"移交人民法院处理；而法院则可能根据离开现场的主动性、事故受害方为弱者等多方面因素做出判决。因此机动车驾驶人如果明确判断事故责任非自己，在抢救伤员时不要使用事故车，即使在紧急情况下，也应该在地面上摆放或漆划出故障物体位置，便于警方定责。

（3）协商未果强行离开 当双方当事人发生车损事故后，在现场争执或协商，没有达成协议，其中一方当事人未等交通警察到场自行离开，事故责任认定同离开现场，不得按肇事逃逸处理。

2. 道路交通肇事逃逸的认定

在实务操作中，可以参照天津市道路交通管理局出台的交通肇事逃逸案件的定性标准。

1）有以下情形之一的，将被认定为道路交通肇事逃逸。

① 明知发生道路交通事故，道路交通事故当事人驾车或弃车逃离事故现场的。

② 道路交通肇事当事人认为自己没有事故责任，驾车驶离事故现场的。

③ 道路交通事故当事人有酒后和无证驾车等嫌疑，报案后不履行现场听候处理义务，弃车离开事故现场后又返回的。

④ 道路交通事故当事人虽将伤者送到医院，但未报案且无故离开医院的。

⑤ 道路交通事故当事人虽将伤者送到医院，但给伤者或家属留下假姓名、假地址、假联系方式后离开医院的。

⑥ 道路交通事故当事人接受调查期间逃匿的。

⑦ 道路交通事故当事人离开现场且不承认曾发生道路交通事故，但有证据证明应知道发生道路交通事故的。

⑧ 经协商未能达成一致或未经协商给付赔偿费用明显不足，道路交通事故当事人未留下本人真实信息，有证据证明其强行离开现场的。

2）有以下情况之一的，不构成肇事逃逸。

① 道路交通事故当事人对事故事实无争议，撤离现场自行协商解决，达成协议，并留下真实姓名、联系方式后，一方反悔并报案的。

② 道路交通事故当事人为及时抢救伤者，标明车辆和伤者位置后驾车驶离现场并及时报案的。

③ 道路交通事故当事人将伤者送医院后，确因筹措伤者医疗费用需暂时离开医院，经伤者或伤者家属同意，留下本人真实信息，并在商定时间内返回的。

④ 道路交通事故当事人因受伤需到医院救治等原因离开现场，未能及时报案的。

⑤ 道路交通事故当事人驾车驶离现场，有证据证明其不知道或不能发现事故发生的。

⑥ 有证据证明道路交通事故当事人因可能受到人身伤害而被迫离开道路交通事故现场并及时报案的。

3）投案自首。认定投案自首情节有：

① 逃逸人主动到交通管理部门或其他公安部门投案并如实交代罪错事实的。

② 逃逸人委托他人或打电话向交通管理部门或其他安全部门报案，等候处理并如实交代罪错事实的。

③ 逃逸人途中向交通管理部门或当地有关部门报案，等待接受处理的。

特别提醒：

具有下列情形的道路交通肇事逃逸案件认定为刑事案件并移交刑侦部门立案处理：①行为人为逃避法律追究，故意致被害人伤亡的。②行为人为逃避法律追究，将被害人带离事故现场后隐藏或遗弃，致使被害人因无法得到及时救助而死亡或严重残疾的。

3. 道路交通肇事逃逸的处罚

肇事逃逸的处罚会参照损害后果决定处罚的轻重。道路交通事故的损害后果决定着处罚的标准。

对肇事逃逸的处罚可根据《道路交通安全法》第九十九条第三项，造成道路交通肇事后逃逸，尚不构成犯罪的，由公安机关交通管理部门处 200 元以上 2000 元以下罚款。第一百零一条，违反道路交通安全法律、法规的规定，发生重大道路交通事故，构成犯罪的，依法追究刑事责任，并由公安机关交通管理部门吊销机动车驾驶证。造成道路交通事故后逃逸的，由公安机关交通管理部门吊销机动车驾驶证，且终生不得重新取得机动车驾驶证。

三、道路交通肇事逃逸罪的认定与量刑

道路交通肇事罪是我国刑法规定的罪名，是指行为人违反了道路交通管理法规，导致了重大事故的发生，造成他人重伤、死亡或者公私财产的重大损失。任何人只要违反了道路交通法规，造成了严重后果，都可能成为道路交通肇事罪的主体。

特别提醒：

虽然构成交通肇事罪在犯罪主体上没有要求，但我国刑法上还做出了另一项规定，就是要求行为人（道路交通事故的肇事方）在客观上必须出于过失过错。也就是说如果肇事方出于故意，比如酒后驾车、超速行驶等，事先对事故严重后果不加考虑或者过于轻信，甚至有故意放任的心态，就不构成道路交通肇事罪，而构成故意杀人罪或其他罪名。再如，当发生事故后，肇事者采取了不当的行为，就会由一个道路交通事故的肇事人演变为一个触犯刑事的"杀人犯"，并受到法律更为严厉的制裁。

1. 道路交通肇事罪的认定

按照《最高人民法院关于审理道路交通肇事刑事案件具体应用法律若干问题的解释》，对道路交通肇事的具体情节做出了具体规定：

道路交通肇事致 1 人以上重伤，负全部或者主要责任，并具有下列情形之一的，以道路交通肇事罪定处罚：

1）酒后、吸食毒品后驾驶机动车辆的。

2）无驾驶资格驾驶机动车辆的。

3）明知是安全装置不全或者安全机件失灵的机动车辆而驾驶的。

4）明知是无牌证或者已报废的机动车辆而驾驶的。

5）严重超载驾驶的。

6）为逃避法律追究逃离事故现场的。

对道路交通肇事罪来说，检察院不起诉的道路交通肇事行为应为可能判处3年以下有期徒刑的行为，并无逃逸等恶劣情节的。依照相关规定和司法实践，如被害人或其近亲属要求检察机关对犯罪嫌疑人免予追究刑事责任，并已经进行了经济赔偿的，可以不判处刑罚。

> **特别提醒：**
>
> 刑事和解的前提必须是"轻微"，必须是属于法定最高刑为3年有期徒刑以下刑罚的案件，也就是说属于侵犯公民人身权利、民主权利、财产权利的案件和交通肇事犯罪案件。另外，嫌疑人还需具备初犯、偶犯、从犯等具有法定或者酌定从轻、减轻处罚情节的犯罪嫌疑人。适用刑事和解程序的案件，必须是事实基本清楚；加害人认罪悔过；双方当事人自愿和解。对于刑事和解，犯罪嫌疑人不仅要赔偿损失，还要认罪悔过，向受害人赔礼道歉，并得到对方的谅解。

2. 道路交通肇事罪的量刑

《中华人民共和国刑法》第一百三十三条规定，违反道路交通运输管理法规，因而发生重大事故，致人重伤、死亡或者使公私财产遭受重大损失的，处3年以下有期徒刑或者拘役；道路交通运输肇事后逃逸或者有其他特别恶劣情节的，处3年以上7年以下有期徒刑；因逃逸致人死亡的，处7年以上有期徒刑。

从事道路交通运输的人员或者非道路交通运输人员，违反道路交通规章制度，因而发生重大事故的，在具体分析事故发生的主、客观原因基础上，对于构成道路交通肇事罪、应负事故主要或者全部责任的肇事者，应依照刑法第一百一十三条的规定追究其刑事责任。

1）具有下列情节之一的，处3年以下有期徒刑或者拘役。

① 造成死亡1人或者重伤3人以上的。

② 重伤1人以上，情节恶劣，后果严重的。

③ 造成公私财产直接损失的数额，起点在3万元至6万元之间的。

2）具有下列情节之一的，可视为"情节特别恶劣"；处3年以上7年以下有期徒刑。

① 造成2人以上死亡的。

② 造成公私财产直接损失的数额，起点在6万元至10万元之间的。

3）具有下列情节之一，并符合上述1）或者2）的规定，按照1）或2）的规定从重处罚。

① 犯道路交通肇事罪，畏罪潜逃，或有意破坏、伪造现场，毁灭证据，或隐瞒事故真相，嫁祸于人的。

② 酒后驾车的。

③ 非驾驶人驾驶机动车辆的。

④ 驾驶无牌照车辆的。

⑤ 明知机动车辆关键部件失灵仍然驾驶的。

⑥ 具有其他特别恶劣情节的。

4）对犯道路交通肇事罪后自首的，可酌情从轻或者减轻处罚。

5）单位主管负责人或者车主强令本单位人员或所雇用人员违章驾车造成重大道路交通事故的，应按照刑法第一百一十三条的规定，追究其刑事责任。

外国人、无国籍人发生的道路交通事故，未构成道路交通肇事罪的，由公安机关处理；构成道路交通肇事罪的，应当依照我国法律追究刑事责任。享有外交特权和豁免权的外国人发生的道路交通事故，通过外交途径解决。

四、道路交通事故刑事处罚的免除或减轻

首先，道路交通事故的肇事者必须要有可以减轻的事故情节。在道路交通肇事案件中，肇事者应该在事故发生后及时报警，抢救伤者和财产，保护现场，并积极配合公安部门调查情况。当然这只是肇事者履行了他自身的义务，肇事者即使没有逃逸，主动报警，也只能在对其处罚时，作为认罪态度较好的情节予以考虑，给予从轻处罚。如果肇事者在事发后逃逸，而在公安机关侦察阶段又自动到公安机关投案自首的，按照《中华人民共和国刑法》第六十七条的规定可以对其从轻或者减轻处罚，但在量刑的掌握上，肯定要小于前者。肇事者自首的情节，也是法定对其量刑从轻的情节。

其次，作为事故的肇事方要积极地做好善后工作，全力抢救伤员，承认自身的错误，如果是死亡事故尽可能地得到死亡家属的谅解。如果在经济方面能够给予受害方，尤其是死亡事故中的亡者家属适当的经济补偿，也能够为从轻量刑提供有用的条件。

第六节　非道路交通事故处理

所谓"非道路"，是指不属于《中华人民共和国道路交通安全法》第一百一十九条第(一)项所称的道路和《中华人民共和国公路法》第六条规定的乡道及四级公路以下（不含乡道及四级）的路段，包括不允许社会机动车通行的城市内路段和村道。

"非道路交通事故"就是指车辆在上述路段因过错或者意外造成的人身伤亡

或者财产损失的事件。《道路交通安全法》第七十七条规定："车辆在道路以外通行时发生的事故，公安机关交通管理部门接到报案后，参照本法规定办理。"所以交警部门也可以对非道路交通事故进行处理。

公安机关交通管理部门在处理非道路交通事故案时，应当注意以下几方面的问题：

1. 应比照道路交通事故案进行调查、取证

对非道路交通事故进行现场勘察，对证人、当事人进行询（讯）问，对车辆的检验以及伤员的救治等前期处置，均可以比照道路交通事故的处理方法进行。

2. 不能进行责任认定

对非道路交通事故，不能进行责任认定，只可以形成公安机关的调查结论，调查结论可对事故进行成因分析，并告知当事人，其损害赔偿应向人民法院提起民事诉讼。

3. 对当事人的处罚不能适用道路交通管理法律法规

《道路交通事故处理办法》规定的各种处罚，不能适用于非道路交通事故的当事人，否则，将可能引起行政诉讼。

如果需对当事人的某些严重违章行为进行处罚，比如酒后驾车、无证驾车等，可以依照《治安管理处罚条例》的有关规定，对其违章行为单独处罚。

如果需对造成重大伤亡事故过失致人死亡的当事人追究刑事责任，应依照刑法第一百三十四条、一百三十五条、二百三十三条的规定移送司法机关定罪处罚，亦不能适用刑法第一百三十三条有关道路交通肇事罪的处罚规定。

4. 损害赔偿调解应以各方当事人自愿申请为原则

非道路交通事故的损害赔偿，在告知当事人向人民法院提起民事诉讼之后，各方当事人仍然申请公安交通警察部门进行调解的，公安交通警察部门可以进行调解，其损害赔偿的标准可参照道路交通事故的相关标准，但不能适用两次调解达不成协议而终结的法定程序。至于调解未达成协议，或达成协议后任何一方不履行，公安交通警察部门均不再进行调解和受理，当事人可向人民法院提起民事诉讼。

第四章 汽车保险理赔与技巧

第一节 汽车保险理赔注意事项

一、交强险与商业险的区别

1. 交强险是法定的机动车保险

在赔偿顺序上，交强险相对于商业机动车保险而言是第一赔偿顺序，也就是说先交强险后商业险。交强险的赔偿计算，还会影响到商业机动车保险的赔偿计算。交强险的财产损失赔偿限额内没有赔偿顺序，但死亡伤残限额内存在赔偿顺序。

2. 交强险满限额可提前结案

交强险满限额提前结案要同时满足以下条件，并且属于交强险赔偿责任的事故：

1）涉及人员伤亡，医疗费用支出已超过交强险医疗费用赔偿限额或估计死亡伤残费用赔款明显超过交强险死亡伤残赔偿限额。

2）被保险人申请并提供必要的单据。

对于涉及人员伤亡的事故，损失金额明显超过保险车辆适用的交强险医疗费用赔偿限额或死亡伤残赔偿限额的，保险公司可以根据被保险人的申请及相关证明材料，在交强险限额内先予赔偿结案，待事故处理完毕、损失金额确定后，再对剩余部分在商业险项下赔偿。

3）商业三责险将逃逸作为拒赔理由，交强险未将逃逸作为拒赔理由，仅在交强险《条例》第二十四条规定，驾车者肇事逃逸后，抢救费用由救助基金垫付，查明肇事车辆投保公司后，由保险公司进行赔偿。因此，如果道路交通事故责任认定书未注明驾驶人醉酒、无证驾驶，则保险公司拒赔无依据，可诉讼处理。

二、汽车保险理赔的注意事项

1. 车辆证件、费用单据齐全

1）驾驶证、车辆牌照（包括临牌和移动证）、保险都必须在有效期内。

2）二手车过户手续办完后，必须立即办理保险过户。

3）车上或随身最好常备能照相、录像或录音的设备（具备这些功能的手机最为实用）。

4）道路交通事故发生后，无论事故大小，先取证。前后左右目击者是说明真相的最好人证。

2. 定损单

定损单是理赔依据，通常定损单的维修价格是指汽车完全修复所需要支付的费用。除非在汽车维修时保险公司发现新的零部件故障，需要重新定损，否则定损单的维修价就作为保险公司需要给予车主的理赔款依据。

待公安机关交通管理部门对事故开出责任认定书后，车主可到保险公司办理索赔手续。当然，保险公司所核定的价格一般是市场上可以修复的价格，可能会比车辆的4S店和大型修理厂的维修价格低。如果确实保险公司所定价格无法在市场上满足修复车辆的需要，保户可以通过投诉或找第三方估价的方式来维护自身的权益。

3. 车损方面

车主要了解事故中自己应承担的责任、损失多少和伤者的赔偿费用等情况，然后要及时与保险公司沟通。向保险公司询问哪些情况能赔，哪些情况不能赔。找修理厂修车时，修车的费用也要与保险公司及时沟通，避免修理厂开价与保险公司的赔偿价格相差太大。对于定损时没有发现的车辆损失，应及时通知保险公司，由保险公司进行二次查勘定损。对于定损时没有发现的车辆损失，应及时通知保险公司进行二次查勘定损。因事故受损或造成的第三者财产损坏，应当在修理前会同保险公司检验，确定修理项目、修理方式及修理费用。若客户自行修理，保险公司会重新核定甚至拒绝赔偿。车辆修复以后，在支付修理费用和办理领车手续前务必对修复质量进行检验。

4. 理赔周期

被保险人自保险车辆修复或事故处理结案之日起，3个月内不向保险公司提出理赔申请，或自保险公司通知被保险人领取保险赔款之日起1年内不领取应得的赔款，即视为自动放弃权益。

5. 单方事故

车辆发生撞墙、台阶、水泥杆及树不涉及向他人赔偿的事故时，可以不向交通警察等部门报案，及时直接向保险公司报案就可以。在事故现场附近等候保险公司来人查勘，或将车开到保险公司报案、验车。

6. 异地事故

车开到外地，发生事故时，一定要向投保保险公司报案。保险公司会派人或委托事发地保险公司理赔人员勘验现场。

7. 理赔争议的处理

如果与保险公司发生争议不能达成协议，可向经济合同仲裁机关申请仲裁或向人民法院提起诉讼。

三、道路交通事故损害赔偿执行注意事项

1. 查询保全情况

一般情况下，不论哪一类道路交通工具的所有人，为了减少风险都为道路交通工具办理车损险和第三者险。因此执行伊始，首先应当查明肇事车辆是否参加保险，在哪个保险公司参加何种保险，以及是否索赔，对未索赔和正在索赔中的保险赔款予以控制，同时，也应积极协助被执行人进行保险索赔。

2. 掌握和控制肇事道路交通工具

如在诉讼中未对肇事道路交通工具采取诉讼保全等控制手段，那么在执行中应当查明肇事道路交通工具处于何种状态，可依法对其实施强制措施，并对相应的主管部门办理协助执行手续，避免被执行人通过对肇事车辆办理转户或过户等手续来逃避执行。

3. 督促被执行人举报和申报财产

要求法院在对被执行人送达执行通知的同时，督促其对自己所有的固定财产、土地使用权、工资收入、银行存款、债券、专利权、股份和股息红利，股票、股权和投资权益，以及其对第三人享有的到期、未到期的债权等进行申报。相应地采取查询、冻结、查封、扣押、提取、划拨、变卖、拍卖、转让和履行通知等方法，实施掌握和控制被执行人的财产。同时积极调查被执行人在何处有何种财产。

4. 对履行能力较弱但有持续履行能力案件的执行

执行实践中，经常遇到被执行人没有一次性履行法律文书义务的能力，或判令的义务与被执行人已查明的可供执行的财产数额相远。处理这类案件，如果被执行人履行义务的态度是诚恳的，且根据已掌握的情况，被执行人在现有的财产基础上，有持续地履行义务的能力，应当考虑到让双方共同生存和发展，与被执行人订立切实可行的还款协议。这样，既保证了受害方的合法权益得到实现，又允许被执行人生存和发展。

四、农村居民与城市居民区分标准

依据《人身损害赔偿解释》的规定，残疾赔偿金、被扶养人生活费、死亡赔偿金的计算标准应根据审查确定的赔偿权利人的身份情况分别按照城镇居民和农村居民的有关标准进行计算。目前很多农民工进入城镇打工，其经常居住地和主要收入来源地均为城市，如果无视这一客观情况，仅仅因为受害人为农村户籍就一律按农村居民标准进行赔偿，有违公平。基于这一客观情况，最高人民法院民一庭于 2006 年 4 月 3 日对此进行了特别批复。该批复是《关于经常居住地在城镇的农村居民因道路交通事故伤亡如何计算赔偿费用的复函》，该复函明确指出，虽然受害人是农村户口，但在城市经商、居住，其经常居住地和主要收入来源地均为

城市，有关损害赔偿费用应当根据当地城镇居民的相关标准计算。因此，在确认赔偿权利人的身份时应以户籍登记为原则，以经常居住地为例外。如果户籍在各镇所在地的居委会、村及虽未建成但已列入城镇规划区的村，即作为城镇居民。如果有特殊情况，难以区分是城镇居民还是农村居民的，就高不就低，按城镇居民对待。

广东、安徽等高级法院也出台了相关地方法规，"受害人的户口在农村，但发生道路交通事故时已在城镇居住一年以上、且有固定收入的，在计算赔偿数额时按城镇居民的标准"。因此如何判定以上标准就成为索赔的关键。在城市居住一年的证据包括当地的暂住证、居住地公安机关出具的书面证明、居住地居委会出具的书面证明且有相应房屋租赁手续材料、房屋产权及居住证明人，固定收入证明包括劳动合同、工资领取证明、完税证明、储蓄记录和社保记录，依法取得利息等生活来源证明。

> **小提示：**
>
> 按照最新规定，自 2010 年 4 月 1 日起，在同一起交通事故中，计算人身损害赔偿的标准农村居民与城市居民不再有区别，但在不同起交通事故中仍有区别。

五、伤残人员伤残等级的评定

1. 伤残等级评定需提供的资料

1）被评定人应携带加盖办案单位公章和办案人员签字的伤残评定申请书。

2）携带县级以上医院的诊断证明，检查结果以及损伤初期和治疗终结后的 CT、X 光片及诊断报告等。

3）从治疗医院借阅、复印有关手术病历和检查记录。

4）对被抚养人的劳动能力进行评定时，还应携带评定人的身份证及户籍证明和有关政府部门的说明。

5）评定时应以事故直接所致的损伤或确定的并发症治疗终结为准。

6）评定者需要亲自接受检查并缴纳规定的评定费用。

2. 伤残等级的评定标准

伤残等级可按照 GB 18667—2002《道路交通事故受伤人员伤残评定》进行划分。

3. 伤残评定流程

伤残评定流程如图 4-1 所示。

六、交通事故社会救助基金

交通事故社会救助基金(以下简称救助基金)，是指依法筹集用于垫付机动车道路交通事故中受害人人身伤亡的丧葬费用、部分或者全部抢救费用的社会专项基金。

1. 救助基金垫付费用的条件

有下列情形之一时，救助基金垫付道路交通事故中受害人人身伤亡的丧葬费

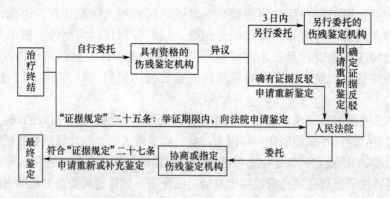

图 4-1　伤残评定流程

用、部分或者全部抢救费用。

1）抢救费用超过交强险责任限额的。

2）肇事机动车未参加交强险的。

3）机动车肇事后逃逸的。

依法应当由救助基金垫付受害人丧葬费用、部分或者全部抢救费用的，由道路交通事故发生地的救助基金管理机构及时垫付。

救助基金一般垫付受害人自接受抢救之时起 72 小时内的抢救费用，特殊情况下超过 72 小时的抢救费用由医疗机构书面说明理由。具体应当按照机动车道路交通事故发生地物价部门核定的收费标准核算。

2. 救助基金垫付费用的流程

1）发生上述所列情形之一，需要救助基金垫付部分或者全部抢救费用的，公安机关道路交通管理部门应当在 3 个工作日内书面通知救助基金管理机构。

2）医疗机构在抢救受害人结束后，对尚未结算的抢救费用，可以向救助基金管理机构提出垫付申请，并提供有关抢救费用的证明材料。

3）救助基金管理机构收到公安机关道路交通管理部门垫付通知和医疗机构垫付尚未结算抢救费用的申请及相关材料后，应当在 5 个工作日内，按照本办法有关规定、《道路交通事故受伤人员临床诊疗指南》和当地物价部门制定的收费标准，对下列内容进行审核，并将审核结果书面告知处理该道路交通事故的公安机关道路交通管理部门和医疗机构。

对符合垫付要求的，救助基金管理机构应当将相关费用划入医疗机构账户。对不符合垫付要求的，不予垫付，并向医疗机构说明理由。

4）需要救助基金垫付丧葬费用的，由受害人亲属凭处理该道路交通事故的公安机关道路交通管理部门出具的《尸体处理通知书》和本人身份证明向救助基金管理机构提出书面垫付申请。

对无主或者无法确认身份的遗体，由公安部门按照有关规定处理。

5）救助基金管理机构收到丧葬费用垫付申请和有关证明材料后，对符合垫付要求的，应当在3个工作日内按照有关标准垫付丧葬费用，并书面告知处理该道路交通事故的公安机关道路交通管理部门。对不符合垫付要求的，不予垫付，并向申请人说明理由。

第二节 道路交通事故责任强制保险

机动车道路交通事故责任强制保险（以下简称交强险）是指由保险公司对被保险机动车发生道路交通事故造成本车人员、被保险人以外的受害人的人身伤亡财产损失，在责任限额内予以赔偿的强制性责任保险。它既设定了三类损失的赔偿限额，又设定了无责任的赔偿限额，并且在无责任的赔偿限额中也设定了三类损失的赔偿限额，只是其限额相对较低。

对机动车发生道路交通事故造成人身伤亡、财产损失的，由保险公司在交强险分项责任限额范围内予以赔偿。超过不足部分在商业三责险中理赔。在国内道路上行驶的机动车的所有人或者管理人都应当投保交强险，机动车所有人、管理人未按照规定投保交强险的，将由公安机关道路交通管理部门扣留机动车，通知机动车所有人、管理人依照规定投保，并处应缴纳的保险费的2倍罚款。

特别提醒：

① 依据《交强险条例》第2条的规定，机动车的所有人或者管理人应当投保交强险。如果机动车没有投保交强险，则在发生事故时，其所有人和管理人应在交强险责任限额范围内对受害人承担赔偿责任。

② 在发生双方事故时，如交通警察认定一车主要责任、同等责任或次要责任，则可以由交通警察调解双方各修各车，简化结案。保险公司按照交强险理赔原则，应该对第三者的车辆进行定损，当第三者的车辆驶离时，保险公司可变通定损本车，在本车交强险下赔付。

③ 发生无保险代赔。按照国家规定，所有机动车都应该上交强险，个别机动车由于脱保或疏忽未上交强险时，如果发生双方车损事故，根据《交强险互碰赔偿处理规则（2008版）》，原则上认为无保险车辆应该承担相当于交强险的赔偿责任。在计算本方车损赔款时，应当扣除对方相当于交强险赔偿（如已按交通警察调解结果履行赔偿责任，或法院判决未要求对方承担相当于交强险的赔偿责任），可由本方交强险先行代为赔付。因此种情况较少，而且有较大的道德风险，要求必须有交通警察调解确认，并由保险公司确认对方车辆没有交强险。

一、交强险的索赔

1. 交强险的索赔流程

交强险的索赔流程如图 4-2 所示。

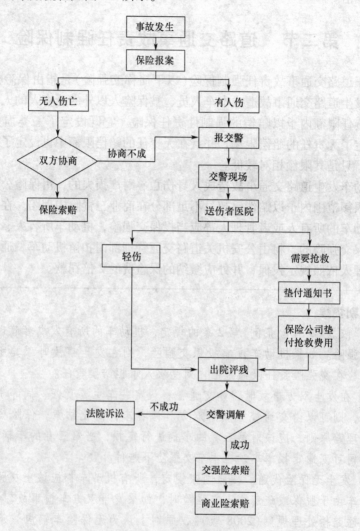

图 4-2　交强险的索赔流程

申请理赔程序涉及第三者伤亡或财产损失的道路交通事故，被保险人应先拨打 120 急救电话(如有人身伤亡)，拨打 110 或 122 报警电话，并拨打保险公司的客户服务电话报案，配合保险公司勘查现场，可以根据情况要求保险公司支付或垫付抢救费。

保险公司应自收到赔偿申请之日起 1 日内，书面告知需要提供的与赔偿有关的证明和资料；保险公司应自收到证明和资料之日起 5 日内，对是否属于保险责任做出核定，并将结果通知被保险人。对不属于保险责任的，应当书面说明理由。对属于保险责任的，在与被保险人达成赔偿保险金的协议后 10 日内，赔付保险金。

2. 办理交强险理赔需提交的证明材料

1）交强险的保险单。

2）被保险人出具的索赔申请书。

3）被保险人和受害人的有效身份证明、被保险机动车行驶证和驾驶人的驾驶证复印件(B 证以上提供身体条件回执)、被保险人身份证、领取赔款银行账号。

4）道路交通事故认定书、调解书、道路交通事故经济赔偿凭证。

5）法院判决书、仲裁机构仲裁书。

6）被保险人根据有关法律法规规定选择自行协商方式处理道路交通事故的，应当提供依照《道路交通事故处理程序规定》规定的记录交通事故情况的协议书。

7）其他与确认保险事故的性质、原因、损失程度等有关的证明和资料。

8）涉及财产损失的，需提供财产损失证明、财产损失清单、购置和修复受损财产的有关费用单据。

9）涉及人身受伤、残疾、死亡的，还需提供：医院诊断证明、住院病历、医疗费发票、住院费用明细清单、出院小结、伤残人员误工证明及收入情况证明(收入超过纳税金额的应提交纳税证明)、护理证明、护理人员收入情况证明(收入超过纳税金额的应提交纳税证明)、残者须提供伤残鉴定书、死亡者须提供死亡证明、尸检报告、户口注销证明、火化证明、被抚养人证明材料、户籍派出所出具的受害者家庭情况证明、户口簿复印件、道路交通费报销凭证、住宿费报销凭证、参加事故处理人员工资证明、残疾辅助器配置证明、残疾辅助器配置费用发票。

> **小提示：**
>
> 交强险抢救费用垫付资料包括：交强险保单、驾驶证、车辆行驶证复印件、车辆照片、车架码、伤者身份证复印件、医院诊断证明、用药清单、医院银行账号、伤者住院号、道路交通事故责任认定书。

认定书下达之前，保险公司一般按照无责垫付 1000 元，认定书下达之后，可以按实际发生费用，最高垫付 10000 元。

二、交强险财产损失赔偿处理

1. 交强险财产损失互碰自赔处理办法

2009 年 2 月 1 日起，全国实行交强险"互碰自赔"处理机制，就是对事故各方均有责任，各方车辆损失均在交强险有责任财产损失赔偿限额(2000 元)以内，不涉及人员伤亡和车外财产损失的道路交通事故，由各保险公司在本方机动车交强险有责任财产损失赔偿限额内对本车损失进行赔付。其他情形，参照《交强险理赔实务规程(2008)》处理。因此，可以说交强险保障范围扩大到了本车损失，不限于第三者。

（1）适用条件　同时满足以下条件，适用"互碰自赔"处理机制。

① 两车或多车互碰，各方均投保交强险。

② 仅涉及车辆损失（包括车上财产和车上货物）、不涉及人员伤亡和车外财产损失，各方车损金额均在交强险有责任财产损失赔偿限额（2000元）以内。

③ 由交通警察认定或当事人根据出险地关于道路交通事故快速处理的有关规定自行协商确定双方均有责任（包括同等责任、主次要责任）。

④ 当事人同意采用"互碰自赔"方式处理。

（2）流程要点

1）接报案。出险后，各方当事人均应向各自的承保公司报案。

① 保险公司接报案时应详细记录出险时间、出险地点、事故双方当事人、损失情况、责任划分等内容，并根据客户提供的事故原因、事故性质等基本信息初步判断是否满足"互碰自赔"条件。

② 初步判断可能满足"互碰自赔"条件的，应主动告知客户"互碰自赔"的适用条件、处理程序和注意事项。

交通警察已参与事故处理的，应提示客户留存《道路交通事故认定书》。当事人依据法律法规自行协商处理事故的，应提示客户注意记录对方车牌号、被保险人名称、驾驶证号码、联系方式、交强险保险公司等信息，指导客户填写《机动车道路交通事故快速处理协议书》。

③ 接报案时不能够确定是否满足"互碰自赔"条件的，可引导客户查勘后确定。

2）查勘定损。查勘人员要注意核实事故的真实性，填写查勘记录，并拍摄事故损失照片。查勘时初步估计满足"互碰自赔"条件的，应主动告知客户"互碰自赔"的适用条件、处理程序和注意事项，指导当事人填写《机动车道路交通事故快速处理协议书》，并签字确认。

① 交通警察参与事故处理并出具《道路交通事故认定书》，或当事人依据有关法律法规规定自行协商处理道路交通事故的，满足"互碰自赔"条件的，可由各事故方保险公司直接对本方保险车辆进行查勘、定损。

查勘人员事后发现痕迹不符或存在疑问的，可向对方保险公司调查取证，另一方保险公司必须积极配合。发现不满足"互碰自赔"条件的，应协助各方当事人通知本方保险公司参与处理。

② 当事人不能确定是否满足"互碰自赔"条件的，可就近共同由任一家涉案保险公司进行查勘估损。查勘的公司应判断是否满足"互碰自赔"的条件。满足条件的，按照"互碰自赔"方式处理，由各方保险公司分别对本方车辆进行定损。进行查勘的公司应无条件向对方保险公司提供事故车辆损失照片等材料。未参与查勘的保险公司不得要求被保险人提供上述材料。

经一方保险公司查勘后按照"互碰自赔"方式处理的，未参与查勘的另一方保险公司必须无条件认可。未参与查勘的保险公司事后发现不满足"互碰自赔"条件的，可以向查勘公司或当地行业协会反映，但不得要求被保险人按原有流程处理。

各方保险公司也可相互委托进行定损。承保公司如果放弃查勘定损的，应该无条件认可查勘公司的定损金额。

③ 出险地建有行业道路交通事故集中定损中心的，由各方当事人共同到就近的定损中心进行查勘、定损。由各方保险公司分别对本方车辆进行查勘、定损。

④ 对于当事人自行协商处理，但未及时报案的，保险公司对于存在疑点的案件，可勘验对方车辆，核实事故情况。

3）赔偿处理

① 满足"互碰自赔"条件的，事故各方分别到各自的保险公司进行索赔，承保公司在交强险有责任财产损失赔偿限额内赔偿本方车辆损失。

② 原则上，任何一方损失金额超过2000元的，不适用"互碰自赔"方式，按一般赔案处理。即对三者车辆损失2000元以内部分，在交强险限额内赔偿；其他损失在商业险项下按事故责任比例计算赔偿。特殊情况下，参照《机动车交强险互碰赔偿处理规则(2008版)》中，"交通警察调解各方机动车承担本方车辆损失"相关规定处理。

（3）索赔材料 索赔申请书、责任认定书、调解书或自行协商处理协议书、损失情况确认书(定损单)、车辆修理费发票(原件)、驾驶证和行驶证(复印件或照片)。

2. 交强险财产损失无责赔付简化处理（无责代赔）

不适用交强险互碰自赔的情况主要是一方负全部责任的情况，这种情况下可按"交强险财产损失无责赔付简化处理机制"（无责代赔，即由全部责任方保险公司对事故双方车辆进行查勘、定损、赔付，对于本应由无责方交强险承担的全部责任方车损，由全部责任保险公司在交强险无责任财产损失赔偿限额内代为赔偿）。一方全部责任的情况通常有以下几种：

1）机动车通过有灯控路口时，不按所需行驶方向驶入导向车道。

2）机动车通过路口时违反交通信号。

3）机动车通过路口遇放行信号不依次通过。

4）机动车准备进入环形路口不让已在路口内的机动车先行。

5）通过无灯控或交警指挥的路口，转弯机动车未让直行车辆先行。

6）通过无灯控或交警指挥的路口，相对方向行驶的右转弯机动车不让左转弯机动车先行。

7）机动车通过无灯控或交警指挥的路口，不按交通标志、标线指示让优先通行的一方先行。

8）前车左转弯、掉头、超车时超车。

9）与对面来车有会车可能时超车的。

10）超车后未与被超车辆拉开必要安全距离驶回原车道的。

11）机动车逆向行驶。

12）在没有中心隔离设施或者没有中心线的路段上，机动车遇相对方向来车时，未减速靠右行驶，并与其他车辆、行人保持必要安全距离的。

13）在没有中心隔离设施或者没有中心线有障碍的路段上，机动车遇相对方向来车时，未让无障碍的一方先行的。

14）车辆进出道路，未让在道路内正常行驶的车辆优先通行。

15）借道通行、变更车道时，未让所借道路内的车辆优先通行，或者妨碍其他车辆通行，或者左右两侧车道的车辆向同一车道变更时，左侧车道的车辆未让右侧车道的车辆先行的。

16）机动车在禁止掉头或者禁止左转弯标志、标线的地点掉头的。

三、交强险的赔偿项目及计算方法

1. 交强险赔偿的限额

2008年1月保监会经过多方听证研究决定，在原有的基础上对交强险的费率及责任限额进行了调整并于2月1日起正式实行。

交强险具体赔偿限额如下：

（1）被保险机动车在道路交通事故中有责任

赔偿限额：122000元（原规定为60000元）

其中：死亡伤残赔偿限额：110000元（原规定为80000元）

医疗费用赔偿限额：10000元（原规定为8000元）

财产损失赔偿限额：2000元

（2）被保险机动车在道路交通事故中无责任

赔偿限额：12100元

其中：死亡伤残赔偿限额：11000元（原规定为10000元）

医疗费用赔偿限额：1000元（原规定1600元）

财产损失赔偿限额：100元（原规定为400元）

2. 交强险赔偿范围

（1）财产赔偿　交强险的财产赔偿包括造成第三者财物损失的费用，一般包括对方车辆维修费、伤者手机、衣服、路基、电线杆、高速公路和车上货物等。财产损失的费用一般可以由物价局来确定，也可以由保险公司来确定。目前的财产限额为2000元，无责赔偿100元。

（2）受伤人赔偿　医疗费用赔偿限额下负责赔偿医药费、诊疗费、住院费、住院伙食补助费，必要的、合理的后续治疗费、整容费、营养费。

1）按照交强险的规定，保险公司应该向医院支付垫付抢救费用。驾车者应及时向保险公司报案，并要求保险公司查勘人员到医院探视伤者；主动向交通警察索要《抢救费用支付垫付通知书》，根据各保险公司的不同要求，将《抢救费用支付垫付通知书》及其他单证交给保险公司。为尽快使保险公司能够支付垫付抢救费用，应做到以下几点：

① 单证收集齐全，具体包括：车辆驾驶证、行驶证复印件，伤者身份证复印件，医院诊断证明，用药清单、交强险保单原件，医院银行账号，伤者住院号。

② 及时督促交通警察下达责任认定书，并将责任认定书转交保险公司。同保险公司积极沟通，要求尽快支付垫付抢救费用；未能办理的，及时拨打投诉、监督电话。

2）车撞人事故的赔偿。

① 驾车者是全部责任，按照司法解释赔偿项目标准进行赔偿，审核各项证据，承担100%的双方损失。

② 驾车者是主要责任，医疗费用扣除10000元，伤残限额扣除11万元后，承担80%的双方损失。

③ 驾车者是同等责任，医疗费用扣除10000元，伤残限额扣除11万元后，承担60%的双方损失。

④ 驾车者是次要责任，医疗费用扣除10000元，伤残限额扣除11万元，承担40%的双方损失。

⑤ 驾车者无责任，医疗费用扣除1000元，伤残限额扣除1.1万元后，承担10%的双方损失。

⑥ 交通警察或伤者直接按照责任划分承担损失，依照交通警察的调解。

3）撞车事故的赔偿。

① 本方是全部责任，本方有财产损失，对方承担100元；如本方有人员伤残，对方承担医疗费1000元，死亡伤残1.1万元；剩余损失按照司法解释赔偿项目标准进行赔偿，审核各项证据，承担100%的双方损失。

② 本方是主要责任，本方有财产损失，对方承担2000元；如本方有人员伤残，对方承担医疗费10000元，死亡伤残11万元；医疗费用扣除10000元，伤残限额扣除11万元后，承担70%的双方损失。

③ 如双方是同等责任，本方有财产损失，对方承担2000元；如本方有人员伤残，对方承担医疗费10000元，死亡伤残11万元；医疗费用扣除10000元，伤残限额扣除11万元后，承担50%的双方损失。

④ 双方是次要责任，本方有财产损失，对方承担2000元；如本方有人员伤残，对方承担医疗费10000元，死亡伤残11万元；医疗费用扣除10000元，伤残限额扣除11万元后，承担30%的双方损失。

⑤ 双方无责任，承担对方医疗费用1000元，伤残1.1万元。

⑥ 如交通警察或伤者要求直接按照责任划分承担损失，应依照交通警察的调

解进行责任划分。

（3）死亡伤残案赔偿　死亡伤残赔偿限额下负责赔偿丧葬费、死亡补偿费、受害人亲属办理丧葬事宜支出的交通费用、残疾赔偿金、残疾辅助器具费、护理费、康复费、交通费、被抚养人生活费、住宿费、误工费，被保险人依照法院判决或者调解承担的精神抚慰金（一般在5万元以内）。保险公司不得拒保交强险。

3. 交强险的赔偿计算方法

1）多人受伤的赔偿。在一起交通事故中，只有一辆机动车，但有多个受交强险保障的受害人保险责任限额分配。

对此，《道路交通安全法》、《交强险条例》以及《交强险条款》均无明确规定，但在具体操作过程中主要有两种方法：①多次平均分配法，即先将各受害人的人身损害和财产损失分别列明，在各受害人之间进行一次平均分配，有的损失较大的受害人分得的保险赔偿反而不足，这时应采用再次平均予以调整，即将剩余的责任限额在尚有损失的受害人之间再次绝对平均。如此反复操作，直到交强险责任限额分配完毕或者损失分配完毕；②参考受害人在事故中的过错大小，过错小的优先获取责任限额赔偿。

多人受伤索赔交强险应按照每人的份额来计算。

例如，A车肇事造成两行人甲、乙受伤，甲医疗费用为7500元，乙医疗费用为5000元。设A车适用的交强险医疗费用赔偿限额为10000元，则A车交强险对甲、乙的赔款计算为：

A车交强险赔偿金额 = 甲医疗费用 + 乙医疗费用 = 7500 + 5000 = 12500（元），大于适用的交强险医疗费赔偿限额，赔付10000元。

甲获得交强险赔偿：$10000 \times 7500/(7500 + 5000) = 6000$（元）

乙获得交强险赔偿：$10000 \times 5000/(7500 + 5000) = 4000$（元）

2）多车碰撞的索赔。肇事机动车中有部分适用无责任赔偿限额的，按各机动车交强险赔偿限额占总赔偿限额的比例，在各自交强险分项赔偿限额内计算赔偿。

例如，A、B、C三车发生道路交通事故，造成第三方人员甲受伤，A、B两车各负50%的事故责任，C车和受害人甲无事故责任，受害人支出医疗费用4500元。设适用的交强险医疗费用赔偿限额为10000元，交强险无责任医疗费用赔偿限额为1000元，则A、B、C三车对受害人甲应承担的赔偿金额分别为：

A车交强险医疗费用赔款 = $4500 \times [10000/(10000 + 10000 + 1000)] = 2142.86$（元）

B车交强险医疗费用赔款 = $4500 \times [10000/(10000 + 10000 + 1000)] = 2142.86$（元）

C车交强险医疗费用赔款 = $4500 \times [1000/(10000 + 10000 + 1000)] = 214.29$（元）

特别提醒：

① 根据《交强险条例》第二十二条规定，被保险机动车在驾驶人未取得驾驶资格、驾驶人醉酒、被保险机动车被盗抢期间肇事、被保险人故意制造道路交通事故情形下发生道路交通事故，造成受害人受伤需要抢救的，保险人对于符合规定的抢救费用，在医疗费用赔偿限额内垫付。被保险人在道路交通事故中无责任的，保险人在无责任医疗费用赔偿限额内垫付。对于其他损失和费用，保险金不负责垫付和赔偿。

② 饮酒驾驶未达到醉酒状态，属于交强险保险责任；醉酒驾驶，保险公司可以追偿垫付的抢救费用，不赔偿财产费用，但对于死亡伤残费用，可以通过诉讼处理。

③ 对于垫付的抢救费用，保险人有权向致害人追偿。

3）有多个机动车，也有多个受交强险保障的受害人，责任限额分配。

在实践中可以使用多次平均分配法和辅助以非机动车受害人优先于机动车受害人获取交强险赔偿的原则，具体如下。

① 总和非机动车受害人的人身损害和财产损失，并总和全体交强险的对应赔偿限额。

② 如果全体非机动车受害人的总和损失大于全体交强险的总和赔偿限额，则将全体交强险的总和赔偿限额视为"一个机动车的交强险责任限额"，在全体非机动车受害人之间分配。机动车受害人不能获得交强险赔偿。

③ 如果全体非机动车受害人的总和和损失小于全体交强险的总和赔偿限额，则将全体非机动车受害人的总和损失视为"一个受交强险保障的受害人的损失"，在全体交强险之间分配。之后，剩余的交强险赔偿限额，在机动车受害人之间进行分配。

四、交强险保费的缴纳

1. 交强险基础费率

（1）全国统一的各种机动车交强险的基础费率　全国统一的各种机动车交强险的基础费率见表4-1。

表4-1　交强险基础费率表　　　　　　　　　　（单位：元）

车　辆　大　类	序号	车辆明细分类	保　　费
一、家庭自用车	1	家庭自用汽车6座以下	950
	2	家庭自用汽车6座以上	1100
二、非营业客车	3	企业非营业汽车6座以下	1000
	4	企业非营业汽车6~10座	1130

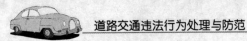

（续）

车辆大类	序号	车辆明细分类	保 费
二、非营业客车	5	企业非营业汽车 10~20 座	1220
	6	企业非营业汽车 20 座以上	1270
	7	机关非营业汽车 6 座以下	950
	8	机关非营业汽车 6~10 座	1070
	9	机关非营业汽车 10~20 座	1140
	10	机关非营业汽车 20 座以上	1320
三、营业客车	11	营业出租租赁 6 座以下	1800
	12	营业出租租赁 6~10 座	2360
	13	营业出租租赁 10~20 座	2400
	14	营业出租租赁 20~36 座	2560
	15	营业出租租赁 36 座以上	3530
	16	营业城市公交 6~10 座	2250
	17	营业城市公交 10~20 座	2520
	18	营业城市公交 20~36 座	3020
	19	营业城市公交 36 座以上	3140
	20	营业公路客运 6~10 座	2350
	21	营业公路客运 10~20 座	2620
	22	营业公路客运 20~36 座	3420
	23	营业公路客运 36 座以上	4690
四、非营业货车	24	非营业货车 2t 以下	1200
	25	非营业货车 2~5t	1470
	26	非营业货车 5~10t	1650
	27	非营业货车 10t 以上	2220
五、营业货车	28	营业货车 2t 以下	1850
	29	营业货车 2~5t	3070
	30	营业货车 5~10t	3450
	31	营业货车 10t 以上	4480
六、特种车	32	特种车一	3710
	33	特种车二	2430
	34	特种车三	1080
	35	特种车四	3980
七、摩托车	36	摩托车 50CC 及以下	80
	37	摩托车 50~250CC（含）	120

（续）

车 辆 大 类	序号	车辆明细分类	保 费
七、摩托车	38	摩托车 250CC 以上及侧三轮	400
八、拖拉机	39	兼用型拖拉机 14.7kW 以下	按保监产险[2007]53号实行地区差别费率
	40	兼用运输型拖拉机 14.7kW 以上	
	41	运输型拖拉机 14.7kW 以下	
	42	运输型拖拉机 14.7kW 以上	

（2）短期交强险的保险费　投保交强险不足一年的，按短期费率系数计收保险费，不足一个月按一个月计算。具体方法是：先按《机动车交通事故责任强制保险基础费率表》中相对应的金额确定基础保险费，再根据投保期限选择相对应的短期月费率系数，两者相乘即为短期基础保险费。

短期月费率系数见表4-2。

表4-2　短期月费率系数表

保险期间（月）	1	2	3	4	5	6	7	8	9	10	11	12
短期月费率系数（%）	10	20	30	40	50	60	70	80	85	90	95	100

短期基础保险费＝年基础保险费×短期月费率系数

特别提醒：

① 交强险合同解除时，保险公司可以收取自保险责任开始之日起至合同解除之日止的保险费，剩余部分的保险费退还投保人。

② 根据《交强险条例》的规定，解除保险合同时，保险人应按如下标准计算退还被保险人保险费（包括从中提取的道路交通事故社会救助基金部分）。

a. 投保人已交纳保险费，但保险责任尚未开始的，全额退还保险费。

b. 投保人已交纳保险费，但保险责任已开始的，退回未到期责任部分保险费。

$$退还保险费 = 保险费 \times \left(1 - \frac{已了责任天数}{保险期间天数}\right)$$

2. 交强险浮动费率

（1）费率浮动与道路交通事故挂钩，浮动最大幅度为±30%，见表4-3。

（2）费率浮动与酒驾挂钩　公安部、中国保险监督管理委员会联合下发通知，决定自2010年3月1日起，逐步实行酒后驾驶违法行为与机动车交通事故责任强制保险费率联系浮动制度。

表 4-3　交强险浮动费率

浮 动 因 素	浮 动 档 次	浮 动 比 率
上一个年度未发生有责任道路交通事故	A1	−10%
上两个年度未发生有责任道路交通事故	A2	−20%
上三个及以上年度未发生有责任道路交通事故	A3	−30%
上一个年度发生一次有责任不涉及死亡的道路交通事故	A4	0%
上一个年度发生两次及两次以上有责任不涉及死亡的道路交通事故	A5	10%
上一个年度发生有责任道路交通死亡事故	A6	30%

　　浮动具体标准由各地保监局和省级公安机关在充分测算和论证的基础上，在公安部和保监会确定的交强险费率浮动幅度内，明确饮酒后驾驶、醉酒后驾驶违法行为上浮费率的标准。

　　其中，饮酒后驾驶违法行为一次上浮的交强险费率控制在 10% ~ 15% 之间，醉酒后驾驶违法行为一次上浮的交强险费率控制在 20% ~ 30% 之间，累计上浮的费率不得超过 60%。

　　（3）费率浮动与道路交通违法挂钩　目前有些省（市）政府实行费率浮动与道路交通违法相挂钩。上海市于 2008 年 4 月 1 日起实施交强险与交通违法相联系的费率浮动标准见附录 C。

3. 不浮动的情形

　　1）首次投保交强险的机动车费率不浮动。

　　2）在保险期限内，被保险机动车所有权转移，应当办理交强险合同变更手续，且交强险费率不浮动。

　　3）机动车临时上道路行驶或境外机动车临时入境投保短期交强险的，交强险费率不浮动。

　　4）被保险机动车经公安机关证实丢失后追回的，根据投保人提供的公安机关证明，在丢失期间发生道路交通事故的，交强险费率不向上浮动。

第三节　汽车商业保险

一、汽车商业保险的种类

　　从 2006 年 7 月 1 日开始，我国交强险和其他险种并存，人们把交强险以外的其他险种称为商业险。商业险主要有机动车损失保险、机动车第三者责任保险、机动车上人员责任险、机动车全车盗抢险、玻璃单独破碎险、车身划痕损失险、车损免赔额险、不计免赔率险等险种。其中，机动车损失保险和机动车第三者责任保险是基本险，其余为附加险。基本险是指可以单独购买的险种，附加险是指在购买了基本险后可以自由选择的险种。

我国现行的《机动车商业保险基本条款》分为 A、B、C 3 套条款，分别对以上商业险种做出了相应的规定，国内经营车险的保险公司可以从这 3 款行业基本条款中选择一款经营。这 3 款的区别主要在于附加险的不同，A 款的附加险包括车上人员责任险、玻璃单独破碎险、车身划痕损失险、可选免赔额特约条款、不计免赔率特约条款；B 款的附加险包括玻璃单独破碎险、车身划痕损失险、基本险不计免赔率特约条款；C 款的附加险包括玻璃单独破碎险、车身油漆单独损伤险，并设置了车损免赔额特约条款和基本险不计免赔率特约条款。

二、汽车商业保险的赔偿与免赔范围

1. 车辆损失险

（1）车辆损失险赔偿范围　保险期间内，被保险人或其允许的合法驾驶人在使用被保险机动车过程中，因保险合同规定的原因造成保险机动车的损失，保险人依照保险合同的约定负责赔偿的保险称为车辆损失险，简称车损险。车辆损失险的保费和车身价、使用年限有关。

因下列原因造成被保险机动车的损失，保险人依照保险合同的约定负责赔偿：

① 碰撞、倾覆、坠落。

② 火灾、爆炸。

③ 外界物体坠落、倒塌。

④ 暴风、龙卷风。

⑤ 雷击、雹灾、暴雨、洪水、海啸。

⑥ 地陷、冰陷、崖崩、泥石流、滑坡。

⑦ 载运被保险机动车的渡船遭受自然灾害（只限于驾驶人随船的情形）。

⑧ 发生保险事故时，被保险人为防止或者减少被保险机动车的损失所支付的必要的、合理的施救费用，由保险人承担，最高不超过保险金额的数额。

（2）车辆损失险的免赔

1）以下非道路交通违法导致的车损，车损险不予赔偿。

① 地震。

② 战争、军事冲突、恐怖活动、暴乱、扣押、收缴、没收、政府征用。

③ 竞赛、测试，在营业性维修、养护场所修理、养护期间。

④ 应当由机动车道路交通事故责任强制保险赔偿的金额。

⑤ 非被保险人允许的驾驶人使用被保险机动车。

⑥ 被保险机动车转让他人，未向保险人办理批改手续。

2）以下道路交通违法导致的车损，车损险不予赔偿。

① 驾驶人饮酒、吸食或注射毒品、被药物麻醉后使用被保险机动车。

② 事故发生后，被保险人或其允许的驾驶人在未依法采取措施的情况下驾驶

被保险机动车或者遗弃被保险机动车逃离事故现场，或故意破坏、伪造现场、毁灭证据。

③ 人工直接供油造成的损失。

④ 无驾驶证或驾驶证有效期已届满，驾驶的被保险机动车与驾驶证载明的准驾车型不符。

⑤ 持未按规定审验的驾驶证，以及在暂扣、扣留、吊销、注销驾驶证期间驾驶被保险机动车。

⑥ 依照法律法规或公安机关道路交通管理部门有关规定不允许驾驶被保险机动车的其他情况下驾车。

⑦ 除另有约定外，发生保险事故时被保险机动车无公安机关道路交通管理部门核发的行驶证和号牌，或未按规定检验或检验不合格。

⑧ 被保险人或驾驶人的故意行为造成的损失。

⑨ 利用被保险机动车从事违法活动。

3）以下自然因素和意外原因造成的车损，车损险不予赔偿。

① 自然磨损、朽蚀、腐蚀、故障。

② 玻璃单独破碎，车轮单独损坏，无明显碰撞痕迹的车身划痕。

③ 高温烘烤造成的损失，自燃以及不明原因火灾造成的损失。

④ 遭受保险责任范围内的损失后，未经必要修理继续使用被保险机动车，致使损失扩大的部分。

⑤ 市场价格变动造成的贬值、修理后价值降低引起的损失。

⑥ 标准配置以外新增设备的损失。

⑦ 发动机进水后导致的发动机损坏。

⑧ 被盗窃、抢劫、抢夺，以及因被盗窃、抢劫、抢夺受到损坏或车上零部件、附属设备丢失。

⑨ 被保险机动车所载货物坠落、倒塌、撞击、泄漏造成的损失。

4）车辆损失险保障的是车辆的标准配置，对于一些喜次增加设备或者改装车辆的车主，在投保时一定要和保险公司特别约定，是否纳入新增设备和改装设备，否则出险后保险公司将不予赔偿改装部分。

（3）车辆损失险的保险　车辆损失险的保险金额可以按投保时的保险价值或实际价值确定，也可由投保人与保险公司协商确定，但保险金额不能超出保险价值。发生事故的，保险公司应当按照规定对事故车辆造成的损坏产生的修理费用，以及因车辆无法行驶产生的合理的施救、拖运费用进行赔付。

车辆损失险和第三者责任险都有免赔率，也就是说保险公司会根据当事人在事故中所负责任的大小，赔偿所有应赔偿总额的百分比，具体百分比是：负全部责任的赔偿总额的80%，负主要责任的赔偿85%，同等责任的赔偿90%，负次要责任的赔偿95%。

特别提醒：

有些财产如路产损失属于非机动车的损失，应由事故所有机动车参与方共同分摊。

2. 机动车第三者责任险

机动车第三者责任险简称三责险，是指被保险人或其允许的合法驾驶人在使用被保险机动车过程中发生意外事故，致使第三者遭受人身伤亡或财产直接损毁，依法应当由被保险人承担的损害赔偿责任，保险人依照保险合同的约定，对于超过机动车道路交通事故责任强制保险各分项赔偿限额以上的部分责任赔偿。但因事故产生的善后工作由投保人负责处理。

第三者责任险中的"第三者"是指因被保险机动车发生意外事故遭受人身伤亡或者财产损失的人，但不包括本车事故发生时被保险机动车本车上人员（含驾驶人员及其家庭成员）、投保人、被保险人（含其家庭成员）和保险人。

（1）第三者责任险的投保金额　第三者责任险按照营业性车辆和非营业性车辆采取定额投保方式，费用由保险公司根据车辆种类，道路交通事故率综合确定。以6座以下的私家车为例，A、B、C3套条款中第三者责任险保费按保额分为5万元、10万元、15万元、20万元、30万元、50万元和100万元等7个档次，被保险人可以自愿选择投保。这7个档次的收费标准，分别为736元、1030元、1163元、1251元、1398元、1661元和2164元。

（2）三责险赔偿金额的计算　道路交通事故损害赔偿的范围和标准，参照《最高人民法院关于审理人身损害赔偿案件适用法律若干问题的解释》和各省（市）政府统计局公布上一年度的统计数据进行计算。

1）机动车之间发生道路交通事故，造成人身伤亡和财产损失的，按下列原则对当事各方的总损失进行调解：

① 当事人负全部原因责任的，承担100%的赔偿责任。

② 当事人负主要原因责任的，承担70%的赔偿责任。

③ 当事人负同等原因责任的，承担50%的赔偿责任。

④ 当事人负次要原因责任的，承担30%的赔偿责任。

2）机动车与非机动车、行人之间发生道路交通事故，造成人身伤亡、财产损失的，由保险公司在机动车第三者强制责任保险（以下简称第三者保险）限额内予以赔偿。超过第三者保险限额的部分，由承担全部原因责任的机动车一方承担总损失100%的赔偿责任。

对有证据证明非机动车、行人有过错的，机动车一方在承担自身全部损失后，按照下列原则确定赔偿比例：

① 机动车一方负主要原因责任的，应承担非机动车、行人一方70%赔偿

责任。

② 机动车一方负同等原因责任的，应承担非机动车、行人一方50%赔偿责任。

③ 机动车一方负次要原因责任的，应承担非机动车、行人一方30%赔偿责任。

④ 机动车一方无原因责任的，应承担非机动车、行人一方20%赔偿责任。

3）无第三者保险的机动车与非机动车、行人发生道路交通事故，造成人身伤亡、财产损失，非机动车、行人一方无过错的，由机动车一方承担总损失100%的赔偿责任。

对有证据证明非机动车、行人有过错的，机动车一方在承担自身全部损失后，按照下列原则确定赔偿比例：

① 在高速路、快速路等封闭道路上发生道路交通事故的，由机动车一方承担非机动车、行人一方50%的赔偿责任。

② 在其他道路上发生道路交通事故的，由机动车一方承担非机动车、行人一方60%的赔偿责任。

特别提醒：

三责险的免赔率是：①负次要事故责任的免赔率为5%，负同等事故责任的免赔率为10%，负主要事故责任的免赔率为15%，负全部事故责任的免赔率为20%；②违反安全装载规定的，增加免赔率10%；③投保时指定驾驶人，保险事故发生时为非指定驾驶人使用被保险机动车的，增加免赔率10%；④投保时约定行驶区域，保险事故发生在约定行驶区域以外的，增加免赔率10%。

（3）三责险的免赔范围

1）以下非道路交通违法导致的损害三责险不予赔偿。下列情况下，不论任何原因造成的对第三者的损害赔偿责任，保险人均不负责赔偿：

① 地震、战争、军事冲突、恐怖活动、暴乱、扣押、收缴、没收、政府征用。

② 竞赛、测试、教练，在营业性维修、养护场所修理、养护期间。

③ 被保险机动车拖带未投保机动车道路交通事故责任强制保险的机动车（含挂车）或被未投保机动车道路交通事故责任强制保险的其他机动车拖带。

④ 被保险机动车转让他人，未向保险人办理批改手续。

⑤ 非被保险人允许的驾驶人使用被保险机动车。

2）以下道路交通违法导致的损害三责险不予赔偿。

① 驾驶人饮酒、吸食或注射毒品、被药物麻醉后使用被保险机动车。

② 事故发生后，被保险人或其允许的驾驶人在未依法采取措施的情况下驾驶被

保险机动车或遗弃被保险机动车逃离事故现场，或故意破坏、伪造现场、毁灭证据。

③ 无驾驶证或驾驶证有效期已届满，或驾驶的被保险机动车与驾驶证载明的准驾驶车型不符。

④ 实习期内驾驶公共汽车、营运客车或者载有爆炸物品、易燃易爆化学物品、剧毒或者放射性等危险物品的被保险机动车，实习期内驾驶的被保险机动车牵引挂车。

⑤ 持未按规定审验的驾驶证，以及在暂扣、扣留、吊销、注销驾驶证明期间驾驶被保险机动车。

⑥ 依照法律法规或公安机关道路交通管理部门有关规定不允许驾驶被保险机动车的其他情况下驾车。

⑦ 发生保险事故时被保险机动车无公安机关道路交通管理部门核发的行驶证和号牌，或未按规定检验或检验不合格。

⑧ 利用被保险机动车从事违法活动。

小提示：

为了能够得到完整的经济保障，可以适当考虑投保低额商业三责险和车损险。

3. 不计免赔险

不计免赔险，就是不计算免赔额，在责任范围内得到全部的赔偿。不计免赔险的除外责任包括：①加扣免赔率；②附加险免赔率；③找不到第三者的事故；④事故责任难确定等四种。

（1）加扣免赔率 加扣免赔率是保险公司与投保人约定，对于某些特定的道路交通事故增加的免赔率。各保险公司的规定都不同，但其执行条件主要集中在车主多次出险、非约定驾驶人事故，以及盗抢险理赔过程中的证件缺失等情况。不计免赔险约定了加扣免赔率的没有效用。

（2）附加险免赔率 不计免赔险和盗抢险、玻璃险等都属于附加险，所以各附加险之间不能相互起作用，不计免赔险对附加险的免赔率是没有效用的。

（3）找不到第三者的事故 保险公司对于找不到第三者的车损事故设立单独绝对免赔率，通常是30%或50%的免赔率，这也不在不计免赔险的理赔范围内。

其实，保险公司对这一项的规定，实际上是为了规避一些大重复赔付的现象。有极少数车主在双车碰撞事故后，先收取其他车主理赔款，再人为制造一起单车事故，向保险公司索赔，达到双重赔付的目的。

（4）事故责任难确定 和找不到事故第三方一样，对事故责任无法认定的，保险公司也制定了一个单独的免赔率，通常是30%，这种情况也不在不计免赔险的理赔范围内。

4. 整车盗抢险

投保了盗抢险，当整车被盗、被抢后，保险公司按保险金额计算赔偿。而对于车辆的部分零件(如车轮、天线等)和新增设备(如音响等)单独被盗，则不在盗抢险的赔偿范围内。车辆被盗后，车主应当立即报警，经区、县级以上公安刑侦部门立案核实。

（1）赔偿项目　如果整车被盗或被抢超过3个月未找回，保险公司在保险金额内进行赔偿。如果在3个月内找回了，但在此期间车辆损坏或零件丢失，保险公司负责赔偿修复费用。

（2）赔偿额度　每次事故应赔偿损失总额的80%。

（3）注意事项

① 保险车辆被盗抢，理赔时缺少相关证明会增加免赔率。例如：盗抢期间丢失行驶证、购车原始发票、车辆购置附加费凭证的，丢失车钥匙的免赔率更高。因此，不要将这些物品单独放在车里。

② 车辆在收费停车场或营业性修理厂中被盗，保险不予理赔。因为上述场所对车辆有保险的责任，应当由保管人承担责任。

③ 车辆被盗抢期间，偷车人发生事故造成损失，保险公司不予理赔。

5. 自燃损失险

车辆因为电气线路、供油系统发生损毁及运载货物的自身原因起火燃烧，造成保险车辆损失，以及发生自燃事故时，为减少车辆损失所支出必要合理的施救费用，同保险公司进行赔付。

（1）赔偿项目　车辆损失，在保险金额内计算赔偿；部分损失，在保险金额内按实际修理费用计算赔偿。

（2）赔偿额度　每次赔偿实行20%的免赔率。

（3）注意事项

① 车辆自燃，理赔时需提供一份当地公安消防部门的火灾鉴定证明。

② 只要是起火原因清楚的火灾引起的保险车辆损失，保险公司都可以给予赔付。哪怕是其他车辆起火引燃了被保险机动车，保险公司也应当赔偿。但是对于不明原因引起的火灾造成的车辆出险，保险公司不负责赔偿。

③ 保险公司对于因自燃仅造成电器、线路、供油系统的损失不赔。

6. 玻璃单独破碎险

玻璃单独破碎险是指投保了本保险的机动车辆在使用过程中，发生本车玻璃单独破碎，保险人按实际损失计算赔偿。

（1）赔偿项目　对车辆的风窗玻璃、车窗玻璃单独破碎后，保险公司负责赔偿。倒车镜、车灯或发生事故时造成的玻璃破碎不在赔偿范围内。

按照进口玻璃费率投保的，保险公司按进口玻璃的价格赔偿；按照国产玻璃费率投保，则保险公司按国产玻璃的价格赔偿。

（2）注意事项　安装、维修、清洗车辆过程中造成的破碎属于保险责任免除的范围。

7. 车上责任险

驾驶人乘客意外伤害险俗称座位险。当发生事故时，上述的各项保险中，车辆所在保险公司对于本车的驾驶人及车上乘客的人身财产损失都是除外的。只有通过车上责任险来得到补偿。这项险种对于私家车的投保意义不大，还不如给家人投保人身意外伤害险有用。

8. 新增加设备损失险

很多车主在买了车以后，会按照自己的喜好加装 CD 音响、防盗器、真皮座椅等。按照保险合同的规定，非车辆出厂时所带设备，发生事故造成损失，不予理赔。新增加设备损失保险可以帮助弥补相应的损失，但在一般情况下，这些新增设备在车内发生事故后受损的机会比较小，投保的意义并不大。

9. 无过失责任险

发生事故后，特别是与非机动车或行人发生事故，即使车辆驾驶人无责，但前期抢救费用必须先行支付，有时出于某种原因，实际已经支付了对方而无法追回的费用，通过无过失责任险，可以由保险公司负责赔偿。无过失责任险也有 20% 的免赔率，即最多赔 80%。所以，一般家庭用车投保的实际意义不大。

三、北京地区机动车商业保险费率浮动方案

2009 年 12 月北京保险行业协会正式发布了《北京地区机动车商业保险费率浮动方案》(以下简称《费率浮动方案》)，见附录 E。

该方案将作为北京保险行业指导方案，自 2010 年 1 月 1 日起，由在京经营机动车商业保险的保险公司自主选择使用。

根据《费率浮动方案》，在投保商业车险超过一年的车辆中，约 74% 的车主在下一年续保时将在上年保费基础上享受到不同程度的优惠，另有约 1.62% 车主因车辆发生赔款次数超过 6 次，在下一年度续保时保费较上年上浮超过一倍。

四、汽车商业保险的索赔

1. 保险公司对事故车损的理赔流程

保险公司对事故车损的理赔流程如图 4-3 所示。

2. 索赔时应提供的材料

1）机动车辆保险证原件。

2）机动车辆事故报告书或出险报案表(须逐项填写，并加盖被保险人公章，私车盖名章)。

3）道路交通事故责任认定书、道路交通事故损害赔偿调解书或有关政府职能部门证明。

4）修理发票、维修项目清单、施救费发票、查勘费收据、经济赔偿凭证等各种与事故有关的费用票据。

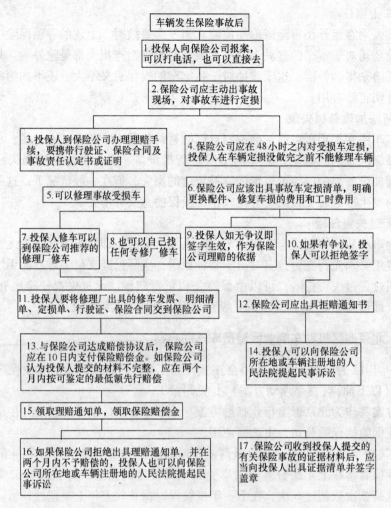

图 4-3　保险公司对事故车损的理赔流程

5）保险车辆、第三者车辆及财物等估损清单。

6）被保险车辆行驶证（正副本）复印件及车辆使用人的驾驶执照（正副证）复印件。私车需提供车主的身份证复印件。

7）如有人员伤、残、亡，须提供医疗病历、疾病诊断书、出院小结、残疾评定书、死亡证明等。被抚养人需提供派出所户籍证明，被抚养人与伤、残、死亡人员的家庭关系及目前被抚养的状况等证明原件（如原件被交通警察部门存档，可提供复印件并加盖交通警察部门印章）。

8）误工及护理人员的误工时间证明，及因误工减少的收入工资证明（原件）。

9）如保险车辆发生火灾事故，须提供公安消防证明。

10）全车失窃须提供公安刑警部门证明，及购车发票正本、车辆购置附加费正本、牌照注销登记表、被保险人营业执照或身份证复印件、汽车钥匙、行驶证、省市级以上报刊登载的《寻车启示》、停车场证明、停车费收据正本。

11）自行拍照需提供事故照片原件。

12）损坏第三者固定设施损失，需提供承修单位、部门开列的工程预算表。

13）其他必要单证。

待保险公司核实过相关材料后，便可通知保户领取理赔款。

14）事故造成车辆、货物和第三者财产损失的，还应提供：

① 车辆修理估价单、修理发票。如果车辆在外地出险，需经购保地保险公司委托当地保险公司处理，如果有条件的话，车主最好能对损坏车辆进行拍照或录像。

② 第三者财产损失、货物损失，应经当地保险公司检验，并附照片及原始发票。

③ 车辆失盗需提供公安刑警部门证明、购车发票、货物进口（海关）检验单、授权书，以及该车的各种证件材料。

15）事故造成人员伤残或死亡的，应提供如下材料。

① 医院证明（包括伤者病情鉴定、住院天数、病假天数、护理人员及护理天数），伤者转院证明，伤残程度鉴定证明或死亡证明。

② 伤者医药费收据。

③ 伤者及护理人员有固定工资收入的，需本人所属单位的工资证明。

④ 死者生前供养关系情况证明，经当地派出所证实。

⑤ 营养费、护理费、误工费、补偿费等有关收据，经交通警察部门盖章证实。

第四节 道路交通事故赔偿项目及标准

对于道路交通肇事损害赔偿范围及赔偿标准，目前国家没有相应的法律规定，而涉及人身损害赔偿的标准只有最高人民法院颁布的《关于审理人身损害赔偿案件适用法律若干问题的解释》（简称《人身损害赔偿解释》）。因此，人民法院在审理道路交通事故损害赔偿案件时，确定赔偿项目及标准只能依据该司法解释。

车辆保险的赔偿项目主要有：车辆损失、其他财产损失、医疗费、护理费、误工费、营养费（医疗证明中没有提到补充营养的不涉及营养费）、精神损害赔偿（目前基本上大部分保险公司已把这项费用列为免赔条款）、营运损失（营运车的营运损失建议通过法院诉讼的方式索赔）。

一、车辆损失

按照保险公司的估价赔偿，可以不承认对方独自到价格评估中心的评估结果。如果对方对配件价格提出异议，用户完全可以提出由保险公司负责进货，保险公司一般能以较低价格买到同样型号的配件；市场上没有零配件销售，只能在4S店维修的车辆，保险公司应该主动参与协调。

另外，有些保险公司会在合同中约定，凡是事故中受损的车辆配件，在修复后车主理赔时，需向保险公司提供换下来的旧的配件。

> **小提示：**
> ① 大多数保险公司会对保户修理车辆后提供的发票作出规定，在保险合同中有明确条款。保户可能会忽略条款的阅读，建议车主在修车前提前咨询所在保险公司对发票的规定。如果已经开过发票的车主，发票不符合合同约定的标准，必须回修理厂重新更换发票。
> ② 保险公司在给客户车辆评估时，按照更换标准评估的配件所有权已经归保险公司所有，保险公司有权回收该配件。保险公司回收配件的目的并非折价销售或给理赔设置障碍，大多是为了减少骗保等现象的发生(一般保险公司要求回收的配件会提前告知保户，如果没有提前告知，保险公司则不能以此为由拒绝理赔)。

二、其他财产损失

直接财产损失赔偿费，是指因道路交通事故损坏的车辆物品、设施等，应当修复而不能修复的，以及牲畜因伤失去使用价值或者死亡的，由相关事故责任人对上述直接的财产损失折价进行赔偿。

道路交通事故中除了车损、人员伤亡的费用以外，还会产生其他财产损失，比如撞坏路面上的隔离栏产生的路产损失、施救费、受伤人员的衣服、随身携带的物品等。

三、人身损害

《人身损害赔偿解释》在赔偿范围方面和赔偿标准方面贯彻了全面赔偿的原则。体现在《人身损害赔偿解释》第十七条、第十八条的规定：

① 受害人遭受人身损害的赔偿范围包括：医疗费、误工费、护理费、道路交通费、住宿费、住院伙食补助费、必要的营养费。

② 受害人因伤致残的赔偿范围除第1项外还包括：残疾赔偿金、残疾辅助器具费、被抚养人生活费，以及因康复护理、继续治疗实际发生的必要的康复费、护理费、后续治疗费。

③ 受害人死亡的赔偿范围除第1项费用外，还包括赔偿丧葬费、被抚养人生活费、死亡补偿费以及受害人亲属办理丧葬事宜支出的道路交通费、住宿费和误工损失等其他合理费用。

④ 受害人或者死者近亲属遭受精神损害的慰抚金。

1. 残疾赔偿金的确定标准

（1）残疾赔偿金的计算 《人身损害赔偿解释》第二十五条规定，残疾赔偿金根据受害人丧失劳动能力程度或者伤残等级，按照受诉法院所在地上一年度城镇居民人均可支配收入或者农村居民人均纯收入标准，自定残之日起计算：按照伤残等级的十级，依次可分为100%、90%、…、10%，按20年计算。但60周岁以上的，年龄每增加一岁减少1年；75周岁以上的，按5年计算。

残疾赔偿金计算公式：

残疾赔偿金＝受诉法院所在地上一年度居民人均收入×伤残系数×赔偿年限

例：受诉法院所在地上一年度居民人均可支配收入为2万元，伤残等级为二级，受害人(60周岁以下)应获得的残疾赔偿金为：2万×20×90%＝36万(元)

小提示：

伤残系数是指受害人丧失劳动能力的程度或者伤残等级。一级的按100%计算，二级的减少10%，三级的减少20%，其他依此类推。

如果出现《人身损害赔偿解释》二十五条第二款规定的"受害人因伤残但实际收入没有减少，或者伤残等级较轻但造成职业妨害严重影响其劳动就业的"情形，可按规定对残疾赔偿金作相应调整。

残疾赔偿金的性质是指对因丧失劳动能力而导致的收入减少或者生活来源丧失，而给予的财产损害性质的赔偿。残疾赔偿金不是精神抚慰金。对于受害人遭受精神损害的，依然可以根据最高人民法院《关于确定民事侵权精神损害赔偿责任若干问题的解释》提出精神损害赔偿。

（2）多等级伤残赔偿金的计算　伤残等级可按照 GB 18667—2002《道路交通事故受伤人员伤残评定》进行划分。

根据受害人丧失劳动能力程度或者伤残等级，按照受诉法院所在地上一年度城镇居民人均可支配收入或者农村居民人均纯收入标准，自定残之日起计算：按照伤残等级的十级，依次可分为100%、90%、…、10%。

受害方多等级伤残者的伤残赔偿，有专门的综合计算方法，即按照 GB 18667—2002《道路交通事故受伤人员伤残评定》中附录 B 中所确定的"多等级伤残者的伤残赔偿计算公式"加以计算。

在 GB 18667—2002 实施后，对多处伤害造成的多处伤残不再直接进行综合评定，而是按受伤部位分别评定伤残等级，再根据多等级伤残的综合计算方法，确定伤残赔偿指数(从 10%～100% 不等)后，计算出伤残者的伤残实际赔偿额。这样评定的好处在于更准确反映受害人的受伤程度，从而在赔偿金的计算方法上更科学、更合理，即通过科学计算的方式，实际上更科学地达到了综合评定的效果。

在 GB 18667—2002 附录 B 中，列出了多等级伤残者的伤残赔偿计算公式，这个公式是根据伤残赔偿总额、赔偿责任系数、赔偿指数等来计算多等级伤残者的伤残赔偿金的法定公式，公式如下：

$$C = C_t \times C_1 \times (I_h + I_a) \quad (I_a \leqslant 10\%, I = 1,2,3,\cdots,n, 多处伤残)$$

式中　C——伤残者的伤残实际赔偿额，以货币单位元表示，即受害人应该得到的伤残赔偿金总额；

C_t——伤残赔偿总额，以货币单位元表示，即设定受害人达到最高残级（按一级伤残计）能得到的伤残赔偿金总额；

C_1——指赔偿责任系数，即事故责任的比例，用百分比（%）表示。按一般情况，道路交通事故责任中对赔偿义务主体的责任包括主要责任、次要责任、全部责任、同等责任和无责任，这五种责任相对应的损害赔偿负担比例一般是70%、30%、100%、50%和0%。这也就是说$0 \leqslant C_1 \leqslant 1$（即$0\% \leqslant C_1 \leqslant 100\%$）实际表达的意思就是赔偿义务主体对造成事故负有责任的程度；

I_h——指伤残等级最高处的伤残赔偿指数，即多等级伤残者，最高伤残等级的赔偿比例，用百分比（%）表示。这句话的含义指受害人有多处伤害的，以其最重伤害所对应残级赔偿指数（即拾级伤残赔偿10%、玖级伤残赔偿20%、捌级伤残赔偿30%……余类推）作为I_h的指标。比如受害人共有三处残级，分别是一个捌级、一个玖级、一个拾级，三个级别的赔偿指数按规定分别是30%、20%、10%，这说明最高的是30%，即I_h为30%；

I_a——指伤残赔偿附加指数，即增加一处伤残所增加的赔偿比例，用百分比（%）表示，$0 \leqslant I_a \leqslant 10\%$；$I_h + I_a \leqslant 100\%$。这句话的含义指除了最高伤残等级外，其他等级应该计算的附加指数。$0 \leqslant I_a \leqslant 10\%$指除一个最高伤残等级外的其他每一个残级附加指数只能在0和10%之间浮动。而对附加指数该如何浮动，在附录B并没有具体说明如何适用，这属于法官可自由裁量的范围，但一般为区分不同残级之间的差别，对拾级伤残可按1%计算，玖级伤残可按2%计算，捌级伤残可按3%计算……余类推。$I_h + I_a \leqslant 100\%$指最高处的伤残赔偿指数加上其他残级的附加指数不能大于100%，即不能超过一级伤残，也就是说，在受害人有非常多的残级情况下，即使累加超过了100%（也就是已超过了一级伤残），最多也只能按一级伤残计算残级赔偿金。

> **案例：** 案情是2004年，受害人不负担道路交通事故的责任，肇事驾驶人负担事故的全部责任，受害人现年32岁，其伤残等级根据不同的受伤部位分别为伍级、陆级、捌级、玖级和拾级5个级别。在深圳市有固定单位、固定收入的打工人员，可以适用2004年度深圳市人均可支配收入23905.92元/年计算残疾赔偿金。结合这样的案情，可以确定C_t＝伤残赔偿总额＝23905.92元/年×20年＝478118.4元；C_1＝赔偿责任系数＝100%（肇事驾驶人全部责任）；I_h＝伤残等级最高处的伤残赔偿指数＝60%（即伍级赔60%）；受害人五处伤残，其最高的伤残等级为五级，即伤残等级最高处的

伤残赔偿指数为60%，其余4处伤残赔偿附加指数每处必须小于等于10%，故$I=5$；$I_a=$每处伤残赔偿附加指数，必须小于等于10%，由于该规定附录B对附加指数如何确定并无明确规定，本案以受害人其余四处伤残为陆级、捌级、玖级、拾级确定分别按5%、3%、2%、1%计算，故60% + 5% + 3% + 2% + 1% = 71%。综合以上情况并套用公式，可以得出受害人最后应得伤残赔偿金的总额(C)为478118.4元$(C_1)\times100\%(C_1)\times71\%=339464$元。这说明，受害人的伤残综合评定结果为残疾71%，即比四级伤残略高，但低于三级伤残。

2. 死亡赔偿金的确定标准

《最高人民法院关于审理人身损害赔偿案件适用法律若干问题的解释》第29条规定，"死亡赔偿金按照受诉法院所在地上一年度城镇居民人均可支配收入或者农村居民人均纯收入标准，按20年计算。但60周岁以上的，年龄每增加1岁减少1年；75周岁以上的，按5年计算。"根据上述规定，死亡赔偿金的计算根据受害人年龄的不同而赔偿年限有异，但都是以受诉法院所在地上一年度城镇居民人均可支配收入或者农村居民人均纯收入为标准进行计算的。

计算公式：死亡赔偿金 = 事故发生地上一年度人均收入 × ((20 − X)年或5年)

具体计算公式为：

1）死亡赔偿金(60周岁以下) = 受诉法院所在地上一年度城镇居民人均可支配收入或者农村居民人均纯收入 × 20年。

2）死亡赔偿金(60周岁以上) = 受诉法院所在地上一年度城镇居民人均可支配收入或者农村居民人均纯收入 × (20年 − 增加岁数)。

3）死亡赔偿金(75周岁以上) = 受诉法院所在地上一年度城镇居民人均可支配收入或者农村居民人均纯收入 × 5年。

3. 被扶养人生活费的确定标准

《人身损害赔偿解释》规定以城镇居民人均消费性支出和农村居民人均年生活消费支出为标准。被扶养人是指受害人依法应当承担扶养义务的未成年人或者丧失劳动能力又无其他生活来源的成年近亲属。被扶养人还有其他扶养人的，赔偿义务人只赔偿受害人依法应当负担的部分。被扶养人有数人的，年赔偿总额累计不超过上一年度城镇居民人均消费性支出额或者农村居民人均年生活消费支出额。

被扶养人是未成年人的计算至18周岁，60周岁以上的年龄每增加1岁减少1年；75周岁以上的按5年计算。无劳动能力且60周岁以下的扶养20年。

根据被扶养人丧失劳动能力程度，按照受诉法院所在地上一年度城镇居民人均消费性支出和农村居民人均年生活消费支出标准计算：

被扶养人生活费 = 事故发生地人均年消费性支出 × 扶养年限

具体计算公式：

1）被扶养人生活费（未成年人）＝受诉法院所在地上一年度城镇居民人均消费性支出和农村居民人均年生活消费支出×（18 岁－年龄）×伤残系数（死亡的按100%计算）。

2）被扶养人生活费（无劳动能力又无其他生活来源的）＝受诉法院所在地上一年度城镇居民人均消费性支出和农村居民人均年生活消费支出×20 年×伤残系数（死亡的按100%计算）。

3）被扶养人生活费（60 周岁以上）＝受诉法院所在地上一年度城镇居民人均消费性支出和农村居民人均年生活消费支出×（20 年－增加岁数）×伤残系数（死亡的按100%计算）。

4）被扶养人生活费（75 周岁以上）＝受诉法院所在地上一年度城镇居民人均消费性支出和农村居民人均年生活消费支出×5 年×伤残系数（死亡的按100%计算）。

例：受害人为城镇居民，三级伤残，有一女儿六岁，上一年度城镇居民人均消费性支出是 1 万元。被扶养人生活费＝1 万元×12（18－6）年×80%＝9.6 万元

4. 医疗费的确定标准

《人身损害赔偿解释》第19 条规定：医疗费根据医疗机构出具的医药费、住院费等收款凭证，结合病历和诊断证明等相关证据确定。赔偿义务人对治疗的必要性和合理性有异议的，应当承担相应的举证责任。医疗费的赔偿数额，按照一审法庭辩论终结前实际发生的数额确定。器官功能恢复训练所必要的康复费、适当的整容费以及其他后续治疗费，赔偿权利人可以待实际发生后另行起诉。但根据医疗证明或者鉴定结论确定必然发生的费用，可以与已经发生的医疗费一并予以赔偿。

医疗费主要包括挂号费、检查费、化验费、手术费、治疗费、住院费和药费等。支出的目的在于治疗道路交通事故中受伤的人员。

计算公式： 医疗费赔偿金＝诊疗费＋医药费＋住院费＋其他

《人身损害赔偿解释》在医药费等具体损失上采取实际支出多少即赔偿多少的原则。医疗费的计算应当以合理支付为必要。

对于医疗费的索赔，如果通过法院诉讼，法院一般不会考虑医保用药范围的限制。

5. 残疾辅助器具费的确定标准

《人身损害赔偿解释》第26 条规定，残疾辅助器具费按照普通适用器具的合理费用标准计算。伤情有特殊需要的，可以参照辅助器具配制机构的意见确定相应的合理费用标准。辅助器具的更换周期和赔偿期限参照配制机构的意见确定。

普通适用器具属于统一品种的、被广泛或被普遍使用的残疾用具，如假肢、矫形器、假眼、假牙和配置轮椅。所谓普通适用是指：

① 普通即配制的辅助器具应排斥奢侈、豪华，不能一味追求高品质。

② 适用即确实能起到功能补偿作用；符合"稳定性"和"安全性"的要求。

其他费用问题，应当根据具体情况加以确定。例如，道路交通事故受害人擅自转院、自购药品、超过医疗通知的出院日期而拒不出院、擅自在指定医院以外多处就医、治疗非道路交通事故损伤或疾病所花费的医疗费用，便不在道路交通事故损害赔偿的医疗费范畴内。

备注：辅助器具的更换周期和赔偿期限参照配制机构的意见确定。

6. 误工费的确定标准

《人身损害赔偿解释》第 20 条规定：误工费根据受害人的误工时间和收入状况确定。误工时间根据受害人接受治疗的医疗机构出具的证明确定。受害人因伤致残持续误工的，误工时间可以计算至定残日前一天。受害人有固定收入的，误工费按照实际减少的收入计算。受害人无固定收入的，按照其最近三年的平均收入计算；受害人不能举证证明其最近三年的平均收入状况的，可以参照受诉法院所在地相同或者相近行业上一年度职工的平均工资计算。根据这一规定，误工费赔偿金额的计算可以分为以下情况：

（1）受害人有固定收入的　受害人有固定收入的，其误工费赔偿金额的计算，按照其实际减少的收入计算。其计算公式为：

误工费赔偿金额 = 实际减少的收入 = 受害人正常情况下的劳动收入 − 事故受伤后的劳动收入

（2）受害人无固定收入的　受害人无固定收入的，其计算公式为：

误工费赔偿金额 = 实际减少的收入 = 受害人正常情况下的劳动收入 − 事故受伤后的劳动收入

这里受害人正常情况下的劳动收入(年)是指最近三年的平均收入

如果受害人不能举证证明其最近三年的平均收入状况的，可以参照受诉法院所在地相同或者相近行业上一年度职工的平均工资计算，其计算公式为：

受害人正常情况下的劳动收入(年) = 受诉法院所在地相同或者相近行业上一年度职工的平均工资

误工费 = 误工收入(天/月/年) × 误工时间

7. 护理费的确定标准

《人身损害赔偿解释》第 21 条规定：护理费根据护理人员的收入状况和护理人数、护理期限确定。护理人员有收入的，参照误工费的规定计算；护理人员没有收入或者雇佣护工的，参照当地护工从事同等级别护理的劳务报酬标准计算。护理人员原则上为一人，但医疗机构或者鉴定机构有明确意见的，可以参照意见确定护理人员人数。护理期限应计算至受害人恢复生活自理能力时止。受害人因残疾不能恢复生活自理能力的，可以根据其年龄、健康状况等因素确定合理的护理期限，但最长不超过 20 年。受害人定残后的护理，应当根据其护理依赖程度并结合配制残疾辅助器具的情况确定护理级别。

如果受害人实际护理期限超过了法院确定的护理期限，向法院起诉请求继续给付护理费的，若属确需继续护理的，法院应当判令赔偿义务人继续给付护理费用5～10年。此处所谓"无收入"，是指本人生活来源主要或者全部依靠他人供给，或者偶然有少量收入但不足以维持本人正常生活者，主要指城镇待业人员和乡村未参加劳动的人员，包括未参加工作的16岁以下的少年，以及丧失劳动能力的人等。

无收入人员的护理费计算公式：

护理费赔偿金额＝道路交通事故发生地护工同等级别护理劳务报酬标准×护理天数

小提示：

1）一般不赔偿护理费用的情况有：①门诊治疗；②住院时无人护理的；③ICU(重症监护室)治疗期间，因家属不允许进入病房，每日只有半小时探视时间，不需要护理；④恶意留医、挂床住院期间。

2）护理人数。司法解释规定原则上认定护理1人，伤者要求按照2个计算的，要求医院出具证明或法医鉴定。实践中护理2人的一般为住院期间重伤的伤者。

3）护理期限。住院期间的护理费用一般情况予以赔偿。对于出院后的护理，一般不予赔偿，如需赔偿，需要医院开具证明或法医鉴定。对于配备假肢的，一般护理期限计算至假肢安装结束。

4）超过确定的护理期限、辅助器具费给付年限或者残疾赔偿金给付年限，赔偿权利人向人民法院起诉请求继续给付护理费、辅助器具费或者残疾赔偿金的，人民法院应予受理。赔偿权利人确需继续护理、配制辅助器具，或者没有劳动能力和生活来源的，人民法院应当判令赔偿义务人继续给付相关费用5～10年。

8. 道路交通费的确定标准

《人身损害赔偿解释》第22条规定：道路交通费根据受害人及其必要的陪护人员因就医或者转院治疗实际发生的费用计算。道路交通费应当以正式票据为凭；有关凭据应当与就医地点、时间、人数、次数相符合。根据上述规定，道路交通费赔偿额的计算以"实际发生"为标准。所谓"实际发生"的费用，属于事实判断问题，如果道路交通费用的支出属于实际与受害人本人的就医、配置残疾用具等必要活动，以及与其亲属处理道路交通事故相联系，并且费用支出的标准没有超过道路交通事故发生地国家机关工作人员出差一般道路交通费标准，则认为属于实际发生且必需的道路交通费用。如不符合，就应从赔偿额中扣除相应的款项。

为受害人及其必要的陪护人员因就医或转院治疗实际发生的费用应以公交车辆正式票据为凭，凭据与就医地点、时间、人数、次数相符合，共同约定乘坐其他车辆按共同约定计算。

9. 住院伙食补助费的确定标准

《人身损害赔偿解释》第23条规定：住院伙食补助费可以参照当地国家机关一般工作人员的出差伙食补助标准予以确定。受害人确有必要到外地治疗，因客观原因不能住院，受害人本人及其陪护人员实际发生的住宿费和伙食费，其合理部分应予赔偿。住院伙食费的赔偿，以住院期间的伙食补助为限，其计算公式为：

住院伙食补助费＝国家机关一般工作人员出差伙食补助标准（元／天）×住院天数

10. 营养费的确定标准

《人身损害赔偿解释》第 24 条规定：营养费根据受害人伤残情况参照医疗机构的意见确定。

此费用是道路交通事故中，当事人最容易发生矛盾的费用，不懂法规的人，以为只要受伤就要让对方赔营养费，但是普通伤情不会产生营养费，保险公司也难以支持此费用，除非事故较大，当事人受伤严重，医生在医嘱中明确注明需要补充营养，才会产生营养费。有些造成人员受伤住院休养等事故中，虽然国家没有准确的营养费补偿标准，但是双方协商保险公司可以酌情补偿一定数额的营养费。

11. 丧葬费的确定标准

丧葬费（包括火化费、冰冻费、骨灰盒、尸体存放费和寿衣费等）按照受诉法院所在地上一年度职工月平均工资标准，以 6 个月总额计算。因人身损害造成受害人死亡的，不管生前是生活在城镇还是在农村，在涉及支付丧葬费标准这一问题时，都适用同一标准予以确定。

其计算公式为：

丧葬费赔偿额＝事故责任人所在地上一年度职工月平均工资×6 个月

12. 精神损害抚慰金

可参照 2001 年 3 月 10 日实施的《最高人民法院关于确定民事侵权精神损害赔偿责任若干问题的解释》第 8、10、11 条的规定执行。

精神损害抚慰金包括：①致人残疾的，为残疾赔偿金；②致人死亡的，为死亡赔偿金；③其他损害情形的为精神抚慰金。

与精神损害赔偿数额有关的因素有：

①侵权人的过错程度，法律另有规定的除外；②侵害的手段、场合、行为方式等具体情节；③侵权行为所造成的后果；④侵权人的获利情况；⑤侵权人承担责任的经济能力；⑥受诉法院所在地平均生活水平。

法律、行政法规对残疾赔偿金、死亡赔偿金等有明确规定的，适用法律、行政法规的规定。

受害人对损害事实和损害后果的发生有过错的，可以根据其过错程度减轻或者免除侵权人的精神损害赔偿责任。

如果道路交通事故没有造成对方残疾或面容长久伤害，不涉及此费用，当事人可以拒绝此项赔偿要求。如果对方执意要求赔偿精神损失，必须让其通过人民法院提起民事诉讼，建议对方将保险公司和相关人员或单位作为第二被告同时起诉，以减少今后理赔的麻烦。

各保险公司的精神损害赔偿范围基本一致，但也有少许差别。在某财产保险公司的条款中，新车险中的道路交通事故精神损害赔偿主要针对道路交通致使第三者或本车上人员的伤残、死亡或怀孕妇女意外流产，受害方据此提出精神损害赔偿请求。如果驾驶人在道路交通事故中无过错责任，保险车辆未发生碰撞事故，仅由惊恐引起，造成第三者或车上人员的行为不当所引起的伤残、死亡或怀孕妇女意外流产等情况，保险公司则不负责。但也有几家保险公司，不赔偿车上人员的精神损害，赔偿条款差异多。

各保险公司新车险的精神损害附加险在事故赔偿条款中限额和绝对免赔率的设定也不相同。目前，各家保险公司设定的每人每次事故最高赔偿限额从 2 万元到 10 万元不等，累计最高赔偿限额不超过 20 万元。最低免赔率为 5%，而最高可达 30%。而某保险公司规定了每次事故的最高赔偿限额由本公司和投保人在投保时协商确定。因此请投保者一定要读透赔偿条款。

特别提醒：

① 对于精神赔偿的依据是《最高人民法院关于确定民事侵权精神损害赔偿若干问题的解释》，实践处理中伤者有伤残、死亡的，可以给予精神赔偿，费用参照当地法院判决惯例。如广东地区最高一般为 5 万元。这里需要注意的是精神赔偿属于交强险赔偿范围，但不属于商业三责险保险责任。而交强险的赔偿顺序未在《条例》中阐明。保险行业协会在实务问答中介绍精神赔偿在其他项目赔足后进行赔偿，但作为协会文件，效力有限。在同时投保三责险情况下，保险公司会将精神赔偿放在三责险里作为除外责任，不予赔偿。

因此，在法院判决时，应该尽力争取精神赔偿在交强险中先予赔偿。另外要注意的是，对于交通警察调解的精神赔偿，保险公司一般不予赔偿。

② 2007 年 12 月 29 日全国人大对《道路交通安全法》进行了修改，将第七十六条修改为，机动车发生道路交通事故，造成人身伤亡、财产损失的由保险公司在交强险责任限额内予以赔偿，不足的部分，按照下列规定承担赔偿责任：其中机动车与非机动车或行人发生事故的，如果非机动车或行人无过错的，机动车一方承担全部责任；非机动车或行人有过错的，根据过错程度适当减轻机动车一方的赔偿责任；机动车一方没有责任的，承担不超过 10% 的赔偿责任。

③ 精神损害抚慰金请求权，不得让与或者继承。但赔偿义务人已经以书面方式承诺给予金钱赔偿，或者赔偿权利人已经向人民法院起诉的除外。

13. 道路交通事故死亡抚恤金

根据《道路交通事故处理办法》有关条款所作出的赔偿，都不属于抚恤性质。有关部门已对此作出了明确规定。最高人民法院办公厅、公安部办公厅《关于道路交通肇事的补偿和抚恤问题的函》中指出：职工因道路交通事故致残的，除了肇事单位根据肇事人所负责任大小发给一定补偿费之外，原单位仍应按照劳动保护条例规定发给抚恤费。民政部《关于军人、机关工作人员因道路交通事故死亡抚恤问题的通知》中规定："军人、机关工作人员因公乘坐车船、飞机发生意外事故死亡或因公外出(包括上、下班途中)被车辆撞死责任又不在自己的，除由有关部门按照有关规定发给保险金或赔偿金外，仍由民政部门按照因公牺牲的标准发给家属一次抚恤金。""军人、机关工作人员乘坐车、船、飞机发生意外事故死亡(严重违法不包括在内)，除按有关规定处理外，民政部门仍可按照病故抚恤标准发给其家属一次抚恤金。"民政部、财政部《国家机关、事业单位工作人员死亡后遗属社会困难补助暂行规定》中指出："国家机关、事业单位工作人员死亡后，遗属生活困难的，遗属补助费按应享受遗属补助的人数的标准计算，其总额不得超过死者生前工资"，"遗属在享受定期补助后，当遇上特别困难，死者生前所在单位还可酌情给予临时补助"，"遗属生活困难补助费用，由死者生前所在单位的经费内支付"。

四、停运损失

车辆停运损失费，是指在道路交通事故中发生车辆的损害，如果受害人是以被损车辆用于货物运输或者旅客运输经营活动，则在被损车辆修复期间，受害人因无法进行正常的货物运输或者旅客运输经营而造成经济收入的减少，或日停运损失，由相关事故责任人对该损失进行赔偿车辆停运损失费。

该赔偿仅限于营运性车辆、出租车或正在合同中的货运车，不同城市的出租车营运费用各不相同，可以参照当地主管部门的营收证明给予补偿。一般保险公司不会赔偿停运损失，建议通过法院诉讼方式。

《最高人民法院关于交通事故中的财产损失是否包括被损车辆停运损失问题的批复》中规定：在交通事故损害赔偿案件中，如果受害人以被损车辆正用于货物运输或者旅客运输经营活动，要求赔偿被损车辆修复期间的停运损失费的，交通事故责任者应当予以赔偿。

五、间接损失

交通事故不赔偿间接损失费用，法院也是不予支持的。

第五节　道路交通民事官司

一、道路交通民事官司常识

1. 诉讼常识

1）道路交通事故损害赔偿调解不成或事故重大，双方无法调解的可以向事故发生地或者被告所在地有管辖权的人民法院提起诉讼。

2）诉讼时效。人身损害赔偿从知道或应当知道伤害发生之日起 1 年，财产损失为 2 年。目前诉讼案件增多，诉讼案件耗时较长。

3）审理时限。一审法院审理道路交通人身损害赔偿案件审限为 6 个月，二审为 3 个月。

4）诉讼证据。道路交通事故责任认定书、车损物损证明、人身伤害的医疗费、道路交通费、伤残鉴定费发票及误工、被扶养人情况、伤残鉴定、死亡证明等。

5）诉讼需要交纳诉讼费的，如果没有钱，可以向法院申请缓交诉讼费，没钱请律师可以咨询当地免费的法律援助。

2. 诉讼的技巧

诉讼在选取管辖法院、选取被告、计算被扶养人生活费等方面有较高的技巧，在诉讼前最好能够得到专业人士的指点。

（1）准确选取管辖法院 《最高人民法院关于审理人身损害赔偿案件适用法律若干问题的解释》规定，赔偿费用按照受诉法院所在地的标准计算的有：①残疾赔偿金；②被扶养人生活费；③丧葬费；④死亡赔偿金。

道路交通事故案件是典型的侵权案件，《民事诉讼法》第二十九条规定，因侵权行为提起的诉讼，由侵权行为地或被告住所地人民法院管辖。受诉地具有可选择性，可选择侵权行为地或被告住所地。因为多项赔偿标准是按照受诉地法院的标准计算的，贫困地区和发达地区的标准相差很大，所以，对于道路交通事故案件，不仅道路交通事故发生地法院可以管辖，被告住所地法院也有权管辖。选择管辖地带来地域的差别，直接导致赔偿标准的差别，也直接影响获赔金额的多少。

（2）选取被告 打官司中，"告谁"是一个很重要的问题。如果告的对象不对，不仅浪费了时间、人力、财力，还达不到要求赔偿的目的。在"告谁"的问题上，首先要看发生事故时对方所驾车辆行驶证上的车主是谁，如果是肇事驾驶人本人，那就直接起诉他。如果车辆另有其主，可以将肇事驾驶人与车主作为共同被告一起起诉。

1）确定道路交通事故被告主体。道路交通事故被告主体的确定，可参考上海市高级人民法院《关于道路交通事故损害赔偿责任主体若干问题的意见》（2007 年 6 月 18 日）

① 机动车发生交通事故造成他人损害的，一般由机动车管理部门登记的车辆所有人（以下简称登记所有人）承担赔偿责任。登记所有人与实际使用人不一致的责任承担，按本意见其他条款处理。

② 挂靠机动车发生交通事故造成他人损害的，由挂靠人与被挂靠人（包括单位或个人）承担连带赔偿责任。

机动车是否属于挂靠关系的认定，应根据双方的约定、机动车的投保人、养路费用的支付人、机动车的实际受益人、以被挂靠方名义从事经营活动的范围等因素综合判断。

③ 被挂靠人承担赔偿责任后，可以就机动车交通事故责任强制保险责任限额以外的部分，向挂靠人追偿。

挂靠人与被挂靠人之间的责任，应根据双方合同的约定、各自过错的大小等因素确定。

④ 借用他人身份证取得车辆管理部门登记的机动车、非机动车发生交通事故的，按照挂靠关系处理。

⑤ 登记所有人与他人签订协议转让机动车的所有权，未到机动车管理部门办理变更登记，发生交通事故的，登记所有人与受让人承担连带责任。

⑥ 汽车销售公司以保留所有权方式，由买方分期付款购买机动车，买受人占有后发生交通事故造成他人损害的，即使尚未办理变更登记手续，亦应由买受人承担赔偿责任。

⑦ 以融资租赁方式购买的机动车发生交通事故造成他人损害的，由承租人承担赔偿责任。

⑧ 借用、租用他人机动车发生交通事故造成第三者损害的，车辆所有人与实际使用人承担连带赔偿责任。

借用人、承租人将车辆转借或转租后发生交通事故造成第三人损害的，借用人、承租人与车辆所有人、实际使用人承担连带赔偿责任。

车辆所有人按前款承担责任后，可以就机动车交通事故责任强制保险责任限额以外的部分，向实际使用人追偿。

⑨ 车辆所有人向实际使用人追偿纠纷中，应区分以下几种情况处理：

车辆所有人无过错的，实际使用人承担全部责任。

车辆所有人明知车辆存在安全隐患仍然出借、出租车辆，并因此造成交通事故的，或者明知借用人、承租人没有机动车驾驶资格仍然出借、出租的，应承担相应责任。

车辆所有人已将车辆存在安全隐患告知借用人、承租人，借用人、承租人仍然借用、租用该车辆，并因此造成交通事故的，车辆所有人可减轻或者免除责任。

⑩ 借用、租用他人机动车发生交通事故造成借用人、承租人本人人身伤亡、财产损害的，借用人、租用人自行承担责任。

出借人、出租人明知车辆存在安全隐患，或者明知借用人、承租人没有机动车驾驶资格仍然出借、出租，造成借用人、承租人本人人身伤亡、财产损害的，应承担相应赔偿责任。

⑪ 机动车在被盗抢期间发生交通事故造成他人损害的，机动车所有人不承担赔偿责任。

⑫ 机动车在送修理、委托保管期间，承修人、保管人驾驶车辆造成他人损害的，由承修人、保管人直接承担赔偿责任。

⑬ 机动车驾驶人执行职务或者从事雇佣活动期间发生交通事故造成他人损害的，根据最高人民法院《关于审理人身损害赔偿案件适用法律若干问题的解释》的相关规定，由驾驶人所在单位或雇主承担赔偿责任。

机动车驾驶人从事雇佣活动时因故意或者重大过失造成交通事故的，应当与雇主承担连带赔偿责任。雇主承担赔偿责任后，可以向机动车驾驶人追偿。

⑭ 盗用、冒用他人身份证取得车辆管理部门登记的机动车、非机动车发生交通事故的，由盗用人、冒用人承担赔偿责任，销售方有过错的，承担连带赔偿责任。

2）交通事故承担连带赔偿责任主体

为保障赔偿，目前法院认可追加交强险承保公司为连带被告，对于商业三责险各地法院处理不一。道路交通事故承担连带赔偿责任主体有以下几种：

① 道路交通事故责任者对事故造成损失应承担赔偿责任，承担赔偿责任的肇事驾驶人暂无力赔偿，由驾驶人所在单位或车辆所有人垫付。

② 肇事车辆为单位所有，驾驶人执行职务，即工作或生产过程中履行驾驶职责行为受所在单位或车辆所有人委派或认可，该单位或车辆所有人承担事故赔偿责任。

③ 肇事车辆为个体户、承包户、个人合伙或私营企业主，雇佣驾驶人从事运输，车主或雇主应承担事故赔偿责任。

④ 肇事车辆承包、租赁期间发生道路交通事故，车主和承包、承租人共同承担赔偿责任。这是因为承包、租赁经营是经营方式的改变，车辆权属未改变，车主也是车辆运行受益人。若承包、承租人未经车主同意擅自转包、转租或借与第三者发生道路交通事故，承包、承租人与第三人、车主应共同承担赔偿责任。

⑤ 委托他人购车，代购人购车后肇事，委托人应承担赔偿责任。委托他人维修、保管车辆期间或在停车场停车期间发生道路交通事故，维修人、保管人、停车场应承担赔偿责任。

⑥ 肇事车辆驾驶人执行职务过程中，擅自进行与执行职务无关活动而发生道路交通事故，驾驶人承担赔偿责任，车主承担连带责任。

⑦ 肇事车辆挂靠单位收取管理费或分享盈利视为共同车主，由车主承担赔偿责任，挂靠单位承担连带责任。

⑧ 车辆合法占有人经车主同意，将车辆交与第三人发生道路交通事故，合法占有人和第三人为共同被告，车主承担连带责任。

⑨ 肇事车辆驾驶人非执行职务且未经车主同意，擅自用车，驾驶人应承担赔偿责任，车主负责垫付。

⑩ 被盗车辆发生道路交通事故，造成被害人财物损失的肇事人应依法承担赔偿责任，被盗机动车辆所有人不承担损害赔偿责任。

⑪ 肇事驾驶人与肇事车辆不属同一单位，驾驶人与使用机动车受益单位为被

告，由受益单位先行垫付赔偿。

⑫ 无偿借用车辆发生道路交通事故，由肇事驾驶人与受益人共同负赔偿责任。

⑬ 道路交通事故责任人死亡，其遗产继承人不放弃继承，只在所继承财产额度内承担责任。遗产继承人放弃或丧失继承，因无遗产可供继承，继承人不承担赔偿责任。

⑭ 旅客持票或按规定免票，持优待票或经承运人许可搭乘无票旅客乘车，运输过程中死亡，承运人承担损害赔偿责任。

⑮ 无偿同乘即搭便车，原则上不能免除驾驶人责任，应斟酌具体情形，比照过失相抵原则，减少驾驶人赔偿责任。

⑯ 因紧急避险引起道路交通事故，引起险情人为被告，因紧急避险措施不当或超过必要限度造成不应有损害，紧急避险人作为共同被告，车主或驾驶人所在单位承担连带责任。

⑰ 学习驾车时发生道路交通事故负有责任的，由教练员承担部分或全部责任。

（3）举证　公安机关交通管理部门是认定道路交通事故的法定机关，虽然其出具的《道路交通事故责任认定书》应经当事人予以质证，不能当然成为法院认定案件事实的依据，但它作为处理交通事故纠纷的重要证据，在诉讼中，对于证明双方当事人各自应负的责任程度仍具有重要的意义。案件起诉至法院后，法院固然应当根据法庭调查的事实对事故责任进行确认，调查范围不受公安机关责任认定书的限制，但在通常情况下，当事人没有确凿证据推翻责任认定书的内容时，法院都会采信公安机关对责任的认定，并以此为基础确定有关当事人的赔偿责任。因此，当事人在拿到交通队的事故责任认定书时，一定要仔细看清责任认定内容。如果不服，要及时向上一级公安机关交通管理部门申请复核。

（4）合理要赔偿　交通事故纠纷案件中，涉及的赔偿问题一般包括财产损害赔偿和人身伤害赔偿。财产损害赔偿的范围主要包括：修车费及车上货物损失等。修车费：根据修车发票上的合理数额认定，如果车辆已经报废应折价赔偿；事故中车上物品的损坏赔偿，应当按实际损失进行赔偿。

人身损害赔偿的项目主要有：医疗费；误工费；住院伙食补助费；护理费；残疾者生活补助费；残疾用具费；丧葬费；死亡补偿费；被扶养人生活费；交通费；住宿费等。其中，误工费包括：①当事人在看病、住院期间不能上班造成的误工费；②因处理交通事故善后事宜的误工费。

此外，到法院起诉的交通事故赔偿案件中，许多受害者都提出了精神损害赔偿的要求，关于是否应给予精神损害赔偿以及法院裁判这项请求的幅度，主要是参考《最高人民法院关于确定民事侵权精神损害赔偿责任若干问题的解释》。当事人提出的赔偿数额和法院最后认定数额如果存在差距时，还存在一个诉讼费用承担的问题。多提出来的不合理的费用是要自己担着的，所以当事人不可漫天要价。

（5）被告应当积极应诉　对原告的起诉状要十分重视，弄清其中所列明的原告与被告在主体资格方面是否合法、有效。然后，注意辨明受诉法院是否有管辖权。我国法律既明确规定了法院对特定案件的管辖范围，又明确规定如果当事人到没有管辖权的法院出庭应诉，且没有提出"管辖异议"，就认定法院取得了管辖权。有些当事人特别是被告不知道这些特殊规定，多花费了许多时间和精力。

案件进入审理程序后，被告应积极行使诉讼权利、积极举证，有的被告自知理亏，认为不应诉或不答辩、不出庭就能逃避责任，其实，这些做法并不影响法院对案件的审理和裁判。对对方当事人提供的各项证据，被告一定要认真审核。审核书面证据是否有涂改痕迹，有没有加盖必要的印章，或者相关人员的签字；审核对方提交的证据是否充分，能否证明就与自己存在权利义务关系等。

法官提示：

出了交通事故，当事人千万不要慌张，先报警，找公安机关的交通管理部门解决。就赔偿问题，可以起诉到法院进行民事诉讼。原告起诉时，一定要明确对方当事人，取得相应的证据，依法合理确定赔偿的数额。被告应诉时，关键注意审核对方证据。

3. 法院受理的范围

法院的受理范围主要有以下几个方面：

1）当事人因道路交通事故损害赔偿问题提起民事诉讼时，除诉状外，还应提交公安机关制作的调解书、调解终结书或者该事故不属于任何一方当事人违章行为造成的结论。人民法院对于符合民事诉讼法第一百零八条规定的起诉，应予受理。

2）当事人就非道路上发生的与车辆、行人有关的事故引起的损害赔偿纠纷起诉，符合民事诉讼法第一百零八条规定的起诉条件的，人民法院应当受理。

3）作出紧急使用单位或者个人的道路交通工具和通讯工具、指定预付伤者医疗费、处理尸体的决定，当事人因此向人民法院提起行政诉讼的，人民法院不予受理。

4）当事人仅就公安机关作出的道路交通事故责任认定和伤残评定不服，向人民法院提起行政诉讼或民事诉讼的，人民法院不予受理。当事人对作出的行政处罚不服提起行政诉讼或就损害赔偿问题提起民事诉讼的，以及人民法院审理道路交通肇事刑事案件时，人民法院经审查认为公安机关所作出的责任认定、伤残评定确属不妥，则不予采信，以人民法院审理认定的案件事实作为定案的依据。

5）对于案情简单、因果关系明确、当事人争议不大的轻微和一般事故，公安机关可以按照《道路交通事故处理程序规定》采用简易程序当场处罚和调解，但当事人不同意使用简易程序处理的，不适用简易程序。当场调解未达成协议或者调解书生效后任何一方不履行，当事人可以持公安机关的调解书或者调解终结书向人民法院提起民事诉讼，人民法院应当依法予以受理。

6）道路交通事故发生后，被公安机关指定预付抢救伤者费用的当事人，以其无道路交通事故责任或者责任轻而对预付费用有异议的，持公安机关调解书、调解终结书或者认定该事故不属于任何一方当事人违章行为造成的结论，可以向人民法院起诉，符合民事诉讼法第一百零八条规定的起诉条件的，人民法院亦应当受理。

二、道路交通事故损害赔偿诉讼程序

道路交通事故损害赔偿诉讼程序如下：

1. 一审

一审流程图如图 4-4 所示。

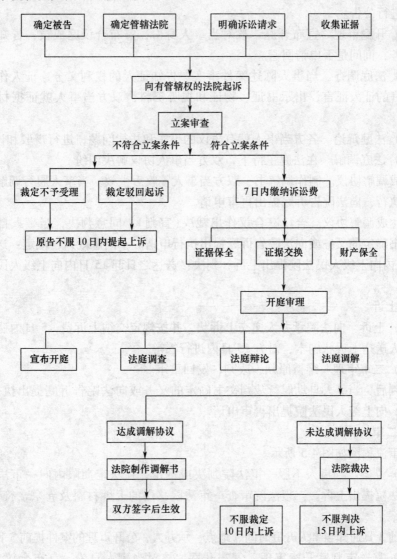

图 4-4　一审流程图

（1）起诉　向有管辖权的法院立案庭递交诉状。符合立案条件，通知当事人 7

日内交诉讼费，交费后予以立案；不符合立案条件，裁定不予受理，裁定驳回起诉。不服的 10 日内向上级人民法院提出上诉。

（2）审理前的准备　受理后，法院 5 日内将起诉状副本送达对方当事人，对方当事人 15 日内进行答辩。

通知当事人进行证据交换。可根据当事人申请，做出财产保全裁定，并立即开始执行。

排期开庭，提前 3 日通知当事人开庭时间、地点、承办人；公开审理的案件提前 3 日进行公告。

（3）开庭审理　宣布开庭，核对当事人身份，宣布合议庭成员，告知当事人权利义务，询问是否申请回避。

（4）法庭调查　当事人陈述案件事实。告知证人的权利义务，证人作证，宣读未到庭的证人证言，出示书证、物证和视听资料；双方当事人就证据材料发表意见。

（5）法庭辩论　各方当事人就有争议的事实和法律问题，进行辩驳和论证。

（6）法庭调解　在法庭主持下，双方当事人协议解决纠纷。

达成调解协议。制作调解书，双方当事人签收后生效。当事人履行调解书内容或申请执行，向法院告诉庭提出再审申请。

未达成调解协议。合议庭合议作出裁决（宣判）。同意判决，当事人自动履行裁判文书确定的义务或向法院告诉庭提出执行申请。不同意裁判，裁定：送达之日起 10 日内向上级人民法院提出上诉；判决：送达之日起 15 日内向上级人民法院提出上诉。

2. 上诉

（1）上诉　向法院承办人递交上诉状，并按规定交纳上诉费，5 日内法院向对方当事人送达上诉状副本，对方 15 日内进行答辩。

（2）二审审理　维持原判，改判，发回重审。

宣判后，当事人自动履行裁判文书确定的义务或向法院告诉庭提出执行申请；如不服，向上级人民法院提出再审申请。

3. 二审

二审流程图如图 4-5 所示。

（1）立案　当事人不服一审法院判决或裁定，在法定期限内向一审法院或上级人民法院提出上诉。二审法院审查一审法院移送的上诉材料及卷宗，符合条件，予以立案。

提前 3 日通知当事人开庭时间、地点、承办人，公开审理的案件提前 3 日公告。

（2）移送审判庭开庭审理　宣布开庭，核对当事人身份，宣布合议庭成员，告知当事人权利义务，询问是否申请回避。

（3）法庭调查　当事人陈述案件事实。

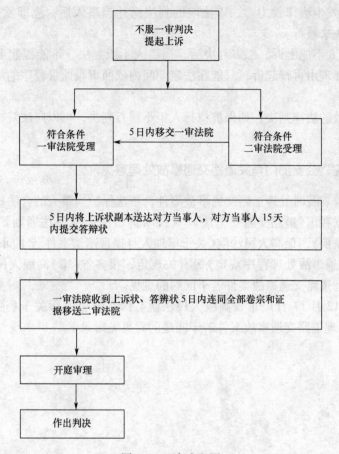

图 4-5　二审流程图

举证质证。告知证人的权利义务，证人作证，宣读未到庭的证人证言，出示书证、物证和视听资料；双方当事人就证据材料发表意见。

（4）法庭辩论　各方当事人就有争议的事实和法律问题，进行辩驳和论证。

（5）法庭调解　在法庭主持下，双方当事人协议解决纠纷。

（6）合议庭合议作出裁决　维持原判，改判，发回重审。

宣判后，当事人自动履行裁判文书确定的义务或向一审法院申请执行，向二审法院告诉庭递交书面申诉材料，申请再审。

（7）达成调解协议　制作调解书，双方当事人签收后生效。

小提示：

上诉案件裁判的法律效力

二审法院可以自行宣告判决，也可以委托一审法院或者当事人所在地的法院代行宣判，实际中，以二审法院直接宣告判决为主。

二审判决是终审判决，具有如下的效力：

① 立即发生法律效力。二审法院的判决送达当事人后，立即发生法律效力，必须按照判决来履行。

② 当事人不能上诉。二审判决后，当事人不服判决，不能提起上诉，也不得以同一事实和理由再行起诉，只能在法定期间内依照审判监督程序的规定向法院申请再审。

对于生效的法律判决，如果被执行人拒不履行判决，可以向法院提出申请，要求强制执行。

三、法院、公安部门有关道路交通事故处理意见

为了妥善、及时处理道路交通事故案件，依法保护当事人的合法权益，维护社会稳定，根据我国《道路交通安全法》、《民事诉讼法》、《民法通则》、《道路交通安全法实施条例》、最高人民法院《关于审理人身损害赔偿案件若干问题的解释》以及公安部《交通事故处理程序规定》等有关规定，很多省(市)高级人民法院、公安厅制定了处理道路交通事故案件若干问题的意见。

2004 年 12 月 17 日广东省高级人民法院、广东省公安厅关于《道路交通安全法》施行后处理道路交通事故案件若干问题的意见见附录 F。

第五章　道路交通违法的误区

一、道路交通违法行为的误区

《中华人民共和国道路交通安全法》（以下简称《交法》）、《中华人民共和国道路交通安全法实施条例》（以下简称《条例》），通过多年来的应用，发现很多道路交通违法行为是广大驾驶人朋友对法律存在误解，致使自己走进了交通违法的误区。现介绍最容易被误解的违法行为。

1. 未随车携带行车证或驾驶证

根据《交法》第九十五条第一种行为之规定，上路行驶的机动车非随车携带行车证、驾驶证的，公安机关道路交通管理部门应当扣留机动车。因为行车证是机动车上路的唯一合法凭证，而驾驶证是驾驶人驾驶机动车的唯一合法凭证，没有随车携带就意味着当时无法证明驾驶人对机动车的合法持有，也无法证明驾驶人合法的驾驶资格，所以法律规定要扣留机动车。

特别提醒：

驾驶证年审期间不允许驾驶机动车，行车证年审期间机动车不允许上路，所以副证必须和正证一起携带。

2. 驾驶人未按规定使用安全带

根据《交法》第五十一条第二种行为之规定，驾驶人应当按规定使用安全带。

根据资料表明，如果正确使用安全带，可以减少道路交通事故 45% 的人员伤亡，所以使用安全带非常必要，并应按法律规定使用。

3. 机动车不按道路交通信号规定通行

有些驾驶人有抢信号灯和黄灯依然通行的习惯。

根据《交法》第三十八条第一种行为之规定，车辆应当按照道路交通信号通行。根据《条例》第三十八条之规定，绿灯亮时准许车辆通行，但转弯的车辆不得妨碍被放行的直行车辆、行人通行；黄灯亮时，已越过停车线的车辆可以继续通行；红灯亮时，禁止车辆通行。所以黄灯亮时，未越过停车线的车辆不能通行。

4. 不按规定使用灯光，会车时不关远光灯

根据《条例》第四十七条之规定，机动车超车时，应当提前开启左转向灯、变换使用远近光灯。第四十八条第五款之规定，在没有中心隔离设施或者没有中心线的道路上，夜间会车应当在距相对方向来车 150m 以外改用近光灯，在窄路、窄桥

与非机动车会车时应当使用近光灯。第五十一条第三项之规定，机动车通过由道路交通信号控制的交叉路口，向左转弯时开启转向灯，夜间行驶开启近光灯。第五十七条之规定，机动车应当按照以下规定使用转向灯：①向左转弯、向左变更车道、准备超车、驶离停车地点或掉头时，应当提前开启左转向灯；②向右转弯、向右变更车道、超车完毕驶回原车道、靠路边停车时，应当提前开启右转向灯。第五十八条之规定，机动车在夜间没有路灯、照明不良或者遇有雾、雨、雪、沙尘、冰雹等低能见度情况下行驶时，应当开启前照灯、示廓灯和后位灯，但同方向行驶的后车与前车近距离行驶时，不得使用远光灯。机动车雾天行驶应当开启雾灯和危险报警闪光灯。第五十九条第一款之规定，机动车在夜间通过急弯、坡路、拱桥、人行横道或者没有交通信号灯控制的路口时，应当交替使用远近光灯示意。第六十一条第五款之规定，牵引故障机动车时，牵引车和被牵引车均应当开启危险报警闪光灯。

5. 道路交通堵塞未依次等候，从旁边急于通过

根据《条例》第五十三条之规定，机动车遇有前方交叉路口道路交通阻塞时，应当依次停在路口以外等候，不得进入路口。机动车在遇有前方机动车停车排队等候或者缓慢行驶时，应当依次排队，不得从前方车辆两侧穿插或者超越行驶，不得在人行横道、网状线区域内停车等候。机动车在车道减少的路口、路段，遇有前方机动车停车排队等候或者缓慢行驶的，应当每车道一辆依次交替驶入车道减少后的路口、路段。

6. 在车门没有关好时行车

车门没有关好时行车是很危险的，很容易导致道路交通事故，也容易使驾驶人后视线被遮挡，影响行车安全，所以有此类情况时应及时排除。

根据《条例》第六十二条第一款之规定驾驶机动车不得在车门没有关好时行车。

7. 机动车喷涂粘贴标识或者车身广告影响安全驾驶

根据《条例》第十三条第三项之规定，机动车喷涂、粘贴标识或者车身广告的，不得影响安全驾驶。

这种情况多发生在公司、单位车辆以及出租车上，有的车辆甚至干脆全车都做成广告，致使驾驶人驾驶车辆时不能安全驾驶，因此在给车辆做广告的同时不要影响驾驶安全。

8. 在禁止左转路口掉头

因为左转和掉头均与直行道路交通流形成冲突点，极易引发道路交通拥阻和妨碍道路交通安全，《条例》做出"机动车在有禁止掉头或禁止左转弯标志、标线地点禁止掉头"的规定。另外，交叉路口左侧第一条车道如为直行车道可掉头，交通管理部门会在导向车道施划直行带导向箭头，如没有导向箭头会设禁止左转弯或掉头道路交通标志。

9. 在人行横道处掉头

虽然设有道路交通隔离护栏路段的人行横道不设禁止掉头道路交通标志，但《条例》规定严禁在人行横道上掉头，这主要是为保护人行横道上行人道路交通安全，因为行人具有优先通行权，人行横道视同"禁止性标志"，凡人行横道处掉头，一律按"在禁止掉头地点掉头"处罚。

10. 没有标志路口掉头不按交通信号灯指示行驶

按照规定，机动车驾驶人在有信号灯控制路口但没有禁止掉头或左转弯标志、标线路口掉头时，必须按信号灯指示通行，信号灯为红灯时，不仅意味着禁止直行也意味着禁止掉头或左转弯，只有右转弯车辆在不妨碍其他车辆通行下允许通行。

11. 中心线为实线时掉头

路段如没有禁止掉头标志和标线即允许掉头时，但道路中心线如为实线，无论单黄线还是双黄线均禁止掉头，有的道路为黄色虚实线即双黄线一侧为实线另一侧为虚线，这表示实线一侧禁止超车、掉头，虚线一侧允许超车、掉头。

12. 拐弯或并道时不看反光镜

应先扭头看一下车的后面，再看反光镜。因为有时反光镜调节得不好会有死角现象，此外，转向灯打开后会使靠近自己的车辆增加提速或放慢的几率，仅从反光镜上不能完全判断正确。

13. 驾驶证过期

驾驶人应于机动车驾驶证有效期满前 90 日内，到公安交通管理部门办理换证审验。超过一年未换证审验的，将被依法注销其驾驶证。

年龄在 60 周岁以上的机动车驾驶人，应当每年进行一次身体检查，在记分周期结束后 15 日内，提交县级或者部队团级以上医疗机构出具的有关身体条件的证明。

持有准驾车型为大型客车、牵引车、城市公交车、中型客车、大型货车、无轨电车、有轨电车的机动车驾驶人，应当每两年进行一次身体检查，在记分周期结束后 15 日内，提交县级或者部队团级以上医疗机构出具的有关身体条件的证明。

持有准驾车型为残疾人专用小型自动档载客汽车的机动车驾驶人，应当每三年进行一次身体检查，在记分周期结束后 15 日内，提交经省级卫生主管部门指定的专门医疗机构出具的有关身体条件的证明。否则将被依法注销其机动车驾驶证。

二、道路交通事故责任认定的误区

1. 反正有保险，随意包揽事故责任，随意定责

有的被保险人认为反正有保险公司赔付，事故中的责任认定并不重要，因而在进行责任认定时，有的被保险人"不怕"承担责任。但是，对于第三者责任险，保险公司根据被保险人承担的责任轻重制定了不同的赔付比例。因此，在责任认定中，被保险人一定要明确责任，不是自己的责任不要承担，避免留下后患。

案例：

在一起道路交通事故中，车主和行人都有责任。为了快速处理事故，交通警察调解希望车主承担全部责任，车主认为反正有保险便接受了。可伤者后来成了脑瘫，医疗费至少40万元，保险公司却只赔偿10万元，余下的30万元让"负全部责任"的驾驶人傻了眼。

提醒：

出事后不要认为保险公司担责，就忽略了责任认定，特别不要对责任"大包大揽"，这样很容易为自己带来后患。

2. 道路交通事故中，机动车一方无责任的就不承担赔偿责任

对于事故赔偿，人们一般习惯于以交通警察部门的道路交通事故责任认定书所确定的责任来划定当事人所应当承担的赔偿额。对于认定机动车一方没有责任的、由行人负担全部事故责任的道路交通事故，一般不再追究机动车方的责任，人民法院一般也不支持此类诉请。但根据《中华人民共和国道路交通安全法》第七十六条：机动车发生道路交通事故造成人身伤亡、财产损失的，由保险公司在机动车第三者责任强制保险责任限额范围内予以赔偿；不足的部分，按照下列规定承担赔偿责任：①机动车之间发生道路交通事故的，由有过错的一方承担赔偿责任；双方都有过错的，按照各自过错的比例分担责任。②机动车与非机动车驾驶人、行人之间发生道路交通事故，非机动车驾驶人、行人没有过错的，由机动车一方承担赔偿责任；有证据证明非机动车驾驶人、行人有过错的，根据过错程度适当减轻机动车一方的赔偿责任；机动车一方没有过错的，承担不超过10%的赔偿责任，除非非机动车驾驶人、行人故意碰撞机动车造成道路交通事故的，机动车不承担责任外，即便机动车没有过错，也应承担不超过10%的赔偿责任。

三、汽车保险的误区

1. 为了省钱不买保险

有的车主自信驾驶技术优秀，想省点钱，交强险也不想买；有的觉得资金充足，出一点事故可以自己埋单，懒得买保险；还有车主钻新车年审空当（前6年，每2年一次），第一年买保险，第二年不买。

根据国家有关法律法规规定，每辆车必须购买交强险，商业险自愿购买。不购买交强险的车辆不给予车辆年检，对未投保交强险的，公安机关可以予以2倍保费的罚款。

另外，如果交强险未及时续保，即使有商业第三者责任保险，脱保期间出险后，保险公司也会扣除交强险限额 12.2 万元后赔付。一些地方性的交通条例也明确指出，事故后无交强险的一方要承担相当于交强险的赔偿。

2. 全保就是什么都保

全保的搭配主要是车辆损失险、第三者责任险、盗抢险、车上人员责任保险、车身划痕险、玻璃破碎险等险种的组合。可以说这样的组合涵盖了车辆的大多数风险，但不是所有的风险。保险公司的附加险险种很多，车主不可能全部购买。如雨后涉水行驶导致的发动机进水，车辆损失险不予赔付。车辆被他人恶意砸碎，保险一般不予赔付。

另外，汽车保险条款里有很多规定条件和除外责任，违反规定或属于除外责任的，保险公司不予承担。如车辆超载、非法营运、酒后驾驶、肇事逃逸等情况，保险公司不承担赔偿责任。

3. 保费越便宜越好

汽车保费便宜的因素有很多，大多数常有"猫腻"，常见的手段有以下几种：

（1）假保单、套打保单　一些保险代理人通过出具假保单、套打保单来骗取保费，保费自然便宜。套打保单就是指拿了全保的钱却只投保交强险或一部分险种。为了防止这种情况，车主需要在拿到保单后及时拨打保险公司的热线电话，验证保单真伪和投保的险种。

（2）不足额投保　一些代理人通过不足额投保来降低保费，出险后保险公司只能按照投保比例来赔偿。车主拿到保单后要检查保险金额是否与车身价值相符。第三者责任保险是否是选择的金额。

（3）高免赔　提高免赔额也是代理人常用的手段，设置较高的免赔额可以使保费降低，但理赔时自己要承担这部分金额。车主拿到保单后要检查保单的特别约定是否有更改。

（4）返手续费　由于保险竞争激烈，返手续费也是目前保险代理人常用的手法。这从某种程度上来说，对车主是没有坏处的，只是扰乱了保险市场秩序。鉴别这一点主要是从保险发票是否与缴纳的保费金额一致来判断。

（5）新公司抢占市场　一些新的公司刚成立时，为抢占市场，会给予保费较大的优惠。但要注意新公司的理赔服务是否到位。

4. 先出险后投保

一些车主要小聪明，在车辆出险后投保，通过伪造事故证明等骗取保险赔偿。保险公司现在拥有一系列完整的反诈骗手段，可以通过车辆痕迹的新旧对比来判断事故的时间。车主切莫想钻这样的空档，要知道，骗取保险金，金额巨大的，是要追究刑事责任的。

5. 买了保险不核对

有些车主买了保险后，将保险单放到车里，就不管不问了。等到出险后，才发现有问题。车主在拿到保单后，首先要核对一下保单上的信息与自己的车辆是否一致，投保的险种是否是自己选择的，保单上是否有特别约定。看看单据第三联是否采用了白色无碳复写纸印刷并加印褐色防伪底纹，其左上角是否印有"中国保险监督管理委员会监制"字样，右上角是否印有"限在××省（市、自治区）销售"的字样，如果没有，可拒绝签单。另外，为了防止假保单，还可以拨打保险公司的服务电话，验证保单的真伪。

6. 保单不维护

保单的维护主要是指批改，主要有新车上牌或办理车辆过户。车辆的基本信息改变后，要及时到保险公司办理批改手续。一些车主在上牌后或购买二手车后不到保险公司批改，出险后不能得到理赔。车辆过户有两种情况：①真过户，到车辆管理所办理手续，这时需要及时到保险公司办理批改手续，否则商业险不予理赔；②办理买卖关系，但未过户。这会在理赔时遇到麻烦，应该尽快补办手续。如果来不及办理，被保险人应用实际车主的名字。

7. 批改后不拿批单

车主对保单都比较关注，但有时候会忽略了批单的作用。一些新车上牌后或车辆转让后，车主需要到保险公司办理批改手续，一般情况下保险公司会出具批单。批单属于保险合同变更的一部分，它同保单同样重要，需要和保单一起使用。

如果只有保单没有批单，无法举证自己的车辆已经进行批改。出险时保险公司不予赔偿。

8. 投附加险是在花冤枉钱

目前使用的保险条例和以前略有区别，以前只有商业险，而现在是交强险和商业险共存。因此投保时要仔细阅读保监会的通用条款。

如果条例中明确规定车辆出现事故不予赔付，那么车主在投保时可根据附加条款再投保一份附加险，这样出了事故才可获得相应赔偿。

> **特别提醒：**
> 　　一些因自然灾害造成的车辆损失，是否能顺利获得理赔仍有前提条件。例如，车辆在正常行驶时发生自燃可获得赔偿，但因车主操作不当而自燃，则不予赔偿。同样，车辆泡水后造成发动机进水可理赔，但若车主明知发动机进水还起动，造成的损坏就不在理赔之列。

9. 投保不计免赔就能获得全额理赔

在投保机动车保险时，不少被保险人会选择投保不计免赔险，目的是为了将保险公司规定的免赔率或免赔额转嫁给保险公司。实际上投保了不计免赔险，也不一定就可以获得全额理赔。为了防范道德风险，保险公司会对一些特定的事故定出单独的免赔率，而且这些免赔率不属于不计免赔范围。如多次出险、超范围行驶、车辆超载等，一般会加扣免赔率。

10. 买了保险，当然要全赔

有的车主往往认为买了保险，出了事故就得全赔。根据保险条例，并非所有的事故都能得到全额赔偿。

据了解，通常投保人在买保险时，往往只投有风险和强制购买的保险，一旦出现全部责任理赔，保险都要扣除 20% 的不计免赔率，即只赔 80%，其余归投保人承担。

特别提醒：

保险具有不可预知性，要想降低风险，投保可适当考虑购买附加险不计免赔或其他更多险种。

11. 只要发生保险事故，保险公司都要赔

任何保险合同都包含"免责条款"，这些条款约定了保险公司在什么情况下不承担保险责任。比如酒后驾驶、自伤自残、战争、暴乱等，这些约定一方面是为了保证社会公平，另一方面也是保险公司控制重大风险保证正常运营最终保护客户权益的手段。

12. 零部件损坏后一定要换新的

在处理车辆事故中，投保人和保险公司长期存在争议，即受损部件是修还是换。对于事故车通常采取修理，赔付的也只是修理钱。假设投保人坚持要换新部件，那么产生的差价由自己承担，例如修保险杠需要 300 元，换一个要 800 元，则 500 元差价保险公司不负责赔偿。

涉及确实要更换的部件，保险公司往往根据市场平均价格来制定理赔标准，而非 4S 店的价格。

特别提醒：

一旦出现特殊情况和价格上有差异，一定要与保险公司联系。同时，对维修有异议和要求，一定要当时提出来，如果结案后再提出问题，保险公司同样不认账。

13. 存侥幸心理，不按时续保

汽车保险的保险期限普遍为一年。在投保后的一年中如果发生保险事故可以到保险公司索赔；假若没发生保险事故等于花钱保平安，第二年在原保险公司续保时能享受安全无事故的投保优待。

有的人却认为既然"入保没出事，又何必急着续保呢"，因而，保险到期后迟迟不续保。由于不按期续保，在脱保这一段时间内若发生事故，尽管过去一直入保，依照保险条款规定仍然不能赔偿。

有的人投保时只管交钱，从不研究保险条款内容，对理应履行的义务、享受的权益、索赔须知等一无所知，或对《保险法》明文规定的需要向保险公司如实告知的情况也有意隐瞒，必然给日后的索赔带来麻烦，因此不能得到有效的法律保护。

14. 不足额投保

对于汽车保额的确定，明智的选择是足额投保，就是车辆实际价值多少就保多少，一旦出险造成全车损毁可以得到足额赔付。但有的人为省些保费，不惜不足额投保。例如，一辆价值20万元的汽车，保险公司亦将情况说清楚，但自己仍坚持只保10万元保额。如此做法可能省了点保费，但以后万一发生事故造成车辆损毁，肯定得不到足额赔付。

15. 超额投保

与不足额投保相反，有的人自作主张要超额投保，错误地认为多花点钱就可以在车辆出事时"高额索赔"，实际上这是一厢情愿。保险条款规定，在给出险车辆定损时必须严格按照汽车出险时的实际损失确定。如果车辆的实际价值只有5万元，保险公司的最高赔付也不会超过5万元。

16. 重复投保

有人误以为汽车保险如同人寿保险一样多保几份能多得到赔款，这种观点是错误的。财产保险的保险标的是财产，保险金额准确科学，投保财产的价值是多少就是多少，没有随意增减的余地。

四、道路交通事故索赔的误区

1. 违背规定而漫天要价，走入权益要求过分的误区

受害方既要依法据理力争，维护自己的合法权益，又不能漫天要价，走入权益要求过分的误区。尤其不能非法扣车、打人，否则容易衍生出新的责权纠纷，使问题复杂化，增加事故处理的难度。

2. 不明确己方的责任

道路交通事故赔偿，要按照交通警察部门认定的当事人负全部责任、主要责任、同等责任、次要责任或无责任等不同情况，承担相应的损失赔偿，即有过错的一方赔偿，无过错一方不承担赔偿责任；双方有过错的，按事故责任大小分摊。例如，如果驾驶人负事故主要责任，一般应承担80%左右的损害赔偿；非机动车一方负事故次要责任，应承担20%左右的损失责任。

3. 不按直接经济损失计算

交通事故损害的赔偿项目包括：医疗费、误工费、住院伙食补助费、护理费、

残疾者生活补助费、丧葬费、死亡补助费、被扶养人生活费、交通费、住宿费和财产直接损失。因交通事故损坏的车辆、物品等，应当修复，不能修复的折价赔偿。而医疗费、交通费、住宿费等按照实际必需的费用，凭发票支付。

另外，受害方不能以不固定的收入计算损失额，也不要提出预期收入的损失等赔偿要求。

4. 不按统一的标准计算损失赔偿

各省、市、自治区公安厅交通警察总队每年都会公布一次当年境内道路交通事故处理有关费用的执行标准，它是依据省级统计局、民政厅提供的上年度国有单位同行业平均工资、平均生活费支出、丧葬费和居民困难补助等有关数据标准确定的，主要包括4项内容：①国有单位同行业平均年工资额；②城乡居民平均生活费；③丧葬费；④城乡居民困难补助费。凡是在境内发生的道路交通事故，其相关费用一律按该标准执行。

5. 无过错责任等于大家都有责任

无责赔偿是交强险模式跟当前商业三者险的最大差别。如果驾驶人在道路交通事故中无过错，保险费率幅度是不以肇事次数为基准的，将无责列入考察范围是偏离现实的，保险公司不可能那么操作。

6. 理赔限额等于理赔额

如果机动车撞到路边的行人或物，事故中所有受害人的分项核定损失之和在交强险分项赔偿限额之内的，按实际损失计算赔偿；总和超过限额的，则按分项赔偿限额计算赔偿。

如果多辆被保险机动车碰撞非机动车或行人的，各被保险机动车的保险人分别在交强险的责任限额内承担赔偿责任。其中，如果道路交通管理部门未确定各机动车的责任，相关保险公司平均分摊受害人的各分项损失。

7. 故意制造事故也获赔付

投保了交强险，并不意味着在道路交通事故中，受害人受到的任何损失都能得到全部赔偿。根据《机动车道路交通事故责任强制保险条例》规定，如果道路交通事故的损失是由受害人故意造成的，保险公司则不予赔偿。

8. 先修理后报销

有的被保险人在出险后不是立刻向110和保险公司报案，而是先找修理厂，修完车后再找保险公司报销费用。实际上，机动车保险理赔程序一般是：出险后应首先打110报案，并及时通知保险公司查勘事故现场，待保险公司对车辆定损结束后，再对车辆进行修理，提交单证、赔付。被保险人如果不向保险公司报案就开始修理车辆，在理赔时保险公司认为修理费用高出定损的费用，差额部分将由车主自己承担。

9. 委托修理厂理赔

有的被保险人怕麻烦，发生事故后不与保险公司直接联系，而是将理赔委托给较为熟悉的修理厂。的确，这样操作会省去麻烦，但也存在风险。因为有的修理厂会让被保险人走一些"歪门邪道"以达到赔付目的，而这些"歪门邪道"如果被保险公司查实，被保险人不但需要自己承担责任，还会在保险公司留下不良记录，对以后的续保、理赔产生不必要的麻烦。

附　录

附录 A　公安部交通违法代码查询

1 字头机动车通行规定

违法代码	违 法 行 为	适用法律	扣分情况	最低罚款	最高罚款
1001	驾驶拼装的机动车上道路行驶的	《法》第 100 条第 2 款		200	2000
1002	驾驶已达报废标准的机动车上道路行驶的	《法》第 100 条第 2 款		200	2000
1003	造成交通事故后逃逸，构成犯罪的	《法》第 101 条第 2 款			
1004	违反道路交通安全法律、法规的规定，发生重大交通事故，构成犯罪的	《法》第 101 条第 1 款			
1005	未取得驾驶证驾驶机动车的	《法》第 99 条第 1 款第 1 项		200	2000
1006	驾驶证被吊销期间驾驶机动车的	《法》第 99 条第 1 项第 2 种行为		200	2000
1007	把机动车交给未取得机动车驾驶证的人驾驶的	《法》第 99 条第 1 款第 2 项		200	2000
1008	把机动车交给机动车驾驶证被吊销的人驾驶的	《法》第 99 条第 1 款第 2 项		200	2000
1009	把机动车交给机动车驾驶证被暂扣的人驾驶的	《法》第 99 条第 1 款第 2 项		200	2000
1010	驾驶人在驾驶证超过有效期仍驾驶机动车的	《例》第 28 条、《法》第 90 条		200	2000
1011	非法安装警报器的	《法》第 15 条、第 97 条		200	2000

1012	非法安装标志灯具的	《法》第 15 条、第 97 条	200	2000
1013	驾驶证丢失期间仍驾驶机动车的	《例》第 28 条、《法》第 90 条、95 条	20	200
1014	驾驶证损毁期间仍驾驶机动车的	《例》第 28 条、《法》第 90 条	20	200
1015	驾驶证被依法扣留期间仍驾驶机动车的	《例》第 28 条、《法》第 90 条、95 条	20	200
1016	违法记分达到 12 分仍驾驶机动车的	《例》第 28 条、《法》第 90 条	20	200
1017	未按规定投保机动车第三者责任强制保险的	《法》第 98 条第 1 款	360	1100
1018	机动车不在机动车道内行驶的	《法》第 36 条、第 90 条	20	200
1019	机动车违反规定使用专用车道的	《法》第 37 条、第 90 条	20	200
1020	机动车驾驶人不服从交警指挥的	《法》第 38 条、第 90 条	20	200
1021	遇前方停车排队等候或者缓慢行驶时，从前方车辆两侧穿插行驶的	《例》第 53 条第 2 款、《法》第 45 条第 1 款、第 90 条	200	200
1022	遇前方停车排队等候或者缓慢行驶时，从前方车辆两侧超越行驶的	《例》第 53 条第 2 款、《法》第 45 条第 1 款、第 90 条	200	200
1023	遇前方停车排队等候或者缓慢行驶时，未依次交替驶入车道减少后的路口、路段的	《例》第 53 条 3 款、《法》第 45 条第 2 款、第 90 条	200	200
1024	在没有交通信号灯、交通标志、交通标线或者交警指挥的交叉路口遇到停车排队等候或者缓慢行驶时，未依次交替通行的		200	200

1025	遇前方机动车停车排队等候或者缓慢行驶时，在人行横道、网状线区域内停车等候的	《例》第53条第2款、《法》第90条	200	200
1026	行经铁路道口，不按规定通行的	《法》第46条、第90条	100	100
1027	机动车载货长度、宽度、高度超过规定的	《例》第54条第1款、《法》第48条第1款、第90条	100	100
1028	机动车载物行驶时遗洒、飘散载运物的	《法》第48条第1款、第90条	20	200
1029	运载超限物品时不按规定的时间、路线、速度行驶的	《法》第48条第2款、第90条	150	150
1030	运载超限物品时未悬挂明显标志的	《法》第48条第2款、第90条	150	150
1031	运载危险物品未经批准的	《法》第48条第3款、第90条	150	200
1032	运载危险物品时不按规定的时间、路线、速度行驶的	《法》第48条第3款、第90条	200	200
1033	运载危险物品时未悬挂警示标志的	《法》第48条第3款、第90条	200	200
1034	运载危险物品时未采取必要的安全措施的	《法》第48条第3款、第90条	200	200
1035	客运机动车违反规定载货的	《例》第54条第2款、《法》第49条、第90条	20	200
1036	货运机动车违反规定载人的	《例》第55条第2项、《法》第50条、第90条	20	200
1037	未将故障车辆移到不妨碍交通的地方停放的	《法》第52条、第90条	20	200
1038	不避让正在作业的道路养护车、工程作业车的	《法》第54条第1款、第90条	20	200

1039	违反规定停放、临时停车且驾驶人不在现场或驾驶人虽在现场拒绝立即驶离，妨碍其他车辆、行人通行的	《例》第 63 条、《法》第 56 条第 1 款第 93 条第 2 款	20	200
1040	机动车喷涂、粘贴标识或者车身广告影响安全驾驶的	《例》第 13 条第 3 款	20	200
1041	道路养护施工作业车辆、机械作业时未开启示警灯和危险报警闪光灯的	《例》第 35 条第 1 款、《法》第 90 条	20	200
1042	机动车不按规定车道行驶的	《例》第 44 条第 1 款、《法》第 90 条	20	200
1043	变更车道时影响正常行驶的机动车的	《例》第 44 条第 2 款、《法》第 90 条	50	50
1044	在禁止掉头或者禁止左转弯标志、标线的地点掉头的	《例》第 49 条第 1 款、《法》第 90 条	150	150
1045	在容易发生危险的路段掉头的	《例》第 49 条第 1 款、《法》第 90 条	150	150
1046	掉头时妨碍正常行驶的车辆和行人通行的	《例》第 49 条第 2 款、《法》第 90 条	150	150
1047	机动车未按规定鸣喇叭示意的	《例》第 59 条第 2 款、《法》第 90 条	150	150
1048	在禁止鸣喇叭的区域或者路段鸣喇叭的	《例》第 62 条第 8 项、《法》第 90 条	100	100
1049	在机动车驾驶室的前后窗范围内悬挂、放置妨碍驾驶人视线的物品的	《例》第 62 条第 2 项、《法》第 90 条	20	20
1050	机动车行经漫水路或漫水桥时未低速通过的	《例》第 64 条、《法》第 90 条	150	150
1051	机动车载运超限物品行经铁路道口时不按指定的道口、时间通过的	《例》第 65 条第 1 款、《法》第 90 条	20	200
1052	机动车载运超限物品行经铁路道口时不按指定的时间通过的	《例》第 65 条第 1 款、《法》第 90 条	20	200
1053	机动车行经渡口，不服从渡口管理人员指挥，不依次待渡的	《例》第 65 条第 2 款、《法》第 90 条	150	150

1054	上下渡船时，不低速慢行的	《例》第65条第2款、《法》第90条	150	150
1055	特种车辆违反规定使用警报器的	《例》第66条、《法》第53条第2款、第90条	150	150
1056	特种车辆非执行紧急任务时使用标志灯具的	《法》第53条第2款、第90条	150	150
1057	机动车在单位院内居民居住区内不低速行驶的	《例》第67条、《法》第90条	20	200
1058	机动车在单位院内居民居住区内不避让行人的	《例》第67条、《法》第90条	20	200
1059	驾驶摩托车时手离车把的	《例》第62条第6项、《法》第90条	100	100
1060	驾驶摩托车时在车把上悬挂物品的	《例》第62条第6项、《法》第90条	100	100
1061	拖拉机驶入大中城市中心城区内道路的	《法》第55条第1款、第90条	20	200
1062	拖拉机驶入其他禁止通行道路的	《法》第55条第1款、第90条	20	200
1063	拖拉机载人的	《法》第55条第2款、第90条	100	100
1064	拖拉机牵引多辆挂车的	《例》第56条第1款第1项、《法》第90条	20	200
1065	学习驾驶人不按指定路线上道路学习驾驶的	《例》第20条第2款、《法》第90条	20	200
1066	学习驾驶人不按指定时间上道路学习驾驶的	《例》第20条第2款、《法》第90条	20	200
1067	学习驾驶人使用非教练车上道路驾驶的	《例》第20条第2款、《法》第90条	20	200
1068	学习驾驶人未在教练员随车指导下上道路驾驶车辆的	《例》第20条第2款、《法》第90条	20	200

1069	使用教练车时有与教学无关的人员乘坐的	《例》第20条第2款、《法》第90条		20	200
1070	实习期内未按规定粘贴或悬挂实习标志的	《例》第22条第2款、《法》第90条		20	200
1071	上道路行驶的机动车未放置检验合格标志的	《法》第95条第1款、第90条		20	20
1072	驾驶安全设施不全的机动车的	《法》第21条、第90条		20	200
1073	驾驶机件不符合技术标准的机动车的	《法》第21条、第90条		20	200
1074	不按规定倒车的	《例》第50条、《法》第90条		20	200
1075	在车门、车厢没有关好时行车的	《例》第62条第1项、《法》第90条		1000	2000
1076	机动车在没有划分机动车道、非机动车道和人行道的道路上，不在道路中间通行的	《法》第36条第2种行为、《法》第90条		20	200
1077	驾驶机动车下陡坡时熄火、空挡滑行的	《例》第62条第4项、《法》第90条		20	200
1078	机动车违反交通管制规定强行通行，不听劝阻的	《法》第99条第6项		200	2000
1081	除客运、危险物品运输车辆外，连续驾驶超过4小时未停车休息或停车休息时间少于20分钟的	《例》第62条第7项、《法》第90条		20	200
1082	使用他人机动车驾驶证驾驶机动车的	《法》第19条第1款、第90条、《例》第28条		20	200
1101	驾驶人未按规定使用安全带的	《法》第51条、第90条	1	20	200

1102	不按规定使用灯光的	《法》第 90 条、《例》第 47 条第 48 条第 5 项第 51 条第 3 项第 57 条第 58 条第 59 条第 1 款第 61 条 1 款 5 项	1	20	200
1103	不按规定会车的	《例》第 48 条、《法》第 90 条	1	200	200
1104	不按规定倒车的	《例》第 50 条、《法》第 90 条	1	150	150
1105	摩托车后座乘坐未满十二周岁未成年人的	《例》第 55 条第 3 项、《法》第 90 条	1	100	100
1106	驾驶轻便摩托车载人的	《例》第 55 条第 3 项、《法》第 90 条	1	100	100
1107	在车门、车厢没有关好时行车的	《例》第 62 条第 1 项、《法》第 90 条	1	150	150
1108	上道路行驶的机动车未放置保险标志的	《法》第 95 条第 1 款、第 90 条	1	20	20
1109	未随车携带行驶证的	《法》第 95 条第 1 款、第 90 条	1	20	20
1110	未随车携带驾驶证的	《法》第 95 条第 1 款、第 90 条	1	20	20
1111	机动车载货长度、宽度、高度超过规定的	《法》第 48 条第 1 款第 1 种、第 90 条、《例》第 54 条第 1 款	1	1000	2000
1112	机动车载物行驶时遗洒、飘散载运物的	《法》第 48 条第 1 款第 2 种行为、第 90 条、《例》第 62 条第 5 项第 1 种行为	1	20	200
1113	运载超限物品时不按规定的时间、路线、速度行驶的	《法》第 48 条第 2 款第 1 种行为、第 90 条	1	20	200

1114	运载超限物品时未悬挂明显标志的	《法》第 48 条第 2 款第 2 种行为、第 90 条	1	20	200
1201	机动车载物超过核定载质量未达 30% 的	《法》第 48 条第 1 款、第 92 条第 2 款	2	200	500
1202	公路客运车辆载客超过核定载客人数未达 20% 的	《例》第 55 条第 1 项、《法》第 92 条第 1 款	2	200	500
1203	机动车在没有划分机动车道、非机动车道和人行道的道路上，不在道路中间通行的	《法》第 36 条、第 90 条	2	20	200
1204	行经人行横道，未减速行驶的	《法》第 47 条第 1 款、第 90 条	2	150	150
1205	遇行人正在通过人行横道时未停车让行的	《法》第 47 条第 1 款、第 90 条	2	150	150
1206	行经没有交通信号的道路时，遇行人横过道路未避让的	《法》第 47 条第 2 款、第 90 条	2	150	150
1207	驾驶摩托车时驾驶人未按规定戴安全头盔的	《法》第 51 条、第 90 条	2	20	20
1208	机动车通过有灯控路口时，不按所需行进方向驶入导向车道的	《例》第 51 条第 1 项、《法》第 90 条	2	20	200
1209	左转弯时，未靠路口中心点左侧转弯的	《例》第 51 条第 3 项、《法》第 90 条	2	20	200
1210	通过有灯控路口遇放行信号不依次通过的	《例》第 51 条第 4 项、《法》第 90 条	2	20	200
1211	通过有灯控路口遇停止信号时，停在停止线以内或路口内的	《例》第 51 条第 5 项、《法》第 90 条	2	20	200
1212	通过路口向右转弯遇同车道前车正在等候放行信号时，不依次停车等候的	《例》第 51 条第 6 项、《法》第 90 条	2	20	200
1213	牵引故障机动车时，被牵引的机动车除驾驶人外载人的	《例》第 61 条第 1 款第 1 项、《法》第 90 条	2	200	200

1214	牵引故障机动车时，被牵引的机动车拖带挂车的	《例》第 61 条第 1 款第 1 项、《法》第 90 条	2	150	150
1215	牵引故障机动车时，被牵引的机动车宽度大于牵引机动车的	《例》第 61 条第 1 款第 2 项、《法》第 90 条	2	150	150
1216	使用软连接装置牵引故障机动车时，牵引车与被牵引车之间未保持安全距离的	《例》第 61 条第 1 款第 3 项、《法》第 90 条	2	150	150
1217	牵引制动失效的被牵引车，未使用硬连接牵引装置的	《例》第 61 条第 1 款第 4 项、《法》第 90 条	2	150	150
1218	使用汽车吊车牵引车辆的	《例》第 61 条第 2 款、《法》第 90 条	2	150	150
1219	使用轮式专用机械牵引车辆的	《例》第 61 条第 2 款、《法》第 90 条	2	150	150
1220	使用摩托车牵引车辆的	《例》第 61 条第 2 款、《法》第 90 条	2	150	150
1221	牵引摩托车的	《例》第 61 条第 2 款、《法》第 90 条	2	150	150
1222	未使用专用清障车拖曳转向或照明、信号装置失效的机动车的	《例》第 61 条第 3 款、《法》第 90 条	2	150	150
1223	驾驶时拨打接听手持电话的	《例》第 62 条第 3 项、《法》第 90 条	2	50	50
1224	驾驶时观看电视的	《例》第 62 条第 3 项、《法》第 90 条	2	50	50
1225	驾驶时有其他妨碍安全驾驶的行为的	《例》第 62 条第 3 项、《法》第 90 条	2	50	50
1226	连续驾驶机动车超过 4 小时未停车休息或停车休息时间少于 20 分钟的	《例》第 62 条第 7 项、《法》第 90 条	2	200	200
1227	在同车道行驶中，不按规定与前车保持必要的安全距离的	《法》第 43 条、第 90 条	2	100	100
1228	路口遇有交通阻塞时未依次等候的	《例》第 53 条第 1 款、《法》第 90 条	2	200	200

1229	机动车违反禁令标志指示的	《法》第 38 条、第 90 条	2	20	200
1230	机动车违反禁止标线指示的	《法》第 38 条、第 90 条	2	20	200
1231	机动车违反警告标志指示的	《法》第 38 条、第 90 条	2	20	200
1232	机动车违反警告标线指示的	《法》第 38 条、第 90 条	2	20	200
1233	实习期内驾驶公共汽车的	《例》第 22 条第 3 款、《法》第 90 条	2	20	200
1234	实习期内驾驶营运客车的	《例》第 22 条第 3 款、《法》第 90 条	2	20	200
1235	实习期内驾驶执行任务的特种车辆的	《例》第 22 条第 3 款、《法》第 90 条	2	20	200
1236	实习期内驾驶载有危险物品的机动车的	《例》第 22 条第 3 款、《法》第 90 条	2	20	200
1237	实习期内驾驶的机动车牵引挂车的	《例》第 22 条第 3 款、《法》第 90 条	2	20	200
1238	机动车载人超过核定人数的	《法》第 49 条、第 90 条	2	20	200
1239	运输剧毒化学品机动车超过核定载质量未达 30% 的	《法》第 48 条第 1 款第 1 项、《法》第 92 条第 2 款第 1 种行为、《法》第 90 条	2	200	500
1240	驾驶人未按规定使用安全带的	《法》第 51 条第 1 种行为、第 90 条	2	20	200
1241	驾驶公路客运车辆以外的载客汽车载人超过核定人数未达 20%	《法》第 49 条第 1 种行为、《法》第 90 条	2	20	200
1242	公路客运车辆以外的载客汽车违反规定载货的	《法》第 49 条第 2 种行为、《法》第 90 条	2	20	200

1301	机动车逆向行驶的	《法》第 35 条、第 90 条	3	150	150
1302	机动车不按交通信号灯规定通行的	《法》第 38 条、第 90 条、《例》第 38、40、41、42、43 条	3	20	200
1303	机动车行驶超过规定时速 50%以下的	《例》第 45 条、第 46 条、《法》第 42 条第 1 款、第 90 条	3	20	200
1304	从前车右侧超车的	《例》第 47 条、《法》第 90 条	3	200	200
1305	前车左转弯时超车的	《法》第 43 条第 1 项、第 90 条	3	200	200
1306	前车掉头时超车的	《法》第 43 条第 1 项、第 90 条	3	200	200
1307	前车超车时超车的	《法》第 43 条第 1 项、第 90 条	3	200	200
1308	与对面来车有会车可能时超车的	《法》第 43 条第 2 项、第 90 条	3	200	200
1309	超越执行紧急任务的特种车辆的	《法》第 43 条第 3 项、第 90 条	3	200	200
1310	在铁路道口、路口、窄桥、弯道、陡坡、隧道、人行横道、市区交通流量大的路段等地点超车的	《法》第 43 条第 4 项、第 90 条	3	200	200
1311	车辆在道路上发生故障或事故后，妨碍交通又难以移动的，不按规定设置警告标志或未按规定使用警示灯光的	《例》第 60 条、《法》第 52 条、第 90 条	3	20	200
1312	准备进入环形路口不让已在路口内的机动车先行的	《例》第 51 条第 2 项、《法》第 90 条	3	20	200

1313	转弯的机动车未让直行的车辆、行人先行的	《例》第51条第7项、第52条第3项、《法》第90条	3	20	200
1314	相对方向行驶的右转弯机动车不让左转弯车辆先行的	《例》第51条第7项、第52条第4项、《法》第90条	3	20	200
1315	机动车通过无灯控也无交警指挥的路口，不按交通标志、标线指示让优先通行的一方先行的	《例》第52条第1项、《法》第90条	3	20	200
1316	机动车通过无灯控、交警指挥、交通标志标线控制的路口，不让右方道路的来车先行的	《例》第52条第2项、《法》第90条	3	20	200
1317	载货汽车牵引多辆挂车的	《例》第56条第1款第1项、《法》第90条	3	20	200
1318	半挂牵引车牵引多辆挂车的	《例》第56条第1款第1项、《法》第90条	3	20	200
1319	挂车的灯光信号、制动、连接、安全防护等装置不符合国家标准的	《例》第56条第1款第1项、《法》第90条	3	20	200
1320	小型载客汽车牵引旅居挂车以外的且总质量700千克以上挂车的	《例》第56条第1款第2项、《法》第90条	3	20	200
1321	挂车载人的	《例》第56条第1款第2项、《法》第90条	3	200	200
1322	载货汽车所牵引挂车的载质量超过汽车本身的载质量的	《例》第56条第1款第3项、《法》第90条	3	20	200
1323	大型载客汽车牵引挂车的	《例》第56条第2款、《法》第90条	3	20	200
1324	中型载客汽车牵引挂车的	《例》第56条第2款、《法》第90条	3	20	200

1325	低速载货汽车牵引挂车的	《例》第 56 条第 2 款、《法》第 90 条	3	20	200
1326	三轮汽车牵引挂车的	《例》第 56 条第 2 款、《法》第 90 条	3	20	200
1327	机动车在发生故障或事故后，不按规定使用灯光的	《例》第 60 条、《法》第 90 条	3	20	200
1328	驾驶机动车下陡坡时熄火、空挡滑行的	《例》第 62 条第 4 项、《法》第 90 条	3	100	100
1329	故意遮挡机动车号牌的	《法》第 11 条第 2 款、第 95 条第 2 款、第 90 条	3	200	200
1330	故意污损机动车号牌的	《法》第 11 条第 2 款、第 95 条第 2 款、第 90 条	3	200	200
1331	不按规定安装机动车号牌的	《例》第 13 条第 1 款、《法》第 95 条 第 2 款、第 90 条	3	200	200
1332	上道路行驶的机动车未悬挂机动车号牌的	《法》第 11 条第 1 款、第 95 条第 1 款、第 90 条	3	200	200
1333	不避让执行紧急任务的特种车辆的	《法》第 53 条第 1 款、第 90 条	3	200	200
1334	机动车不避让盲人的	《法》第 64 条第 2 款、第 90 条	3	50	50
1339	运输剧毒化学品机动车超过规定时速 50% 以下的	《法》42 条 1 款《法》90 条《例》45 条 46 条-《剧毒化学品购买和公路运输许可证件管理办法》18 条 2 款	3	20	200
1340	上道路行驶的机动车未按规定定期进行安全技术检验的	《法》第 13 条、《例》第 16 条、《法》第 90 条	3	20	200

1341	驾驶公路客运车辆以外的载客汽车载人超过核定人数20%以上的	《法》第49条第1种行为、《法》第90条	3	20	200
1601	公路客运车辆载客超过额定乘员20%的	《法》第92条第1款	6	500	2000
1602	机动车载物超过核定载质量30%的	《法》第92条第2款	6	500	2000
1603	机动车行驶超过规定时速50%的	《法》第99条第1款第4项	6	200	2000
1604	饮酒后驾驶机动车的	《法》第91条第1款	6	300	300
1605	饮酒后驾驶营运机动车的	《法》第91条第2款	6	500	500
1606	公路客运车辆违反规定载货的	《例》第54条第2款、《法》第92条第1款	6	500	2000
1607	货运机动车违反规定载客的	《例》第55条第2项、《法》第50条第1款、第92条第2款	6	500	2000
1608	运输剧毒化学品机动车超过核定载质量30%的	《法》第92条第2款第2种行为	6	500	2000
1609	运输剧毒化学品机动车超过核定规定50%以上的	《法》第99条第1款第4项、《剧毒化学品购买和公路运输许可证件管理办法》第18条第2款	6	200	2000
1610	在驾驶证暂扣期间仍驾驶机动车的	《法》第99条第1款第3种行为、《例》第28条第5种行为	6	200	2000
1611	连续驾驶公路客运车辆超过4小时未停车休息或者停车休息时间少于20分钟的	《例》第62条第7项、《法》第90条	6	20	200

1612	连续驾驶危险物品运输车辆超过4小时未停车休息或者停车休息时间少于20分钟的	《例》第62条第7项、《法》第90条	6	20	200
1613	上道路行驶的机动车未悬挂机动车号牌的	《法》第11条第2款、《法》第95条第1款第1种行为、第90条	6	20	200
1614	故意遮挡机动车号牌的	《法》第11条第2款、《法》第95条第2款第1种行为、第90条	6	20	200
1615	故意污损机动车号牌的	《法》第11条第2款、《法》第95条第2款第2种行为、第90条	6	20	200
1616	不按规定安装机动车号牌的	《法》第11条第2款、《法》第95条第2款第3种行为、第90条	6	20	200
1617	运载危险物品时不按规定的时间、路线、速度行驶的	《法》第48条第3款第2种行为、第90条	6	20	200
1618	运载危险物品时未悬挂警示标志的	《法》第48条第3款第3种行为、第90条	6	20	200
1619	运载危险物品时未采取必要的安全措施的	《法》第48条第3款第4种行为、第90条	6	20	200
1621	公路客运车辆载客超过核定载客人数未达20%的	《法》第49条第1种行为、《法》第92条第1款第1种行为	6	200	500

1701	使用他人机动车驾驶证驾驶机动车的	《法》第 19 条第 1 款、《例》第 28 条、第 90 条	12	20	200
1702	醉酒后驾驶机动车的	《法》第 91 条第 1 款	12	1000	1000
1703	醉酒后驾驶营运机动车的	《法》第 91 条第 2 款	12	2000	2000
1704	在驾驶证被暂扣期间仍驾驶机动车的	《例》第 28 条、《法》第 99 条第 1 款第 1 项	12	200	2000
1705	造成交通事故后逃逸，尚不构成犯罪的	《法》第 99 条第 1 款第 3 项	12	200	2000
1706	机动车违反交通管制规定强行通行，不听劝阻的	《法》第 99 条第 1 款第 6 项	12	200	2000
1707	逾期 3 个月未缴纳罚款的	《法》第 108 条第 1 款	0		
1708	连续两次逾期未缴纳罚款的	《法》第 108 条第 1 款	0		
1709	驾驶与驾驶证载明的准驾车型不相符合的车辆的	《法》第 19 条第 4 款、第 90 条	12	200	2000
1710	公路客运车辆载客超过额定乘员 20%的	《法》第 49 条第 1 种行为、《法》第 92 条第 1 款第 2 种行为	12	500	2000
1711	饮酒后驾驶营运机动车的	《法》第 22 条第 2 款、《法》第 91 条第 2 款第 1 种行为	12	500	500

2 字头 非机动车

| 2001 | 非机动车造成交通事故后逃逸，尚不构成犯罪的 | 《法》第 99 条第 1 款第 3 项 | | 200 | 2000 |
| 2002 | 非机动车违反交通管制的规定强行通行，不听劝阻的 | 《法》第 99 条第 1 款第 6 项 | | 200 | 2000 |

2003	非机动车未依法登记，上道路行驶的	《浙江省非机动车管理办法》第30条第3项、第31条第4项、《法》第18条第1款、第89条	5	50
2004	非机动车逆向行驶的	《法》第35条、第89条	30	30
2005	在没有非机动车道的道路上，非机动车不靠车行道右侧行驶的	《法》第57条、第89条	30	30
2006	非机动车违反规定使用其他车辆专用车道的	《法》第37条、第89条	30	30
2007	非机动车不按照交通信号规定通行的	《法》第38条、第89条	30	30
2008	非机动车驾驶人不服从交警指挥的	《法》第38条、第89条	5	30
2009	非机动车未在非机动车道内行驶的	《法》第57条、第89条	5	30
2010	醉酒驾驶、驾驭非机动车、畜力车的	《例》第72条第3项、第73条第1项、《法》第89条	50	50
2011	驾驶残疾人机动轮椅车超速行驶的	《法》第58条、第89条	20	20
2012	驾驶电动自行车超速行驶的	《法》第58条、第89条	20	20
2013	非机动车不按规定载物的	《例》第71条第1款、《法》第89条	20	20
2014	非机动车不在规定地点停放的	《法》第59条、第89条	10	10
2015	非机动车停放时妨碍其他车辆和行人通行的	《法》第59条、第89条	10	10
2016	非机动车通过路口，转弯的非机动车不让直行的车辆、行人优先通行的	《例》第68条第1项、《法》第89条	5	40

2017	非机动车通过路口，遇有前方路口交通阻塞时，强行进入的	《例》第68条第2项、《法》第89条	5	40
2018	非机动车通过路口，向左转弯时，不靠路口中心点右侧转弯的	《例》第68条第3项、《法》第89条	5	40
2019	非机动车遇停止信号时，停在路口停止线以内或路口内的	《例》第68条第4项、《法》第89条	5	40
2020	非机动车向右转弯遇同车道内有车等候放行信号不能转弯时，不依次等候的	《例》第68条第5项、《法》第89条	5	40
2021	行经无灯控或交警指挥的路口，不让标志、标线指示优先通行的一方先行的	《例》第69条第1项、《法》第89条	5	40
2022	行经无灯控、交警指挥或标志、标线控制的路口，不让右方道路的来车先行的	《例》第69条第2项、《法》第89条	5	40
2023	行经无灯控或交警指挥的路口，相对方向行驶的右转弯的非机动车不让左转弯的车辆先行的	《例》第69条第3项、《法》第89条	5	40
2024	驾驶自行车、电动自行车、三轮车在路段上横过机动车道时未下车推行的	《例》第70条第1款、《法》第89条	30	30
2025	有人行横道时，非机动车不从人行横道横过机动车道的	《例》第70条第1款、《法》第89条	5	30
2026	有行人过街设施时，非机动车未从行人过街设施横过机动车道的	《例》第70条第1款、《法》第89条	5	30
2027	非机动车借道行驶后不迅速驶回非机动车道的	《例》第70条第2款、《法》第89条	5	30
2028	非机动车转弯时未减速慢行，伸手示意，突然猛拐的	《例》第72条第4项、《法》第89条	20	20
2029	非机动车超车时妨碍被超越的车辆行驶的	《例》第72条第4项、《法》第89条	20	20
2030	驾驶非机动车牵引车辆的	《例》第72条第5项、《法》第89条	50	50

2031	驾驶非机动车攀扶车辆的	《例》第 72 条第 5 项、《法》第 89 条	50	50
2032	驾驶非机动车被其他车辆牵引的	《例》第 72 条第 5 项、《法》第 89 条	50	50
2033	驾驶非机动车时双手离把的	《例》第 72 条第 5 项、《法》第 89 条	10	10
2034	驾驶非机动车时手中持物的	《例》第 72 条第 5 项、《法》第 89 条	10	10
2035	驾驶非机动车时扶身并行的	《例》第 72 条第 6 项、《法》第 89 条	3	30
2036	驾驶非机动车时互相追逐的	《例》第 72 条第 6 项、《法》第 89 条	30	30
2037	驾驶非机动车时曲折竞驶的	《例》第 72 条第 6 项、《法》第 89 条	30	30
2038	在道路上骑独轮自行车的	《例》第 72 条第 7 项、《法》第 89 条	30	30
2039	在道路上骑 2 人以上骑行的自行车的	《例》第 72 条第 7 项、《法》第 89 条	30	30
2040	非下肢残疾的人驾驶残疾人机动轮椅车的	《例》第 72 条第 8 项、《法》第 89 条	50	50
2041	自行车加装动力装置的	《例》第 72 条第 9 项、《法》第 89 条	50	50
2042	三轮车加装动力装置的	《例》第 72 条第 9 项、《法》第 89 条	50	50
2043	在道路上学习驾驶非机动车的	《例》第 72 条第 10 项、《法》第 89 条	10	10
2044	非机动车不避让盲人的	《法》第 64 条第 2 款、第 89 条	20	20
2045	驾驭畜力车横过道路时，驾驭人未下车牵引牲畜的	《法》第 60 条、第 89 条	5	30
2046	驾驭畜力车并行的	《例》第 73 条第 2 项、《法》第 89 条	20	20

2047	驾驭畜力车时驾驭人离开车辆的	《例》第73条第2项、《法》第89条	20	20
2048	驾驭畜力车时在容易发生危险的路段超车的	《例》第73条第3项、《法》第89条	20	20
2049	驾驭两轮畜力车未下车牵引牲畜的	《例》第73条第3项、《法》第89条	20	20
2050	使用未经驯服的牲畜驾车的	《例》第73条第4项、《法》第89条	20	20
2051	驾驭畜力车时随车幼畜未栓系的	《例》第73条第4项、《法》第89条	20	20
2052	停放畜力车时未拉紧车闸的	《例》第73条第5项、《法》第89条	20	20
2053	停放畜力车时未栓系牲畜的	《例》第73条第5项、《法》第89条	20	20
2054	未满12周岁驾驶自行车、三轮车的	《例》第72条第1项、《法》第89条		
2055	未满16周岁驾驶、驾驭电动自行车、残疾人机动轮椅车、畜力车的	《例》第72条第2项、第73条、《法》第89条		

3 字头行人、乘车人

3001	行人违反交通信号通行的	《法》第38条、第89条	10	10
3002	行人不服从交警指挥的	《法》第38条、第89条	5	25
3003	行人不在人行道内行走的	《法》第61条、第89条	5	25
3004	行人在没有人行道的道路上，不靠路边行走的	《法》第61条、第89条	5	25
3005	行人横过道路未走人行横道或过街设施的	《例》第75条、《法》第62条、第89条	10	10
3006	行人跨越道路隔离设施的	《法》第63条、第89条	20	20

3007	行人倚坐道路隔离设施的	《法》第 63 条、第 89 条	20	20
3008	行人扒车的	《法》第 63 条、第 89 条	40	40
3009	行人强行拦车的	《法》第 63 条、第 89 条	40	40
3010	行人实施其他妨碍交通安全的行为的	《法》第 63 条、第 89 条	30	50
3011	学龄前儿童以及不能辨认或不能控制自己行为的精神疾病患者-智力障碍者在道路上通行时，没有其监护人或对其负有管理职责的人带领的	《法》64 条第 1 款、第 89 条		
3012	盲人在道路上通行，未使用导盲手段的	《法》第 64 条第 2 款、第 89 条	5	25
3013	行人未按规定通过铁路道口的	《法》第 65 条、第 89 条	10	10
3014	在道路上使用滑行工具的	《例》第 74 条第 1 项、《法》第 89 条	20	20
3015	行人在车行道内坐卧、停留、嬉闹的	《例》第 74 条第 2 项、《法》第 89 条	20	20
3016	行人有追车、抛物击车等妨碍道路交通安全的行为的	《例》第 74 条第 3 项、《法》第 89 条	40	40
3017	行人不按规定横过机动车道的	《例》第 75 条、《法》第 89 条	5	25
3018	行人列队在道路上通行时每横列超过 2 人的	《例》第 76 条、《法》第 89 条	5	25
3019	机动车行驶时，乘坐人员未按规定使用安全带的	《法》第 51 条、第 89 条	10	10
3020	机动车行驶时，乘坐摩托车不戴安全头盔的	《法》第 51 条、第 89 条	20	20
3021	乘车人携带易燃、易爆等危险物品的	《法》第 66 条、第 89 条	50	50
3022	乘车人向车外抛洒物品的	《法》第 66 条、第 89 条	20	20

3023	乘车人有影响驾驶人安全驾驶的行为的	《法》第 66 条、第 89 条	20	20
3024	在机动车道上拦乘机动车的	《例》第 77 条第 1 项、《法》第 89 条	20	20
3025	在机动车道上从机动车左侧上下车的	《例》第 77 条第 2 项、《法》第 89 条	20	20
3026	开关车门妨碍其他车辆和行人通行的	《例》第 77 条第 3 项、《法》第 89 条	20	20
3027	机动车行驶中乘坐人员干扰驾驶的	《例》第 77 条第 4 项、《法》第 89 条	20	20
3028	机动车行驶中乘坐人员将身体任何部分伸出车外的	《例》第 77 条第 4 项、《法》第 89 条	10	10
3029	乘车人在机动车行驶中跳车的	《例》第 77 条第 4 项、《法》第 89 条	30	30
3030	乘坐两轮摩托车未正向骑坐的	《例》第 77 条第 5 项、《法》第 89 条	20	20

4 字头高速通行规定

4001	行人进入高速公路的	《法》第 67 条、第 89 条	40	40
4002	拖拉机驶入高速公路的	《法》第 55 条第 1 款、第 90 条	200	200
4003	非机动车进入高速公路的	《法》第 67 条、第 89 条	50	50
4004	在高速公路上车辆发生故障或事故后，车上人员未迅速转移到右侧路肩上或者应急车道内的	《法》第 68 条第 1 款第 3 种行为、第 89 条	20	20
4005	机动车从匝道进入或驶离高速公路时不按规定使用灯光的	《例》第 79 条、《法》第 90 条	20	200
4006	机动车从匝道进入高速公路时妨碍已在高速公路内的机动车正常行驶的	《例》第 79 条第 1 款第 2 种行为、《法》第 90 条	20	200
4007	在高速公路的路肩上行驶的	《例》第 82 条第 3 项第 2 种行为、《法》第 90 条	200	200

4008	非紧急情况下在高速公路应急车道上行驶的	《例》第 82 条第 4 项第 1 种行为、《法》第 90 条		200	200
4009	机动车在高速公路上通过施工作业路段，不减速行驶的	《例》第 84 条、《法》第 90 条		100	100
4010	在高速公路上骑、轧车行道分界线的	《例》第 82 条第 3 项第 1 种行为、《法》第 90 条		20	200
4011	在高速公路上试车或学习驾驶机动车的	《条例》第 82 条第 5 项、《法》第 90 条	0	200	2000
4201	在高速公路匝道上超车的	《例》第 82 条第 2 项第 1 种行为、《法》第 90 条	2	200	200
4202	在高速公路加速车道上超车的	《例》第 82 条第 2 项第 2 种行为、《法》第 90 条	2	200	200
4203	在高速公路减速车道上超车的	《例》第 82 条第 2 项第 3 种行为、《法》第 90 条	2	200	200
4301	驾驶设计最高时速低于 70 公里的机动车进入高速公路的	《法》第 67 条第 4 种行为、《法》第 90 条	3	200	200
4302	机动车在高速公路上发生故障或交通事故后，驾驶人不按规定使用危险报警闪光灯的	《法》第 68 条第 1 款第 1 种行为、《法》第 90 条	3	200	200
4303	高速公路上车辆发生故障或交通事故后，不按规定设置警告标志的	《法》第 68 条第 1 款第 2 种行为、《法》第 90 条	3	200	200
4304	在高速公路上违反规定拖曳故障车、肇事车的	《法》第 68 条第 2 款、《法》第 90 条	3	20	200
4305	在高速公路上超速不足 50% 的	《例》第 78 条、《法》第 90 条	3	20	200

4306	在高速公路上正常情况下以低于规定最低时速行驶的	《例》第78条第1款第2种行为、《法》第90条	3	100	100
4307	低能见度气象条件下在高速公路上不按规定行驶的	《例》第81条、《法》第90条	3	200	200
4308	在高速公路上骑、轧车行道分界线的	《例》第82条第3项第1种行为、《法》第90条	3	200	200
4309	在高速公路上行驶的载货汽车车厢载人的	《例》第83条第1种行为、《法》第90条	3	20	200
4310	在高速公路上行驶的两轮摩托车载人的	《例》第83条第2种行为、《法》第90条	3	20	200
4601	在高速公路上倒车的	《例》第82条第1项第1种行为、《法》第90条	6	200	200
4602	在高速公路上逆行的	《例》第82条第1项第2种行为、《法》第90条	6	200	200
4603	在高速公路上穿越中央分隔带掉头的	《例》第82条第1项第3种行为、《法》第90条	6	200	200
4604	在高速公路上的车道内停车的	《例》第82条第1项第4种行为、《法》第90条	6	200	200
4605	非紧急情况下在高速公路应急车道上停车的	《例》第82条第4项第2种行为、《法》第90条	6	200	200
4606	在高速公路上试车或学习驾驶机动车的	《例》第82条第5项、《法》第90条	6	200	200

5 字头其他规定

5001	伪造、变造机动车登记证书的	《法》第16条第3项、第96条第1款		1800	2000

5002	伪造、变造机动车号牌的	《法》第16条第3项、第96条第1款	1800	2000
5003	伪造、变造机动车行驶证的	《法》第16条第3项、第96条第1款	1800	2000
5004	伪造、变造机动车检验合格标志的	《法》第16条第3项、第96条第1款	1800	2000
5005	伪造、变造机动车保险标志的	《法》第16条第3项、第96条第1款	1000	2000
5006	伪造、变造机动车驾驶证的	《法》第96条第1款	1800	2000
5007	使用伪造、变造的机动车登记证书的	《法》第16条第3项、第96条第1款	800	1200
5008	使用伪造、变造的机动车号牌的	《法》第16条第3项、第96条第1款	800	1200
5009	使用伪造、变造的机动车行驶证的	《法》第16条第3项、第96条第1款	800	1200
5010	使用伪造、变造的机动车检验合格标志的	《法》第16条第3项、第96条第1款	800	1200
5011	使用伪造、变造的机动车保险标志的	《法》第16条第3项、第96条第1款	800	1200
5012	使用伪造、变造的机动车驾驶证的	《法》第96条第1款	800	1200
5013	使用其他车辆的机动车登记证书的	《法》第16条第4项、第96条第1款	800	1200

5014	使用其他车辆的机动车号牌的	《法》第16条第4项、第96条第1款	800	1200
5015	使用其他车辆的机动车行驶证的	《法》第16条第4项、第96条第1款	800	1200
5016	使用其他车辆的机动车检验合格标志的	《法》第16条第4项、第96条第1款	800	1200
5017	使用其他车辆的机动车保险标志的	《法》第16条第4项、第96条第1款	800	1200
5018	强迫机动车驾驶人违反道路交通安全法律、法规和机动车安全驾驶要求驾驶机动车，造成交通事故但尚不构成犯罪的	《法》第99条第1款第5项	1800	2000
5019	故意损毁交通设施，造成危害后果，尚不构成犯罪的	《法》第99条第1款第7项	1800	2000
5020	故意移动交通设施，造成危害后果，尚不构成犯罪的	《法》第99条第1款第7项	1800	2000
5021	故意涂改交通设施，造成危害后果，尚不构成犯罪的	《法》第99条第1款第7项	1800	2000
5022	非法拦截机动车辆，不听劝阻，造成交通严重阻塞或者较大财产损失的	《法》第99条第1款第8项	1800	2000
5023	非法扣留机动车辆，不听劝阻，造成交通严重阻塞或者较大财产损失的	《法》第99条第1款第8项	1800	2000
5024	在道路两侧及隔离带上种植树木、其他植物或设置广告牌、管线等，遮挡路灯、交通信号灯、交通标志，妨碍安全视距拒不排除障碍的	《法》第106条	300	2000

5025	在道路两侧及隔离带上种植树木、其他植物或设置广告牌、管线等，遮挡路灯、交通信号灯、交通标志，妨碍安全视距的	《法》第 106 条		
5026	擅自挖掘道路影响交通安全的	《法》第 104 条第 1 款		
5027	擅自占用道路施工影响交通安全的	《法》第 104 条第 1 款		
5028	从事其他影响交通安全活动的	《法》第 104 条第 1 款		
5029	出售已达到报废标准的机动车的	《法》第 100 条第 3 款		
5030	其他机动车喷涂特种车特定标志图案的	《法》第 15 条第 1 款		
5031	生产拼装机动车的	《法》第 16 条第 1 项第 1 种行为、第 103 条第 4 款第 1 种行为		
5032	生产擅自改装的机动车的	《法》第 16 条第 1 项第 2 种行为、第 103 条第 4 款第 3 种行为		
5033	销售拼装机动车的	《法》第 103 条第 4 款第 2 种行为		
5034	销售擅自改装的机动车的	《法》第 103 条第 4 款第 4 种行为		
5035	服用国家管制的精神药品或麻醉药品仍继续驾驶的	《法》第 22 条第 2 款、第 90 条	150	200
5036	患有妨碍安全驾驶机动车的疾病仍继续驾驶的	《法》第 22 条第 2 款、第 90 条	20	200
5037	过度疲劳影响安全驾驶仍继续驾驶的	《法》第 22 条第 2 款、第 90 条	50	150
5038	未按规定喷涂放大的牌号的	《例》第 13 条第 1 款		

5039	对符合暂扣和吊销机动车驾驶证情形，机动车驾驶证被扣留后驾驶人无正当理由逾期未接受处理的	《法》第110条			
5040	以欺骗、贿赂手段取得机动车登记的	《例》第103条			
5041	以欺骗、贿赂手段取得驾驶许可的	《例》第103条			
5042	12个月内累积记分达到12分拒不参加学习也不接受考试的	《例》第25条			
5043	车辆被扣留后，逾期不来接受处理，经公告三个月后仍不来接受处理的	《法》第112条第3款、《例》第107条			
5044	机动车安全技术检验机构出具虚假检验结果的	《法》第94条第2款			
5045	擅自停止使用停车场或改作他用的	《法》第33条第1款			
5046	运输单位的同一车辆有《法》第92条情形，经处罚后一年内又违反的	《法》第92条第4款		2000	5000
5047	改变机动车型号、发动机号、车架号或者车辆识别代号的	《法》第16条第2项			
5048	未经许可，占用道路从事非交通活动的	《法》第31条			
5049	1年内醉酒后驾驶机动车被处罚两次以上的	《法》第91条第3款			
5601	使用伪造、变造的机动车号牌的	《法》第16条第3项、《法》第96条第1款第8种行为	6	200	2000
5602	使用其他车辆的机动车号牌的	《法》第16条第4项、《法》第96条第1款第1种行为	6	200	2000

备注：上表中《法》表示《中华人民共和国道路交通安全法》，《例》表示《中华人民共和国道路交通安全法实施条例》

附录 B　道路交通违法行为记分分值

序号	一次记分值	违 法 行 为
1	一次记12 分	驾驶与准驾车型不符的机动车的
2		饮酒后或者醉酒后驾驶机动车的
3		驾驶公路客运车辆载人超过核定人数20% 以上的
4		造成交通事故后逃逸，尚不构成犯罪的
5		使用伪造、变造机动车号牌、行驶证、驾驶证或者使用其他机动车号牌、行驶证的
6		在高速公路上倒车、逆行、穿越中央分隔带掉头的
7	一次记6 分	机动车驾驶证被暂扣期间驾驶机动车的
8		公路客运车辆载人超过核定人数未达20% 的
9		机动车行驶超过规定时速50% 以上的
10		在高速公路行车道上停车的
11		机动车在高速公路或者城市快速路上遇交通拥堵，占用应急车道行驶的
12		驾驶机动车载运爆炸物品、易燃易爆化学物品以及剧毒、放射性等危险物品，未按指定的时间、路线、速度行驶或者未悬挂警示标志并采取必要的安全措施的
13		连续驾驶公路客运车辆或者危险物品运输车辆超过4 小时未停车休息或者停车休息时间少于20 分钟的
14		上道路行驶的机动车未悬挂机动车号牌的，或者故意遮挡、污损、不按规定安装机动车号牌的
15		以隐瞒、欺骗手段补领机动车驾驶证的
16	一次记3 分	货车载物超过核定载质量30% 以上或者违反规定载客的
17		驾驶公路客运车辆以外的载客汽车载人超过核定人数20% 以上的
18		违反道路交通信号灯通行的
19		机动车行驶超过规定时速未达50% 的
20		在高速公路上驾驶机动车行驶低于规定最低时速的
21		驾驶禁止驶入高速公路的机动车驶入高速公路的
22		违反禁令标志、禁止标线指示的
23		不按规定超车、让行的，或者逆向行驶的
24		驾驶机动车违反规定牵引挂车的
25		在道路上车辆发生故障、事故停车后，不按规定使用灯光和设置警告标志的
26		上道路行驶的机动车未按规定定期进行安全技术检验的

（续）

序号	一次记分值	违 法 行 为
27		驾驶公路客运车辆以外的载客汽车载人超过核定人数未达20%的
28		货车载物超过核定载质量未达30%的
29		行经交叉路口不按规定行车或者停车的
30		行经人行横道，不按规定减速、停车、避让行人的
31	一次记2分	有拨打、接听手持电话等妨碍安全驾驶的行为的
32		驾驶和乘坐二轮摩托车，不戴安全头盔的
33		机动车在高速公路或者城市快速路上行驶时，机动车驾驶人未按规定系安全带的
34		遇前方机动车停车排队或者缓慢行驶时，借道超车或者占用对面车道、穿插等候车辆的
35		不按规定使用灯光的
36	一次记1分	不按规定会车的
37		机动车载货长度、宽度、高度超过规定的
38		上道路行驶的机动车未放置检验合格标志、保险标志，未随车携带行驶证、机动车驾驶证

注：斜体字的为最新规定(2010年4月1日起实施)。

附录C　福建省道路交通事故责任确定规则(暂行)

（自2008年7月1日起实施）

第一条　为规范道路交通事故责任确定工作，促进执法公正，提高执法效率，维护当事人合法权益，依据《中华人民共和国道路交通安全法》等有关法律、法规、规章规定，结合我省道路交通事故处理工作实际，制定本规则。

第二条　福建省各级公安机关道路交通管理部门适用本规则确定道路交通事故当事人的责任，但处理适用简易程序和有道路交通肇事犯罪嫌疑的道路交通事故除外。

第三条　公安机关道路交通管理部门应当在查明道路交通事故事实和当事人道路交通违法行为，判定当事人道路交通违法行为与道路交通事故发生之间有无因果关系的基础上，依照本规则对有因果关系道路交通违法行为的分类和定责规定，确定当事人的道路交通事故责任。

第四条　根据当事人的道路交通违法行为对发生道路交通事故所起的作用和过错严重程度，道路交通违法行为分为重大过错道路交通违法行为和一般过错道路交通违法行为：（一）重大过错道路交通违法行为：指因未履行道路交通安全重要注意义务而实施的具有威胁道路交通安全、引发道路交通事故重大危险的道路交通违法行为。（二）一般过错道路交通违法行为：指因未履行道路交通安全一般注意义务而实施的具有影响道路交通安全、引发道路交通事故一般危险的道路交通违法行为。重大过错道路交通违法行为和一般过错道路交通违法行为由《道路交通违法行为过错程度分类》具体列举。

第五条　因两方或两方以上当事人的过错发生道路交通事故的，行为人按照以下规则分别承担主要责任、同等责任和次要责任：（一）实施重大过错道路交通违法行为的，负事故主要责任；（二）实施一般过错道路交通违法行为的，负事故次要责任；（三）实施同类型过错道路交通违法行为的，负事故同等责任。

第六条　因一方当事人的过错导致道路交通事故发生的，承担全部责任。当事人逃逸，造成现场变动、证据灭失，公安机关道路交通管理部门无法查证道路交通事故事实的，逃逸的当事人承担全部责任。但是，有证据证明对方当事人也有过错的，可以减轻责任。当事人故意破坏、伪造、毁灭证据的，承担全部责任。

第七条　各方当事人均无导致道路交通事故的过错，属于道路交通意外事故的，各方均无责任。一方当事人故意造成道路交通事故的，他方无责任。

第八条　当事人同时具有两种以上道路交通违法行为导致道路交通事故发生的，以其中过错大的道路交通违法行为作为确定当事人责任的依据。但其他道路交通违法行为也应当在道路交通事故认定书中载明。

第九条　需确定未列入《道路交通违法行为过错程度分类》的道路交通违法行为负道路交通事故责任的，由本级公安机关道路交通管理部门组织 3 名以上县级道路交通事故处理专家集体研究，依照本规则的道路交通违法行为分类原则和定责规定，确定当事人的道路交通事故责任，并逐级上报至省级公安机关道路交通管理部门备案。因案情复杂，不宜直接依照本规则及其《道路交通违法行为过错程度分类》确定当事人道路交通事故责任的，可以由本级公安机关道路交通管理部门组织 3 名以上省或市级道路交通事故处理专家集体研究，按照具体案情根据《中华人民共和国道路交通安全法实施条例》第九十一条规定的原则确定当事人责任，并逐级上报至省级公安机关道路交通管理部门备案。

第十条　公安机关道路交通管理部门可以根据道路交通事故具体案情和适用条件，参照省级以上公安机关道路交通管理部门编发的典型案例确定道路交通事故当事人责任。

第十一条　对于确定有道路交通肇事犯罪嫌疑的道路交通事故当事人责任，应根据《中华人民共和国道路交通安全法实施条例》第九十一条规定的原则执行。对于确定适用简易程序处理的道路交通事故当事人责任，按照有关道路交通事故处理简易程序的规定执行。车辆在道路以外发生道路交通事故，公安机关道路交通管理部门接到报案并参照《中华人民共和国道路交通安全法》等有关法律、法规处理的，按照本规则确定当事人责任。

第十二条　当事人对依照本规则确定的道路交通事故责任有异议申请复查复核的，依照《信访条例》和《公安机关信访工作规定》及相关规定办理。

第十三条　本规则自 2008 年 7 月 1 日起施行。在此之前发生的道路交通事故未作出事故认定的，依照本规则确定当事人责任。

附件：道路交通违法行为过错程度分类

一、重大过错行为

（一）车辆不按规定让行

1. 车辆不按交通信号灯指示通行的（交法第 38 条、条例第 38、40、41、42、43 条）；2. 机动车准备进入环形路口不让已在路口内的机动车先行的（条例第 51 条第 2 项）；3. 转弯的机动车未让直行的车辆、行人先行的（条例第 51 条第 7 项、第 52 条第 3 项）；4. 相对方向行驶的右转弯机动车不让左转弯车辆先行的（条例第 51 条第 7 项、第 52 条第 4 项）；5. 机动车通过无灯控或交通警察指挥的路口，不按道路交通标志、标线指示让优先通行的一方先行的（条例第 52 条第 1 项）；6. 非机动车通过路口，转弯的非机动车不让直行的车辆、行人优先通行的（条例第 68 条第 1 项）；非机动车通过无道路交通信号控制路口，未让右方道路的来车先行的（条例第 69 条第 2 项）；7. 非机动车行经无灯控或交通警察指挥的路口，不让标志、标线指示优先通行的一方先行的（条例第 69 条第 1 项）；8. 在没有中心隔离设施或者没有中心线的路段上，机动车遇相对方向来车时，未减速靠右行驶，并与其他车辆、行人保持必要安全距离的（条例第 48 条第 1 项）；9. 在没有中心隔离设施或者没有中心线有障碍的路段上，机动车遇相对方向来车时，未让无障碍的一方先行的；或有障碍的一方已驶入障碍路段而无障碍的一方未驶入时，未让有障碍的一方先行的（条例第 48 条第 2 项）；10. 在没有中心隔离设施或者没有中心线的狭窄的坡路，机动车遇相对方向来车时，未让上坡的一方先行的；或下坡的一方已行至中途而上坡的一方未上坡时，未让下坡的一方先行的（条例第 48 条第 3 项）；11. 在没有中心隔离设施或者没有中心线的狭窄的山路，机动车遇相对方向来车时，未让不靠山体的一方先行的（条例第 48 条第 4 项）；12. 机动车遇行人正在通过人行横道时未停车让行的（交法第 47 条第 1 款）；13. 机动车行经没有道路交通信号的道路时，遇行人横过道路未采取避让措施的（交法第 47 条第 2 款）；14. 因非机动车道被占用，非机动车在受阻的路段借用相邻的机动车道行驶，机动车未减速让行的（条例第 70 条）；15. 机动车在单位院内、居民居住区内不低速行驶、未避让行人的（条例第 67 条）；16. 机动车借道时未让所借车道内行驶的车辆或者行人先行的（办法第 33 条第 1 款第 1 项）；17. 机动车进出或者穿越道路、进出停车场或者停车泊位时未让正常行驶的车辆或者行人先行的（办法第 34 条第 1 款）；18. 在没有交通信号灯、道路交通标志控制，也没有交通警察指挥的交叉路口，车辆从未施划道路交通标线的道路进入交叉路口时未停车瞭望、让有施划道路交通标线的道路的来车先行的(办法第 34 条第 2 款)；19. 其他机动车在借用公交专用车道行驶时未避让专用车道上行驶的公共汽车和校车的(办法第 35 条)；20. 在与行人混行的道路上非机动车未避让行人的(办法第 39 条第 1 款第 3 项)。

(二) 车辆不按规定超车、跟车

21. 机动车遇前方机动车停车排队等候或者缓慢行驶时，从前方车辆两侧穿插或者超越行驶的(交法第 45 条第 1 款、条例第 53 条第 2 款)；22. 机动车遇前方机动车停车排队等候或者缓慢行驶时，未依次交替驶入车道减少后的路口、路段的(交法第 45 条第 2 款、条例第 53 条第 3 款)；23. 机动车从前车右侧超车的(条例第 47 条)；24. 机动车在前车左转弯、掉头、超车时超车的(交法第 43 条第 1 项)；25. 机动车在与对面来车有会车可能时超车的(交法第 43 条第 2 项)；26. 机动车超越执行紧急任务的警车、消防车、救护车、工程救险车的(交法第 43 条第 3 项)；27. 机动车行经铁路道口、路口、窄桥、弯道、陡坡、隧道、人行横道、道路交通流量大的路段等没有超车条件的地点超车的(交法第 43 条第 4 项)；28. 机动车超车后未与被超车辆拉开必要安全距离驶回原车道的(条例第 47 条)；29. 机动车不按规定与同车道前车保持必要的安全距离的(交法第 43 条)；30. 机动车通过路口遇放行信号不依次通过的(条例第 51 条第 4 项)；31. 机动车通过路口向右转弯遇同车道内有车等候放行信号时，不依次停车等候的(条例第 51 条第 6 项)；32. 非机动车向右转弯遇同车道内有车等候放行信号不能转弯时，不依次等候的(条例第 68 条第 5 项)；33. 驾驶自行车、三轮车、电动自行车、残疾人机动轮椅车超车时妨碍被超越的车辆行驶的(条例第 72 条第 4 项)；34. 驾驶非机动车上道路行驶时未与相邻或者前方行驶的车辆保持安全距离(办法第 39 条第 1 款第 3 项)。

(三) 车辆不按规定变更车道、转弯、按道通行

35. 在道路同方向划有两条以上机动车道的，变更车道的机动车影响相关车道内的行驶的机动车正常行驶的(条例第 44 条第 2 款)；36. 机动车通过有灯控路口时，不按所需行进方向驶入导向车道的(条例第 51 条第 1 项)；37. 机动车逆向行驶的(交法第 35 条、条例第 82 条第 1 项)；38. 机动车在没有划分机动车道、非机动车道和人行道的道路上，不在道路中间通行的(交法第 36 条)；39. 驾驶自行车、三轮车、电动自行车、残疾人机动轮椅车转弯时未减速慢行、伸手示意，突然猛拐的(条例第 72 条第 4 项)；40. 驾驶自行车、三轮车、电动自行车、残疾人机动轮椅车时扶身并行、互相追逐、曲折竞驶的(条例第 72 条第 6 项)；41. 机动车违反规定在非机动车道或者人行道上行驶的(办法第 32 条)；42. 机动车借道或者变更车道时影响相关车道内机动车的正常行驶的(办法第 33 条第 1 款第 2 项)；43. 驾驶非机动车上道路行驶时进入城市快速路或者其他封闭的机动车专用道的(办法第 39 条第 1 款第 2 项)。

（四）车辆不按规定掉头、倒车

44. 机动车在禁止掉头或者禁止左转弯标志、标线的地点或在铁路道口、人行横道、桥梁、急弯、陡坡、隧道或者容易发生危险的路段掉头的（条例第 49 条第 1款）；45. 机动车掉头时妨碍正常行驶的车辆和行人通行的（条例第 49 条第 2 款）；46. 机动车倒车时，未察明车后情况，未确认安全后倒车的或在禁止倒车的地点倒车的（条例第 50 条）。

（五）行人、乘车人不按规定通行

47. 行人不按照交通信号灯指示通行的（交法第 38、62 条、条例 39 条）；48. 行人横过路段，在没有人行横道或过街设施情况下，行人通过时，在车辆临近情况下突然加速横穿或者中途倒退、折返的（交法第 62 条、条例第 75 条）；49. 行人跨越道路隔离设施，或扒车、强行拦车的（交法第 63 条）；50. 行人有追车、抛物击车等妨碍道路交通安全的行为的（条例第 74 条第 3 项）；51. 乘车人向车外抛洒物品的（交法第 66 条）；52. 乘车人在机动车道上从机动车左侧上下车的（条例第 77 条第 2 项）；53. 乘车人乘坐机动车开关车门妨碍其他车辆和行人通行的（条例第 77条第 3 项）；54. 机动车行驶中乘坐人员干扰驾驶，或将身体任何部分伸出车外，或跳车的（条例第 77 条第 4 项）；55. 行人进入城市快速路或者其他封闭的机动车专用道的（办法第 40 条第 1 款第 1 项）；56. 行人在车行道内兜售、发送物品的（办法第 40 条第 1 款第 2 项）；57. 行人在道路上使用滑板、旱冰鞋等滑行工具的（条例第 74 条第 1 项）；58. 行人在机动车道内嬉闹或夜间在机动车道内坐卧的（条例第 74 条第 2 项）。

（六）违反重要安全通行规定

59. 未取得驾驶证驾驶机动车的（交法第 19 条第 1 款）；60. 驾驶与驾驶证载明的准驾车型不相符合的机动车的（交法第 19 条第 4 款）；61. 学习驾驶人在无教练员随车指导下上道路驾驶汽车的（条例第 20 条第 2 款）；62. 驾驶安全设施不全、或机件不符合技术标准以及其他具有安全隐患的机动车的（交法第 21 条）；63. 饮酒后达到醉酒标准驾驶机动车的（交法第 22 条第 2 款）；64. 过度疲劳影响安全驾驶或者连续驾驶机动车超过 4 小时未停车休息或者停车休息时间少于 20 分钟的（交法第 22 条第 2 款、条例第 62 条第 7 项）；65. 机动车行驶超过规定时速超过 50% 的（交法第 42 条第 1 款、条例第 45、46 条）；66. 机动车载物超过核定的载质量 100%以上的；（交法第 48 条第 1 款、条例第 54 条第 1 款）；67. 机动车载物长、宽、高违反装载要求或者遗洒、飘散载运物的（交法第 48 条第 1 款、条例第 54 条）；68. 在车门、车厢没有关好时行车的（条例第 62 条第 1 项）；69. 驾驶机动车时有拨打接听手持电话、观看电视等妨碍安全驾驶的行为的（条例第 62 条第 3 项）；70. 驾驶机动车时向路上抛撒物品的（条例第 62 条第 5 项）；71. 机动车行经漫水路或漫水桥时不停车察明水情，确认安全后低速通过的（条例第 64 条）。

（七）违反高速公路特别规定

72. 在高速公路上不按规定保持行车安全间距的(条例第 80、81 条)；73. 在高速公路上匝道、加速车道、减速车道上超车的(条例第 82 条第 2 项)；74. 机动车从匝道驶入高速公路时，未开启左转向灯，妨碍已在高速公路内机动车正常行驶的情况下驶入车道的(条例第 79 条第 1 款)；75. 机动车驶离高速公路时，未开启右转向灯或者驶入减速车道时，未降低车速后驶离的(条例第 79 条第 2 款)；76. 机动车在高速公路上倒车、逆行、穿越中央分隔带掉头或者在车道内停车的(条例第 82 条第 1 项)；77. 机动车在低能见度气象条件下，在高速公路上不按规定的速度和安全距离行驶或者不按规定使用灯光的(条例第 81 条)；78. 在高速公路上，机动车在通过施工作业路段时，未注意警示标志、减速行驶的(条例第 84 条)；79. 机动车在高速公路上违法拖曳故障车、事故车的(交法第 68 条第 2 款)；80. 机动车在高速公路发生故障或道路交通事故，未按规定开启危险报警闪光灯和设置警告标志，夜间未同时开启示廓灯和后位灯的(交法第 68 条第 1 款、条例第 60 条)；81. 机动车在高速公路发生故障，车上人员未迅速转移到右侧路肩上或者应急车道内(交法第 68 条第 1 款)；82. 机动车在高速公路上、下乘客或者装卸货物的(办法第 45 条)；83. 机动车车上人员在高速公路车行道上行走、逗留的(办法第 45 条)；84. 高速公路上施工、养护、维修等作业的人员未按规定在作业区域内作业或在防护区外行走的(办法第 47 条第 1 项)；85. 夜间在高速公路抢修故障车辆、施救车辆实施抢修或者施救时未按规定开启警示装置或未按规定设置警示标志的(办法第 47 条第 4 项)；86. 在高速公路专项施工作业时未按规定标准设置防护设施，未按规定施工的(办法第 47 条第 1 款第 2 项)；87. 在高速公路养护作业时未按照安全作业规程进行或未按规定标准设置标志的(办法第 47 条第 1 款第 2 项)。

(八) 参与道路交通活动违反重要安全规定的

88. 夜间擅自挖掘道路或擅自占用道路施工影响道路交通安全的(交法第 32 条第 1 款)；89. 施工作业单位在夜间未经批准的路段和时间内施工作业，或夜间未在距离施工作业地点来车方向安全距离处设置明显的安全警示标志，采取防护措施的(交法第 32 条第 2 款)。

二、一般过错行为

(一) 违反一般安全通行规定

90. 机动车驾驶人未遵守道路交通安全法律、法规的规定，未按照操作规范安全驾驶、文明驾驶的(交法第 22 条第 1 款)；91. 车辆、行人在没有道路交通信号的道路上未在确保安全、畅通的原则下通行的(交法第 38 条)；92. 机动车行经没有道路交通信号的道路时，遇行人横过道路未有效避让的(交法第 47 条第 2 款)；93. 机动车通过无道路交通信号控制路口，在进入路口前未停车瞭望的(条例第 52 条第 2 项)；94. 机动车行驶超过规定时速未达 50% 的(交法第 42 条第 1 款、条例第 45、46 条)；95. 机动车不按规定车道行驶的(条例第 44 条第 1 款)；96. 驾驶自行车、电动自行车、三轮车在路段上横过有人行横道或行人过街设施的机动车道时，不从人行横道或行人过街设施横过机动车道的（条例第70条第1款）；97. 机动车违反规定使用专用车道的（交法第37条）；98. 机动车不按规定牵引故障机动车的（条例第61条）；99. 非机动车通过无道路交通信号控制路口，未在路口外慢行或者停车瞭望的（条例第69条第2项）；100. 非机动车未在规定车道内行驶的（交法第36、57条）；101. 非机动车违反右侧通行规定的（交法第35、36、57条）；102. 非机动车借道行驶后不迅速驶回非机动车道的（条例第70条第2款）；103. 非机动车不按规定载物的（条例第71条）；104. 驾驶自行车、电动自行车、三轮车在路段上横过有人行横道或行人过街设施的机动车道时，不下车推行的；或在不便使用行人过街设施时，未确认安全、直行通过的（条例第70条第1款）；105. 驾驶残疾人机动轮椅车、电动自行车在非机动车道内超速行驶的（交法第58条）；106. 驾驶自行车、三轮车、电动自行车、残疾人机动轮椅车牵引车辆或被其他车辆牵引的（条例第72条第5项）；107. 行人横过路段，在有人行横道或过街设施时，未按规定走人行横道或过街设施的；108. 行人白天在机动车道内坐卧的（条例第74条第2项）；109. 行人通过没有交通信号灯、人行横道的路口或横过没有人行横道、过街设施的路段，未注意观察来往车辆的情况、确认安全后通过的（交法第62条、条例第75条）；110. 行人通过路口，在有人行横道或过街设施时，未按规定走人行横道或过街设施的；在没有人行横道或过街设施情况下，行人通过时，在车辆临近情况下突然加速横穿或者中途倒退、折返的（交法第62条、条例第75条）；111. 行人不在人行道内行走，或在没有划分机动车道、非机动车道和人行道的道路上，不靠路边行走的（交法第36、61条）；112. 乘坐两轮摩托车人未正向骑坐的（条例第77条第5项）；113. 乘车人有影响驾驶人安全驾驶行为的（交法第66条）；114. 机动车未按规定设置车身反光标识的（办法第7条）；115. 牵引机动车时牵引二辆或二辆以上被牵引车的（办法第38条第1款第1项）；116. 夜间牵引机动车时未在牵引装置上设置反光标识的（办法第38条第1款第2项）；117. 行人在车行道上等候车辆或者招呼营运车辆的（办法第40条第3项）。

（二）车辆不按规定停车、停放

118. 机动车违反临时停车规定，妨碍其他车辆、行人通行的（交法第56条第2款、条例第63条第1、2、3项）；119. 机动车遇前方机动车停车排队等候或者缓慢行驶时，在人行横道、网状线区域内停车等候的（条例第53条第2款）；120. 机动车违反规定停放的（交法第56条第1款）；121. 机动车在车行道上发生故障可以移动时，驾驶人未立即开启危险报警闪光灯，并且未将机动车移至不妨碍道路交通的地方停放的（交法第52条）；122. 机动车在车行道发生故障或者发生道路交通事故，妨碍道路交通又难以移动的，驾驶人未按规定开启危险报警闪光灯、在车后50米至100米处设置警告标志，夜间未同时开启示廓灯和后位灯的（交法第52条、条例第60条）；123. 非机动车停放时妨碍其他车辆和行人通行的（交法第59条）。

（三）参与其他道路交通活动不符合安全规定

124. 饮酒后驾驶机动车，未达到醉酒标准的（交法第 22 条第 2 款）；125. 醉酒驾驶非机动车的（条例第 72 条第 3 项、第 73 条第 1 项）；126. 实习期内驾驶公共汽车、营运客车、特种车辆、载有危险物品的机动车、牵引挂车的机动车的（条例第 22 条第 3 款）；127. 机动车载人超过核定人数或客运机动车违反规定载货的（交法第 49 条、条例第 55 条第 1 项）；128. 货运机动车违反规定载客、载人的（条例第 55 条第 2 项、交法第 50 条）；129. 机动车载物超过核定的载质量 100% 以下的（交法第 48 条第 1 款、条例第 54 条第 1 款）；130. 驾驶轻便摩托车载人或摩托车后座乘坐不满十二周岁未成年人的（条例第 55 条第 3 项）；131. 挂车载人的（条例第 56 条第 2 项）；132. 拖拉机用于载人的（交法第 55 条）；133. 机动车不按规定运载超限的不可解体的物品的（交法第 48 条第 2 款）；134. 机动车不按规定运载危险物品的（交法第 48 条第 3 款）；135. 在道路上学习驾驶非机动车的（条例第 72 条第 10 项）；136. 未满 16 周岁驾驶电动自行车、残疾人机动轮椅车或者驾驭畜力车的（条例第 72 条第 2 项、第 73 条）；137. 驾驶加装动力装置的自行车、三轮车的（条例第 72 条第 9 项）；138. 未满 12 周岁驾驶自行车、三轮车的（条例第 72 条第 1 项）；139. 道路两侧及隔离带上种植植物或设置广告牌、管线等，遮挡路灯、交通信号灯、道路交通标志，妨碍安全视距，影响通行的（交法第 28 条第 2 款）；140. 道路出现坍塌、坑槽、水毁、隆起等损毁或者交通信号灯、道路交通标志、道路交通标线等道路交通设施损毁、灭失的，道路、道路交通设施的养护部门或者管理部门未设置警示标志并及时修复的（交法第 30 条第 1 款）；141. 未经许可，占用道路从事非道路交通活动的（交法第 31 条）；142. 白天擅自挖掘道路或擅自占用道路施工影响道路交通安全的（交法第 32 条第 1 款）；143. 施工作业单位白天在未经批准的路段和时间内施工作业，或白天未在距离施工作业地点来车方向安全距离处设置明显的安全警示标志，采取防护措施的（交法第 32 条第 2 款）；144. 施工作业单位施工作业完毕，未迅速清除道路上的障碍物，消除安全隐患的（交法第 32 条第 2 款）；145. 道路养护施工单位在道路上进行养护、维修时，未按规定设置规范的安全警示标志和安全防护设施的（条例第 35 条第 1 款）；146. 道路施工需要车辆绕行，施工单位未在绕行处设置标志的（条例第 35 条第 2 款）。

（四）违反高速公路特别规定

147. 行人、非机动车、拖拉机、轮式专用机械车、铰链式客车、全挂拖斗车以及其他设计最高时速低于七十公里的机动车进入高速公路的（交法第 67 条）；148. 在高速公路上低于规定最低时速行驶的（条例第 78 条）；149. 在高速公路上行驶的载货汽车车厢载人的（条例第 83 条）；150. 白天机动车在高速公路发生故障或道路交通事故，未按规定开启危险报警闪光灯和设置警告标志的（交法第 68 条第 1 款、条例第 60 条）；151. 机动车在高速公路骑、轧车行道分界线或者在路肩（紧急停车带）上行驶（条例第 82 条第 3 项）；152. 机动车在非紧急情况时在应急车道(紧急停车带)行驶或者停车的(条例第82条第4项);153. 在高速公路上试车或学习驾驶机动车(条例第82条第5项);154. 在高速公路上行驶的两轮摩托车载人的(条例第83条)。155. 非紧急情况下机动车车上人员在高速公路紧急停车道上行走、逗留的(办法第45条);156. 车辆在高速公路行驶中遇前方车辆停车排队等候或者缓慢行驶时未开启危险报警闪光灯的(办法第46条);157. 白天在高速公路抢修故障车辆、施救车辆实施抢修或者施救时未按规定开启警示装置或未按规定设置警示标志的(办法第47条第4项)。

本附件中"交法"是指《中华人民共和国道路交通安全法》,"条例"是指《中华人民共和国道路交通安全法实施条例》,"办法"是指《福建省实施〈中华人民共和国道路交通安全法〉办法》。

附录 D　上海市交强险与交通违法相联系的费率浮动标准

一、交强险与交通违法相联系的费率浮动标准

(一)上一个年度无交通违法行为记录,续保时费率下浮 10%;上两个年度无交通违法记录,续保时费率下浮 20%;连续三年或三年以上无交通违法记录,续保时费率下浮 40%。

(二)上一个年度有交通违法记录,费率按下列表中所列标准上浮。

序　号	内　　　容	费率系数
1	超速超过 50% 以上的	+20%/次
2	超速未达 50%(含)的	+10%/次
3	违反交通信号灯指示通行的	+20%/次
4	逆向行驶的	+20%/次
5	货车载物超过核定载重量 30% 以上的	+10%/次
6	公路客车载客超过核定载客人数 20% 以上的	+10%/次
7	车辆未经定期检验合格继续使用的	+10%/次
8	驾驶时拨打或接听手持电话的	+10%/次
9	违反让行规定的	+10%/次
10	变更车道影响他人行车安全的	+10%/次
11	饮酒后驾驶机动车的、饮酒后驾驶营运机动车的	+10%/次
12	其他交通违法 10 次(含)以上的(不包括上述 11 项违法行为和不纳入交强险费率浮动范围的交通违法行为)	+10%/次

上一年度费率调整系数累加上限为 60%

（三）上一个年度有交通违法记录，续保时费率不下浮。

二、其他情况的交强险费率标准

当年初次登记的新车、当年所有权变更登记的在用车，按国家规定的基准费率投保。摩托车、拖拉机，不再进行费率浮动，按国家规定的基准费率投保。

三、交强险费率浮动计算公式

交强险保费 = 基准费率 × (1 ± 费率系数)

四、本公告中的基准费率是指国家公布的各种不同使用性质的机动车辆交强险费率；计算公式中的费率系数等于 2007 年 7 月 1 日全国统一实行的交通事故相联系的浮动系数加上调整后的与交通违法记录相联系的浮动系数。

五、本市自 2008 年 4 月 1 日零时起，实施调整后的交强险费率与交通违法记录相联系的浮动标准。

六、如今后国家对费率浮动办法另有规定，执行国家规定。

不纳入交强险费率浮动范围的交通违法行为

序　号	违 法 行 为
1	未取得驾驶证驾驶机动车的
2	把机动车交给未取得机动车驾驶证的人驾驶的
3	非法安装报警器的
4	非法安装标志灯具的
5	驾驶证丢失期间仍驾驶机动车的
6	驾驶证损毁期间仍驾驶机动车的
7	不按规定投保交强险的
8	遇前方机动车停车排队等候或者缓慢行驶时，在人行横道、网状线区域内停车等候的
9	在禁止鸣喇叭的区域或者路段鸣喇叭的
10	特种车辆违反规定使用警报器
11	特种车辆违反规定使用标志灯具的
12	上道路行驶的机动车未放置检验合格标志的
13	逾期 3 个月未缴纳罚款的
14	连续两次逾期未缴纳罚款的
15	上道路行驶的机动车未放置保险标志的
16	未随车携带行驶证的
17	醉酒后驾驶机动车的、醉酒后驾驶营运机动车的
18	驾驶人未按规定使用安全带的
19	驾驶与驾驶证载明的准驾车型不相符合的车辆的

附录 E　北京地区机动车商业保险费率浮动方案

北京保险行业协会　2009 年 12 月 23 日

一、基本费率确定

商业车险基本费率，执行各保险公司现行的机动车商业保险基本费率。

二、费率浮动系数的计算

（一）北京地区商业车险费率浮动系数包括：无赔款优待及上年赔款记录、多险种同时投保、平均年行驶里程、特殊风险（即原"老、旧、新、特车型"系数）四项，具体费率浮动系数值详见附表。现行《费率调整系数表》中其他系数暂不使用。摩托车和拖拉机暂不浮动。

（二）与机动车发生赔款次数相联系的浮动系数 A 根据发生赔款情况，等于 A1 至 A14 其中之一，不累加。同时，满足多种情况的，按照向上浮动或者向下浮动比率最高者计算。对于上年发生商业车险赔款的，如上年已决赔款总金额低于或等于上年商业车险签单保费，将对应赔款次数档次的系数值乘以 0.9 的赔款金额调整系数。

（三）其他费率浮动系数，由北京车险信息平台根据各公司录入的承保信息进行校验。

（四）确定最终费率浮动系数采用系数连乘的方式计算：最终费率浮动系数 = 系数 A × 系数 B × 系数 C × 系数 D。

（五）鉴于北京地区已建立较完善的车险信息平台，因此"无赔款优待及上年赔款记录"系数应由各公司通过车险信息平台统一查询返回。各公司在录入车辆其他相关承保信息后，计算最终费率浮动系数，并按照"商业车险最终保险费 = 商业车险标准保险费 × 最终费率浮动系数"公式计算最终保费，之后向车险信息平台提交校验及投保确认。

（六）机动车发生赔款次数应根据计算区间内被保车辆的赔款金额不为零的已决赔案次数统计。

（七）方案实施首年，"无赔款优待及上年赔款记录"系数根据自车辆投保之日起上溯一年(365 天)期间所有有效商业车险保单在北京车险信息平台记录的赔款次数进行计算。

（八）方案实施第二年开始，费率浮动系数计算区间为"自上期商业车险有效保单投保查询时间起至本期商业车险有效保单投保查询时间止"。

商业车险费率浮动系数表

序号	项目		内容	系数		适用范围
1	无赔款优待及上年赔款记录	A1	连续 5 年没有发生赔款	0.4		所有车辆
		A2	连续 4 年没有发生赔款	0.5		
		A3	连续 3 年没有发生赔款	0.6		
		A4	连续 2 年没有发生赔款	0.7		
		A5	上年没有发生赔款	0.85		
		A6	上年发生 1—2 次赔款	1.0	上年度赔款金额小于保费的乘以 0.9 的赔款金额调整系数	
		A7	上年发生 3 次赔款	1.1		
		A8	上年发生 4 次赔款	1.2		
		A9	上年发生 5 次赔款	1.5		
		A10	上年发生 6 次赔款	2.0		
		A11	上年发生 7 次赔款	2.5		
		A12	上年发生 8 次及 8 次以上赔款	3.0		
		A13	本年承保新购置车辆	1.0		
		A14	本年首次投保	1.0		
2	多险种同时投保	B	同时投保三者险及其他任意险种	0.90～1.00		
3	平均年行驶里程	C	平均年行驶里程＜30000 公里	0.90		
			平均年行驶里程≥30000 公里	1.0		
4	特殊风险	D	古老车型、购置年限较长车辆、稀有车型、特异车型	1.3～2.0		

附录 F　广东省高级人民法院、广东省公安厅关于《道路交通安全法》施行后处理道路交通事故案件若干问题的意见

（粤高法发[2004]34 号　2004 年 12 月 17 日）

为了妥善、及时处理道路交通事故案件，依法保护当事人的合法权益，维护社会稳定，根据我国《道路交通安全法》、《民事诉讼法》、《民法通则》、《道路交通安全法实施条例》、最高人民法院《关于审理人身损害赔偿案件若干问题的解释》以及公安部《交通事故处理程序规定》等有关规定，结合我省实际，提出如下意见：

一、抢救费用的支付和财产保全

1. 适用一般程序处理交通事故时，公安交通管理部门应当尽量查明机动车所有人、实际支配人、驾驶员的姓名、住所、联系方式以及肇事车辆是否参加机动车第三者责任强制保险、参保的保险公司和责任限额等有关情况。

2. 交通事故造成人员伤亡的，公安交通管理部门应依照《道路交通安全法》第七十五条、《道路交通安全法实施条例》第九十条等有关规定通知相关保险公司或社会救助基金管理机构支付抢救费用，也可通知机动车驾驶人、所有人、实际支配人支付抢救费用。

交通事故造成人员死亡的，尸体处理费用的支付参照上款规定处理。

保险公司、社会救助基金管理机构、机动车驾驶人、所有人、实际支配人不在规定的时间内支付的，公安交通管理部门应及时制作交通事故认定书送达当事人，并告知当事人可向人民法院起诉并申请先予执行。人民法院应及时立案，并裁定先予执行。

3. 适用一般程序处理交通事故时，公安交通管理部门应依法及时将肇事车辆予以扣留。

对于未投保机动车第三者责任强制保险的车辆，按照《道路交通安全法》第九十八条的规定处理。

对于已投保机动车第三者责任强制保险的车辆，依照公安部《交通事故处理程序规定》第三十九条、第四十二条等有关规定处理。

对于机动车所有人、实际支配人书面申请缴纳事故责任保证金的，可予准许。在其缴纳了相当于承担全部责任时的损害赔偿数额的保证金后，公安交通管理部门可将检验、鉴定完毕后的车辆予以返还，但无牌证、拼装、达到报废标准等无合法来源的车辆除外。

4. 公安交通管理部门在交通事故发生后，应书面告知各方当事人的权利和义务，指引当事人通过相关法律途径解决损害赔偿问题。

对扣留的车辆进行技术检验鉴定后，公安交通管理部门在依法送达技术检验鉴定结论时，应告知各方当事人公安交通管理部门返还机动车的时限，对于没有投保机动车第三者责任强制保险的车辆或者虽然投保了机动车第三者责任强制保险但交通事故损害赔偿数额可能超过机动车第三者责任强制保险责任限额的，公安交通管理部门应告知当事人可向人民法院申请诉前财产保全。

5. 当事人向人民法院申请财产保全的，人民法院应依法进行审查，对于符合条件的，应及时作出财产保全的裁定。

人民法院在作出财产保全裁定时，如责令当事人提供担保的，当事人可提供财产担保，也可提供保证人担保。

保证人应当有合法的收入或固定资产，有能力履行担保义务，并出具书面保证书。

6. 人民法院依法采取财产保全措施的车辆，应根据实际情况在裁定书中明确车辆保管的地点与方式。已由公安交通管理部门扣留的车辆，原则上不变更保管场所。

二、交通事故认定

7. 在道路交通事故发生后，公安交通管理部门应依照有关规定查明事故原因，确定当事人的责任，并在将扣留的车辆返还给机动车所有人或实际支配人前作出交通事故认定书，送达各方当事人(含机动车所有人、实际支配人)。

经调查，确实无法确定交通事故事实的，公安交通管理部门应在将扣留的车辆返还给当事人前，依据《交通事故处理程序规定》的相关规定制作交通事故认定书，送达各方当事人。

8. 因交通事故当事人处于抢救或昏迷状态的特殊原因，无法收集当事人证据、且无其他证据佐证交通事故事实时，经上一级公安交通管理部门批准，交通事故认定的时限可中止计算，但中止的时间最长不超过两个月。中止原因消除后，应及时作出交通事故认定；中止时间期满后当事人仍然昏迷的，公安交通管理部门可参照本意见第 7 条的规定处理。

9. 交通事故死亡人员身份不明但其他事实基本清楚的，公安交通管理部门可以出具事故认定书并认定事故责任，身份不明者可以用"无名氏"等字样表述。

10. 交通事故肇事人弃车逃逸的，经公安交通管理部门调查并公告，无法找到交通肇事逃逸人的，公安交通管理部门可以应受害人的要求出具交通事故认定书，认定书中对不明身份的当事人可以使用"××车驾驶人"、"无名氏"等字样表述。

11. 县级以上公安交通管理部门应当组织本部门车辆检验员、车辆生产、维修企业的技术人员或者高等院校、科研院所专业人员成立车辆技术检验小组，负责辖区内事故车辆的安全技术检验。

三、公安交通管理部门对交通损害赔偿的调解

12. 公安交通管理部门在处理道路交通事故时，在作出交通事故认定书之前或送达交通事故认定书时，应告知各方当事人有申请公安交通管理部门调解或直接向人民法院提起民事诉讼的权利，并向当事人发送空白调解申请书。

13. 公安交通管理部门应认真做好调解工作，经调解达成协议的，应及时制作调解书，送达各方当事人。经调解未达成调解协议的，应制作调解终结书送交各方当事人，调解终结书应载明未达成协议的原因。

14. 同一宗交通事故造成的伤亡人数为 2 人以上，由于伤者治疗终结或者定残的时间各不相同，伤者治疗终结或者定残的时间与死者丧葬事宜结束的时间也不相同，造成各受害人损害赔偿的调解期限的起始时间各不相同的，公安交通管理部门

应根据各受害人的不同情况分别组织调解。

根据伤情需要对伤者分期治疗的，公安交通管理部门可以在第一期治疗终结后组织调解，继续治疗的费用可以在征求医疗部门的意见后经双方协商达成赔偿协议，也可以另行提起民事诉讼。

四、责任承担

15. 当事人向人民法院提起道路交通事故人身损害赔偿诉讼时，应提交交通事故认定书或当事人之间就交通事故损害赔偿达成的协议书。

16. 当事人在公安交通管理部门主持调解时或自行协商达成的协议，是各方当事人为处理道路交通事故损害赔偿后果签订的民事合同。人民法院在审理案件时，经审查该协议不具有无效、可撤销情形的，可依法认定有效，并据此作出判决。

17. 受害人与机动车方或保险公司达成的协议，除未参加签订协议的一方事后予以认可的以外，该协议对未参加签订协议的一方没有约束力，受害人要求按该协议履行的，可将与其签订协议的一方作为被告。

18. 当事人对于交通事故认定争议较大的，人民法院在审理案件时，可要求作出交通事故认定的公安交通管理部门作出书面说明或派员出席法庭作证。人民法院认为公安交通管理部门作出的交通事故认定不准确的，应书面征求作出事故认定的公安交通管理部门的上级部门的意见，有关公安交通管理部门应在收到书面征求意见的函件之日起 15 天内作出书面回复。

19. 机动车与非机动车驾驶人、行人发生交通事故，依据《道路交通安全法》第七十六条的规定需要减轻机动车方赔偿责任的，一般按照以下原则减轻责任：

（1）非机动车驾驶人、行人在事故中负次要责任的，减轻比例不超过 20%。

（2）非机动车驾驶人、行人在事故中负同等责任的，减轻比例不超过 40%。

（3）非机动车驾驶人、行人在事故中负主要责任的，减轻比例不超过 60%。

（4）非机动车驾驶人、行人在事故中负全部责任的，减轻比例不超过 80%。但非机动车驾驶人、行人在禁止非机动车和行人通行的城市快速路、高速公路发生交通事故，承担事故全部责任的，机动车方的减轻比例不超过 90%。

20. 根据当事人提供的证据难以认定交通事故责任或当事人的过错的，人民法院可按如下规则确定当事人的民事责任：

（1）机动车与机动车发生交通事故的，由事故各方承担同等民事责任。

（2）机动车与非机动车驾驶人、行人发生交通事故的，由机动车方承担全部民事责任。

（3）非机动车之间、非机动车与行人之间发生交通事故的，由事故各方承担同等民事责任。

21. 人民法院经审理依法确定各自应承担的责任后，对于未超过责任限额范围的部分，根据受害方的请求，可判决由保险公司承担赔偿责任，也可判决由机动车所有人、车辆实际支配人及驾驶员承担连带赔偿责任，还可判决保险公司和机动车所有人、车辆实际支配人及驾驶员承担连带赔偿责任。对于超过责任限额范围的部分，判决由机动车所有人、车辆实际支配人、驾驶员承担连带赔偿责任。

驾驶员是在执行职务时发生交通事故的，除符合最高人民法院《关于审理人身损害赔偿案件适用法律若干问题的解释》第九条规定的情形外，驾驶员不承担赔偿责任。

22. 被盗抢的车辆在被盗抢期间发生的交通事故，如车辆参加第三者责任强制保险的，由保险公司在责任限额内承担赔偿责任，肇事人在责任限额外承担赔偿责任。机动车所有人、车辆实际支配人不承担赔偿责任，但机动车所有人或实际支配人必须提供盗抢案件发生地公安机关出具的证明。

23. 当事人认为医疗机构未及时抢救导致受伤人员死亡或伤情加重，将医疗机构和交通事故赔偿义务人作为共同被告的，人民法院应予允许。经审查，医疗机构确实存在拖延救治情形的，可根据其过错大小和拖延救治行为与损害后果之间的原因力比例，判决医疗机构和交通事故赔偿义务人各自承担相应的赔偿责任。拖延救治行为与损害后果之间的原因力大小难以确定的，可依法委托有关鉴定机构进行鉴定。

24. 两辆以上机动车相撞，造成他人人身损害的，人民法院在判决各肇事车辆的赔偿义务人对受害人承担连带赔偿责任时，应根据各肇事车辆的赔偿义务人之间的过错大小确定各自的责任份额。一辆机动车的赔偿义务人在多支付了应承担的责任份额后，可向另一方予以追偿。

五、赔偿数额的确定

25. 交通事故受害人未经原住院治疗的医疗机构同意，擅自转院治疗的，对其因转院治疗增加的费用，人民法院不予支持。但确有因原住院治疗的医疗机构不具备相应的治疗条件又不同意受害人转院或其他正当理由的除外。

26. 当事人因交通事故致残的，公安交通管理部门和人民法院应告知当事人在具备伤残评定条件时向具有资格的伤残鉴定机构申请评定伤残等级。人民法院在审理案件过程中，对伤残评定结果的审查，适用最高人民法院《关于民事诉讼证据的若干规定》有关鉴定结论的规定。

27. 受害人的户口在农村，但发生交通事故时已在城镇居住一年以上、且有固定收入的，在计算赔偿数额时按城镇居民的标准对待。

28. 对现役军人、香港、澳门、台湾同胞和华侨、外国人、无国籍人的人身损害赔偿，按照城镇居民的有关标准计算赔偿数额。

29. 交通事故受伤人员康复必需的营养费，根据受害人伤残情况参照医疗机构的意见确定。

30. 被扶养人的年龄男性在十八周岁以上、六十周岁以下，女性在十八周岁以上、五十五周岁以下的，赔偿权利人应提供劳动能力鉴定结论或县级以上人民医院出具的证明，同时应提供村民委员会或居民委员会证明其无其他生活来源的书面证明。

31. 交通事故死亡人员身份不明，肇事方同意赔偿的，死亡人员按照城镇居民的标准计算赔偿费用。经法医鉴定死亡人员男性年龄在二十三周岁以上、六十周岁以下，女性在二十一周岁以上、五十五周岁以下的，被扶养人推定为 1 人，被扶养人生活费计算 10 年。"无名尸"的损害赔偿费用交由道路交通事故社会救助基金管理机构提存。

六、其他

32. 人民法院拍卖交通事故车辆所得价款，在优先用于支付交通事故损害赔偿金后再支付车辆保管费。

33. 人民法院受理交通事故人身损害赔偿案件，按财产案件的收费标准收取案件受理费。

当事人确因经济困难不能按时足额交纳诉讼费用的，可以向人民法院申请缓交、减交或免交。人民法院应当依照有关规定进行审查，决定是否缓交、减交或免交。

34. 在交通事故中需承担民事赔偿义务的境外来华人员，离境前应当履行赔偿义务或者提供相应的担保。

35. 人民法院受理道路交通事故损害赔偿案件后，可以向处理该案的公安机关发出调卷函或者由办案人员持调卷函调阅公安机关处理该案的全部案卷。公安交通管理部门应当依照《交通事故处理程序规定》第六十九条的规定办理。一审宣判以后，当事人提起上诉的，一审法院可以将该卷宗随案移送二审法院。二审法院审理终结后，应将该卷宗随案退回一审法院。一审法院在收到该卷宗后，应在 3 日内将该卷宗退回公安交通管理部门。

36. 公安交通管理部门在事故处理中向当事人送达法律文书，适用《公安机关办理行政案件程序规定》第三十一条的规定。

37. 根据《道路交通安全法》第九条、第十二条的规定，机动车所有人是指机动车在车辆管理机关登记的单位和个人。

本指导意见所称"车辆实际支配人"是指在车辆异动中未办理过户手续的买受人（发生多手交易均未过户的，为最后一次买卖关系的买受人）、受赠人、车辆承租人、借用人、挂靠人和承包经营人。

38. 2004 年 5 月 1 日以前发生的交通事故，人民法院在 2004 年 5 月 1 日以后作为一审案件受理的，不适用《道路交通安全法》，但可适用最高人民法院《关于审理人身损害赔偿案件若干问题的解释》的规定。对于广东省高级人民法院、广东省

公安厅联合下发的《关于处理道路交通事故案件若干具体问题的意见》(粤高法发
[1996]15号)和《关于处理道路交通事故案件若干具体问题的补充意见》(粤高法发
[2001]6号)中与上述司法解释没有冲突的规定，也可参照适用。

　　自2004年5月1日起发生的交通事故，参照适用本指导意见的规定。法律、
法规和司法解释作出新规定的，从其规定。

参 考 文 献

[1] 智勇. 交通违法处理与防范[M]. 南京：江苏科学技术出版社，2008.

[2] 刘建军. 新编道路交通事故处理实用手册[M]. 北京：化学工业出版社，2007.

[3] 董来超. 道路交通事故纠纷咨询[M]. 北京：法律出版社，2009.

[4] 杨希锐，吴孔林. 道路交通事故处理与索赔案例分析[M]. 北京：人民交通出版社，2004.

[5] 本书编写组. 道路交通事故疑难问题解析[M]. 北京：中国法制出版社，2008.

[6] 法律出版社法规中心. 新道路交通安全法要点解答[M]. 北京：法律出版社，2008.

[7] 王明. 名律师带你打道路交通官司[M]. 北京：法律出版社，2008.

[8] 丁立民，李蕊. 常见道路交通事故责任认定图解[M]. 北京：中国长安出版社，2007.

[9] 傅以诺，缪明，王立辉，等. 道路交通事故处理与责任认定[M]. 北京：法律出版社，2008.

[10] 徐元强，施红星，杜宏云. 机动车驾驶人违法处罚及案例[M]. 北京：人民交通出版社，2004.

[11] 王建军，毕明涛. 道路交通事故鉴定与责任认定[M]. 北京：人民交通出版社，2005.

[12] 缪明月. 平安出行用心做起[M]. 北京：人民交通出版社，2007.